紫鱼儿／作品

想看你微笑

Xianghanni weixiao

贵州出版集团
贵州人民出版社

图书在版编目（CIP）数据

想看你微笑/紫鱼儿著. -- 贵阳：贵州人民出版社，
2016.4（2020.1重印）

ISBN 978-7-221-11890-5

Ⅰ.①想… Ⅱ.①紫… Ⅲ.①长篇小说－中国－当代
Ⅳ.①I247.5

中国版本图书馆CIP数据核字(2016)第070496号

想看你微笑

紫鱼儿　著

出版统筹：陈继光

选题策划：欧雅婷

责任编辑：陈继光　潘　媛

流程编辑：潘　媛

装帧设计：刘　艳

封面绘制：林　田

出版发行：贵州人民出版社（贵阳市观山湖区会展东路SOHO办公区A座
　　　　　邮编：550081）

印　　刷：三河市华东印刷有限公司

开　　本：32开（889mm×1194mm）

字　　数：283千

印　　张：8

版　　次：2016年5月第1版

印　　次：2016年5月第1次印刷
　　　　　2020年1月第2次印刷

书　　号：ISBN 978-7-221-11890-5

定　　价：35.00元

目录

XIANG KAN NI WEI XIAO

楔 子
XIE ZI

作为一个舌神经麻痹引起的语言中枢神经系统痉挛患者，我感到压力很大。

要怎么表达我的感受呢？还是举例说明吧。

其一：我最喜欢的古典名著是《红楼梦》，为什么呢？因为里面有个史湘云跟我同病相怜，把"二哥哥"叫为"爱哥哥"。

其二：我最喜欢周杰伦的歌，因为他唱歌时发音吐字的方式最适合我……

其三：我的理想是成为一个歌手，但鉴于我的舌神经麻痹引起的语言中枢神经系统痉挛症，这个理想基本上很难实现。

哦，你问什么是舌神经麻痹引起的语言中枢神经系统痉挛症？

简单啊，这个病症，江湖俗称：大舌头。

谢谢！

第一章
DI YI ZHANG

上锈的命运之轮

深夜，十一时二十分。

解剖室里很安静，空气循环系统开启着，发出轻微的嗡鸣声。

照明灯和紫外线消毒灯的光线，全部聚焦于解剖台上躺着的这具女尸：她苍白而瘦削，很年轻，资料卡上显示她的年龄只有二十二岁。她的睫毛长长的，鼻尖小而挺翘，失去血色的双唇紧抿着，胸腔已用 Y 字形切法切开，内脏器官暴露于空气中。不论她生前有过怎样的美丽，也无法换回此刻哪怕一秒钟的重新呼吸。

法医在心底叹了口气，整个解剖过程已经基本结束，可他仍旧无法完全确定女孩儿的真正死因。到底是怎么回事，难道还有所遗漏？法医想了想，俯下身体，再一次认真而又仔细地观察，当他的视线下移至女尸光洁的脚部时，脚心正中的一个红点终于吸引了他的注意。

"奇怪，初检的时候我确定没有这个红点。"法医喃喃自语，不再犹豫，轻轻地扳起女尸的脚……

"啊哈哈哈哈哈哈……"女尸腾地坐起，凄厉的笑声瞬间响彻整个解剖室……

"卡！"解剖室的角落，手持剧本的导演气急败坏地站了起来，结束了整段的拍摄。

"纪小行，你安静地做具美丽的尸体不行吗？不！行！吗？！"

"行，行……"

尤其对于剧组非签约演员、只能算个跑龙套的偏偏还非常怕痒的纪小行来讲：行，什么都行。

毕竟，作为一个舌神经麻痹引起的语言中枢神经系统痉挛患者，她一直压力很大……

其实纪小行的生活，永远有个格外美好的开篇、异常灿烂的出场，而结局……总是朝着令人匪夷所思的方向发展，毫无章法、毫无预兆，意外就那么突然而然地发生着，层出不穷。

梦想必须付诸行动才有可能照亮现实，她的梦想是成为一个歌手，所以三年前，她排除万难、信心百倍、春风满面地把自己的高考志愿全部填报江城音乐学院后，却因舌神经麻痹引起的语言中枢神经系统痉挛症……而只能在音乐学院选择一个跟声乐完全无关的专业——广播电视编导。

今年是她在音乐学院的最后一年，课业学分都修得差不多了，看着身边的同学一个个出来实习，纪小行自然也不甘落后。在她把简历投到无数大大小小听上去跟音乐或跟编导有关或没关的公司之后，她幸运地成为这个知名剧组的……龙套小妹。

职业不分高低贵贱，即使是一名龙套小妹，也可以有梦想。明明可以靠技术吃饭的纪小行，却选择了靠脸。所以，即使她目前负责了这部法医偶像剧的服装师兼打杂兼跑龙套兼演死尸，也无怨无悔。

"乐怡，要不素（是）因为这素你公司的戏，我真想走人鸟（了），虽说演死尸有额外的红包拿，可就那么一丁点儿钱，我像素看重钱的人吗？像素为五斗米折腰的人吗？"纪小行极其愤慨地跟闺密乐怡通着电话。

"刚才演死尸的是谁？过来领红包了！"远处，有人在喊。

"素我，素我，素我呀！"纪小行迅速蹿起。

领钱都不积极，干啥能积极？

两分钟后，纪小行领了红包，隆重地在领取记录纸上签上了名字：死尸。

方才跟纪小行通电话的乐怡，是纪小行从幼儿园开始，历经小学、初中、高中，最后一起考入江城音乐学院的骨灰级闺密。乐怡主修影视剪辑，成绩不错，还没毕业就已经正式签进盛华影视制作部，第一个接手的项目，就是负责盛华出品的一档娱乐节目素材的初剪。她嘴甜，人又勤快，不仅自己找到了工作，还顺便给闲着的纪小行也找到了兼职，那就是纪小行现在剧组所从事的……该把她的职能如何表达准确呢？

这部剧，是国内首部反映法医日常的系列网络剧，由盛华影视投拍，由于题材和内容比较特殊敏感，从剧本策划时期就已广受各方关注，每集都请到了大咖明星来客串。

纪小行这个龙套小妹在剧组派上了"大用场"，根据情况不同，她担纲过打板、导演助理的助理、群演、道具师、化妆师，以及死尸。一来二去，她几乎成了剧组最忙的人，人送外号"八面小行"。

尤其是这是部法医剧，每集最需要龙套演员扮演死尸，但纪小行没有表演经验，所以一般都是演"群尸"。她觉得无所谓，只要是角色，哪怕是死尸，她也演得甘之如饴。

"小行，吃饭了没？"

午后，忙得脚朝天的剧务严力瞄了一圈，瞄到了坐在门口休息椅上半清醒状态的纪小行，招呼着。

"吃鸟，现在好想睡觉。"纪小行困倦不已，昨晚上是拍夜戏，上午又折腾了半天，吃了午饭之后就困得想直接倒在地上。

"反正你下午没什么事儿，给你安排一好活儿！"

"又演死尸？"

"不是，不用死，派你去搞接待！接待来客串的超级大明星，怎么样？给她当半天的临时助理。"严力爽朗地拍了拍纪小行的肩膀，"咱八面小行又勤奋又伶俐，我也不能总让你去'死'对不对？这活儿怎么样，够照顾你的吧，跟着大明星又舒服又体面。"

"大明星不素都自己有助理吗？"纪小行狐疑地盯着严力，根据以往对他的了解，他脸上挂着的绝对不是好笑容。

"你看你这丫头，马上都开机了我还能骗你不成！快去，人家都到三号门门口了。"

"我不去！肯定不素好事儿，还不如演死尸。"纪小行准备开溜。

"真不去？沈寻可是难得回国内，你就不想跟她合个影什么的？"

"谁？沈寻！刚拿鸟影后的沈寻？"

"是啊，是她。"严力一本正经，"听说你好朋友乐怡，最崇拜的偶像就是沈寻吧。本来请沈寻客串的戏是明天拍，乐怡为了她还专门请了假想来探班的。唉，真是不凑巧，看来没缘分了，本来我是想着你帮乐怡去跟沈寻要个签名啊合个影什么的，不过既然你不愿意——"

"谁说我不愿意！谁造的谣我跟谁急！"纪小行笑得异常灿烂，"我素谁，我素八面小行啊，这种大事儿当然得我亲自去做！三号门素不？好，没问题，呃……"

严力面无表情地回应了句："有红包，大大的。"

"不素想要红包……"

"明天的尸体有三秒钟脸部特写，你来演！"

"一言为定！"纪小行高兴地与严力击掌，二话不说，立马消失。

就是那天，纪小行答应了"没问题""一言为定"。

人在紧要关头，不管是喜是悲，总会从事情的由头开始回忆。如果那天我没有……如果那天我有……而纪小行同样也会想，如果那天她不是在休息区偷懒被严力看到、如果那天她溜了没去三号门接沈寻，如果那天……拨开所有如果，事情就是发生了，不可逆转。所以，用言情小说里最常用最恶俗的话说：命运的齿轮从那天开始吱嘎吱嘎地转啊，生怕别人不知道它上锈了！

法医剧组为了真实感，最近的几场戏拍摄场地是在江城一家较高规格的私营殡仪馆。之所以租用这里，一是有现成的冷冻设备；二是殡仪馆内有个很大的草坪，搭影棚内景没问题。而三号门是一个非常私密偏僻的小入口，平时是给殡仪馆的工作人员通行用，拍摄期间为了躲记者和粉丝，主要用作明星的出入口。而纪小行此刻心花怒放地跑过来接沈寻的，就是在这个入口。

从影棚出来，纪小行沿着窄窄的行车道一路小跑，还是颇有些远。正值盛夏，江城的气温又是出了名的高，又正值午后，跑这段路已足以让她一身是汗气喘吁吁。

总算跑到了，远远就看到在三号门门外的树荫下停了一辆黑色跑车。

怎么是跑车？纪小行张望了下，附近再没有其他保姆车了，再仔细看跑车车头的标志……不禁咂舌。她再不懂车也知道这个标志价值惊人，那么应该就是这辆了！纪小行克制了心中隐约的紧张，朝着那辆车子走了过去。

就像所有明星乘坐的车子一样，车窗贴着反光单向透视膜，想看清里面的人是不可能的。纪小行犹豫了下，刚抬手准备轻叩车窗，窗子已经悄无声息地平缓下落……

仿佛电影里的慢镜头，窗子下落的短短数秒，在纪小行的印象里却漫长得像是数年。因为当坐在副驾位置上的沈寻微笑着对她颔首的那一刻，纪小行在想：假如自己是个男人，那么此刻已然沦陷……

从小就以"美貌"称霸学校、长大后好歹算是编导专业一朵小花、自认端茶水也端得与众不同、到了剧组演死尸也演得格外别致的纪小行，在第一次见到荧幕之外、活着的真人沈寻之后，瞬间就推翻了自己坚强而自信或者说自恋的审美观。她感觉脑袋里仿佛有个铁锤在拼了命地挥舞锤炼出一个巨大的问号——人，怎么可以美成这样？

"你好，是剧组派来接我的吧，辛苦你了。"沈寻轻言浅笑，一双秋水似的眸子在纪小行脸上柔和地探寻了瞬间，仅这瞬间，让纪小行觉得连午后的太阳都更亮了……

"你好……你好沈小姐，素我，我素纪小行。"纪小行结结巴巴地做了自我介绍。

"算了不用告诉我名字了，反正我也记不住。"沈寻的语气轻描淡写而又理所当然，一边说着一边下了车，站在纪小行面前。

沈寻的个子看起来跟纪小行一般高，一六五左右，身着纯白无袖贴身及膝裙，小 V 领，全身上下无任何多余装饰，只在修长白皙的颈间戴了条细细的铂金链子，链坠是同样小巧精致的，上面镶了碎钻的字母 X，手包和鞋子也是纯白，看不出牌子，但做工精良。整身装扮既性感又不失简洁雅致，再加上裸色妆容和阳光一样的笑容，完美得让纪小行舍不得错开眼睛，她第一决定原谅男人的好色，真正的美色当前，连女人都垂涎。

"麻烦你，我的箱子在后面。"沈寻朝后备厢指了指，微笑中更带了三分谢意。

"好的好的！"纪小行一边痛快地答应着，一边绕到车后准备开后备厢。其实剧组已经准备好了沈寻的化妆师及服装，不过大明星讲究排场，带些自己专属的东西很正常。就昨天来的二线女演员还带了四个助理外加化妆师呢，更何况是沈寻。

呃，不过沈寻的助理呢？疑问再次在纪小行心里腾起，一边想着一边看向自动打开的后备厢，瞬间噎到，二度结巴："沈小姐，这里……哪件素要拿进去的？"

"全部呀，你看过剧本吗？"沈寻柔声说着，"角色需要，我多带了两件，请导演过目看哪件合适。"

角色需要……纪小行看过剧本，知道沈寻客串的角色是豪门千金，出场五分钟，基本上就是扑到未婚夫的尸体上哭诉，不需要换服装。可她当然不能这么说出来，只好深吸一口气，加强了感叹的语气："沈小姐，你真敬业，素我们学习的榜样！"

沈寻皱了皱眉，纪小行的发音让永远一口标准话剧腔的她快有了强迫症初犯症状："你怎么回事？"

"啊？"纪小行怔了下。

"你的发音。"

怎么回事？纪小行当然明白自己是怎么回事，正想着该如何委婉地解释自己是舌神经麻痹引起的语言中枢神经系统痉挛患者……

"算了不用说了，反正我也不想知道，你把箱子拿好就行了。"沈寻摆了摆手，转身离开。

箱子……纪小行对着后备厢发呆。多拿了两件？这哪里是两件，明明就是一个大皮箱、两个特大号化妆包、一个首饰包、三件礼服包、三个鞋子包，还有一个杂物包好吗！好吗！我数学不好，你不要骗我好吗！

好吧，纪小行深吸一口气，左右手同时开弓使出吃奶的力先搬出皮箱，化妆包上有斜挎带扯出来挂在身上，礼服包扛肩、鞋子包臂提。

"进去等。"

纪小行先是听到沈寻的声音，接着又是关车门的声音。

她在跟谁说话？跟我？

不管是谁了，还有什么？首饰包！一不做二不休，反正也不需要顾及形象了，纪小行心一横，最后把首饰包挂在了脖子上，重重地关上了后备厢。

与此同时，纪小行的视野开阔了，可空气却凝固了……沈寻的确正朝三号门走没错，可那是什么？不远处的巷口，钱塘潮一样的人群，呐喊着拥了过来，将惊讶的沈寻瞬间淹没在人海中。

如果不是看清了这群人手中有的手持摄像机，有的拿着沈寻的海报，有的拿着鲜花和礼物，光凭他们忘我的神情，纪小行几乎想报警……

是歌迷和记者！

纪小行心道不妙，在剧组跟了这么久，她深知明星在无安保的情况下被围住的可怕后果，尤其是沈寻这种级别的明星，这还了得！纪小行体内的"好斗"，哦不，是勇敢因子瞬间爆发，极度强大的责任心和意志力让她立刻在脑海中形成了防御方案，并毫不犹豫地按照自己的完美方案马上行动。当然，不能打人，这都是记者和影迷，这年头都有微博，当然不能动粗！纪小行拖着的两个大皮箱派上了用场，成了她绝对坚固的防卫铠甲及无刃之矛。

"让一让，麻烦让一让啊……"纪小行灵巧地跟着箱子滑轮，以巨大的摩擦声代替号角直接冲进了人群中，鞋子包、化妆箱、礼服袋，在她周身形成了巨大的有形气场，以她为中心，以所有箱包体积为半径范围内的人全部被她轻松挤了出去，动作如行云流水一气呵成，绝无人员伤亡，根本不用使用大规模杀伤武器。

沈寻果然就在前方，代表着胜利就在前方！

纪小行心中暗喜，丹田发力，平地一声惊雷吼："沈小姐，跟我来！"

纪小行知道沈寻听到了、看到了，她跟沈寻虽然第一次见面，但她相信女人之间，尤其是美女之间都有这份默契。她将右手腾了出来，以迅雷不及掩耳之势瞬间穿梭，从无数条胳膊的缝隙中准确地找到了属于沈寻的那条，并紧紧抓了上去，使出吃奶的力气拉着沈寻冲出了包围圈，向着胜利、向着希望、向着太平间——哦不，向着剧组狂奔！

纪小行确信，此刻她与沈寻之间的奔跑一定会载入沈寻的史册，她更确信身后相机、手机还有摄像机的各种"咔嚓"声已经将她矫健的身姿拍得清清楚楚。她努力高昂着头，即使脖子上还挂着个首饰包也不会影响到她的气质和勇敢。她忽然明白了剧务为什么不找别人，单只找她去接沈寻，一定是料到了会有这样的情况发生，一定是明白换成别人根本没办法如此灵活地处理突发事故！

那个盛夏的午后，正如纪小行所料想的一样，的确有很多人看到并记住了她的身姿。她以高三体育达标之后就没有再尝试过的百米冲刺速度拉着沈寻，扛着大包小包一路狂奔，期间劫获惊讶眼神数个，避开中途拦截人士数名，她的目标极其明确、目的地极为清晰、使命感极其强烈，直到她终于冲进了太平间……哦不，影棚内，将沈寻带到了剧务严力的面前！

"严哥，我……我把……把沈小姐，接到鸟！"纪小行已经喘得快撒手人寰，眼中却闪着兴奋及满足的神采，对剧务严力说着。

严力怔怔地看着她："哦，接到了，那沈小姐人呢？"

"你什么眼神啊，不就在这儿！"纪小行笑逐颜开，拉着"沈寻"

的手腕往严力面前一送，不止严力怔住了，连她自己都怔住了……

她拉着的"沈寻"，很年轻，还背着双肩包，目测一八五的身高，五官轮廓鲜明但略显瘦削精致，只有一双眼睛带着莫名的震惊和探寻。

不管那双眼睛里的探寻是因何而来，即使他长得跟沈寻一样好看，可纪小行仍旧确定一点——他是男生！

"OH，漏（NO）！"这是纪小行当时唯一能说的一句话，非母语。

"这四（事）哦，起码你要负百分之五十的责任！"躲在服装间的纪小行一边啃面包，一边无比愤慨地训斥着坐在她对面、一直用那种探寻史前生物的眼神看着她的陌生男性。

"我承认我昨晚没休息好，精神有点儿恍惚，可素我拉错人，你倒素喊一声啊，就那么不声不响地任我拉着啊？好吧就算你素沈寻小姐的助理也不能这么整我啊。你倒跟受害人一样，我呢？沈小姐呢？你考虑过我们的感受吗？你这个助理也太不称职鸟！"

的确，沈寻进组后跟大家介绍了下这个男人的身份是她的临时助理兼司机，门口那辆跑车就是他在开。坦白地讲，如果仅是助理，他的气质和衣着未免高贵得过分。所以剧组的人默契地保持着心照不宣地"了解"，背后都在猜测或许是沈寻未公开的男友，但因这个男人看上去太过年轻，难道是近来流行的姐弟恋？

其实纪小行也懂，可作为剧组八面小行的她却栽在接待这么简单的事上，令她格外懊恼，于是抱着恶作剧的心态：你不承认、你装傻，那我真就当你是助理，临时的！

纪小行越说越怄，一想到刚才沈寻被其他工作人员救进影棚时披头散发狼狈的样子……完了，乐怡会骂死她……她心里近乎抓狂，面包也不啃了，直接拍在化妆桌上。

可这个所谓的助理似乎玉根儿就没在意纪小行的发泄，而是一直专注地审视着她，直到此刻，终于小心翼翼地开了口，声线意外的清冷好听："你不吃了？"

纪小行怔住："啊？"

"面包，你不吃了？"他重复了一次，没半点儿表情，像是多说半个字都不屑。但他仍旧注视着纪小行，一双点漆的眸子像浩瀚而深不可见的夜空。

纪小行暗自定了定心神，默想：不要被美色诱惑！皱着眉，顺口问了句："你没吃午饭？那你等我，我去看看组里还有没有——哎那素我咬过的！"

纪小行最后那句话的声音高了八度，可还是说晚了……就在她起身的一瞬，男生的手已经伸了出去，堂而皇之地拿了桌上被她咬过一半的面包，自顾自地吃了起来。

他的吃相很文雅，五官仍旧好看得人神共愤，吃得也斯文，没有一点儿声音，可表情却神圣得像在完成一个重要的仪式。

服装间变得异常安静，静得仿佛让纪小行可以听到自己"扑通、扑通、扑通"的心跳声。她知道一定有什么事情发生了，一定有什么情感变化了，眼前这个美好得只能称之为外星来客的陌生的男生对她的注视、对她的沉默，甚至一定要吃掉她的面包，无不彰显了一个重要的事实……

"你素变态？"纪小行斩钉截铁地下了结论。

"噗……咳……咳……"接下来的五分钟，"变态男"在咳嗽中度过，而纪小行在洗脸。

面包渣粘在脸上不是很好洗。

"喂，你多大？"纪小行洗好脸，气势汹汹地坐了下来。长发在脑后简单地绾了个丸子形状，光洁的前额旁不服帖的几缕发丝倔强地张扬着，眉眼显得湿漉漉的，像翅膀沾了朝露的蝴蝶。

"你多大？"男生反问。

"啪！"纪小行准确地拍到了男生的额头："一看你就比我小，姐姐问话要好好回答！"

男生的眼神里又闪现一丝困惑，而更让纪小行得意的是，他脸红了，啊哈！

"二十二。"他十分不情愿地回答。

"哈，小我一岁！"纪小行一本正经，"以后要叫我小行姐！"

"小行姐？"男生清浅的眼神轻轻停驻在纪小行的脸上。

这孩子还真漂亮啊……纪小行在心里暗想，又赶紧回归正题："我素个演员，不素专业负责接待的。这几天同时赶几组戏，现在困得要死，要不素去三号门接你和沈小姐，我完全可以在服装间睡觉！"

"你演什么？"

"目前为止，这个组里大部分的死尸都素我演的！"

"哦，很适合你。"男生没什么表情，语气清清冷冷的，在纪小行听来……无比欠揍。

"我知道你肯定不素沈小姐的助理！"纪小行瞪了男生一眼，"哪会有助理穿成你这样！"

"我什么样？"

纪小行瞪圆了眼睛："我警告你别对着我笑！不许放电！你还素个小孩子。"

放电？年轻男生默然。

"你身上的这身衣服，包括面料都素订制的，没错吧？"纪小行没理会男生的异样，边说边伸出手捻着他的衣袖，"嗯，质感非常好，弹性、挺括度、光泽……哇……在哪儿订的？国内有吗？"

　　纪小行越来越来了兴致，拉着男生站了起来："素最顶级的埃及棉，我看看袖扣！哇……好别致……上面的素徽标？我看看图案……好复杂……看这肩型……腰线……太完美鸟！我和你唉（说）哦，我家那个……呃——"

　　纪小行停住，她的手指跟着她的眼神游走，此刻正停留在对方的胸口……当然，她忘记了刚刚自己还在骂人家变态。

　　变态？

　　纪小行终于回过神，愕然地发现自己跟男生面对面地站着，距离不超过十厘米。此刻的他低着头，她几乎可以感受到他呼出的热气，眼神焦灼而困惑，更多的却是深不见底的……狂喜？

　　狂喜？

　　纪小行大惊失色，用力推开男生："喂，你不会真的素变态吧，我对小男孩儿没兴趣！我只素想说我哥哥也——"

　　"纪小行！我找你半天了！"剧务严力的声音忽然出现，他正推开服装间的门，大大咧咧地笑问，"我这儿又缺一女尸！你来？"

　　"OH，漏！"

　　这是纪小行今天第二次说这句话，非母语……

　　十分钟后，纪小行站在了停尸间的冰柜旁，问着严力："严哥，你能和我说实话吗？难道我真的只适合演尸体吗？"

　　"别乱说，你会出头的。"严力拿着剧本敲了下纪小行的头，"这可是有近景特写的，红包也够厚。你先在这儿等着，我再去找个人来演男尸。"

　　"男尸？还双尸啊？"

　　"本来不是，可昨晚上开会，编剧临时加了段帅哥美女殉情桥段。"

严力边说边往外走，"这编剧真是为难我，一早让我去哪儿找个帅哥来，哪个帅哥肯接这活儿啊！"

"那可不一定，"纪小行懒洋洋地随口接了句，"万一帅哥变态就爱演这个呢。"

呃，变态？

纪小行心中一动，立刻喊住了严力："严哥，等等！"

严力回头："干吗？男尸你也能演啊？"

纪小行对着房顶狂笑："我素谁，我素剧组八面小行！"

半小时后，本场次的工作人员全部到位，大家沉默着，目不转睛地看着站在冰柜旁的那两具"尸体"。

"他不是和沈寻一起来的吗？这活儿他都做？"

导演和严力窃窃私语。

"谁知道啊！"严力仍旧处于诧异的情绪中没恢复过来，"纪小行也不知道跟他说什么了，居然就答应了，八面小行果然八面都行啊！不过导演，他行不行啊？"

"行，当然行！"导演断然下定论，"不过他是沈寻的助理，现在上这儿演死尸，沈寻同意？对了，沈寻人呢？"

"沈寻在拍别的场。"严力答着，"那个年轻人自己给沈寻打了电话，沈寻居然就答应了，这太神奇了，活得久了果然什么事儿都遇得到。沈寻是出了名的面慈心硬，除非她自己愿意，否则说什么好话都没用。"

"是够怪的……"导演心知肚明，不再说什么，眼神打量着远处站在冰柜前的年轻男人和纪小行，换上了解剖服的他们，还真是登对的两具尸体啊！

"我来给你讲讲戏啊，其实很简单，我和你两个人分别躺进冰柜相邻的抽屉格子，由饰演法医的两个演员过来先后把咱们的抽屉抽出，他们再说几句商量的台词就 OK。明白吗？"纪小行认真地对男生说着。

男生没有说话，笑容无奈。

无奈也晚了，纪小行窃笑不已，长得帅有什么用，还不是跟她一样演死尸躺冰柜，谁让你随便就敢变态了，活该被整，哈哈哈哈哈哈哈！

拍摄很快开始。

纪小行作为一具敬业的死尸，规规矩矩地躺进了冰柜。当然，只是做做样子，抽屉留了一道摄像机拍不到的宽缝隙，而且也没有通电源，里面并不冷。可不冷归不冷，搁谁躺进去都会本能地害怕。她隐隐约约听着外面的演员在走位说台词，身子也不敢动，只用手指摸摸狭窄的四壁，心里忽然就钻出一股浓浓的委屈，心想：自己怎么混到这个地步了，当龙套而且还不是一般的龙套，竟成了"死尸专业户"……

"唰！"抽屉忽然被拉开。

"嗝！"纪小行惊吓地打了一个嗝，她发誓，她不是故意的。

"卡！卡！"导演气得跳脚，"那个谁，你……你是那个女尸吧，怎么搞的又演砸了，躺在那里不说话有那么难吗？有那么难吗？"

"难，难死了！"纪小行又气又恼，索性坐了起来，"导演你不能换个人吗？"

"换就——"

"淡定、淡定，导演，咱这儿地方偏，真找不到群演了，组里全部的人连送盒饭的都算上，能死的都死过一回了，您忍忍！"严力急忙探头过来，小声地打断了导演的话。

"换就——没有连贯性了！艺术要有连贯性！连贯性你懂吗？躺回去！"导演面不改色地对纪小行说着，声如洪钟、义正词严。

连贯你个头啊，我前面又没有戏……纪小行哭笑不得，她知道又是严力劝服了导演，可她这妆毕竟都扮上了，也不是那种矫情的人，只好朝导演做了个鬼脸，还是又躺了回去。躺下之前往隔壁男生躺的抽屉扫了一眼，还是窄窄的一道缝没动，心想：他还真是老实哎。

抽屉再次缓缓关闭，纪小行的眼前一片黑暗……

"好，准备——"导演刚要发令。

"等等，导演，我觉得刚才的走位不太好，您看是不是这样换一下。"饰演法医的演员认真而敬业，提出了自己的想法，并开始了走位……

抽屉里，纪小行也隐约地听到了外面演员的说话声，不禁在心里嘀咕：一共就这么大点儿地方走什么位啊，再走你还能走出什么名堂啊？不过话说回来，那个法医男三号演员还真是认真，每天第一个进组，化妆时都在看剧本、背台词，对工作人员也亲切，对服装也不挑，给什么穿什么。还有那个变态男，呃，忘记问他到底叫什么了，说起来，自己是不是对他有点儿过分？捉弄他演尸体……不过这个抽屉里好安静……好温暖……把它想象成床也不错……好困……趁着这空当可以闭下眼睛……睡一会儿……就一会儿……呼……呼……

全天的困倦一股脑儿地在此刻袭来，她知道不该睡着，可睡着了也无所谓吧，反正是演尸体……其实她一直很爱睡，她看到了自己的小时候，在课堂上睡着了，老师在她期末评语上批注：给她一个枕头，她能睡到天荒地老。

呵呵，这老师真有趣。

呃，为什么会看到自己小时候？穿越了？不是不让穿吗？不是禁了吗？

纪小行惊出一身冷汗，挥动着手臂狂奔，边奔边大声喊着："先不要禁啊，你等我穿回家了再禁啊！救命啊！救命啊！"

似乎有一双温暖的手从天而降，握住了她的手，用力往上一扯……

"啊！"纪小行惊叫着睁开眼睛。

四周一片漆黑，身下一片坚硬和冰凉，自己躺在装尸体的抽屉里，而头顶上方，一双点漆的眸子正注视着她……

"变态！"纪小行大喊一声，果断出手。

"啪！"一记重重的耳光，准确地落在了男生的脸上。

"什么声音？"走廊深处，巡夜的老人听到了最里端停尸间发出了声响。

他今年已经六十五岁了，原本是一名普通的工人，退休之后闲不住，来了这家殡仪馆打更、守夜。

他一直觉得自己的工作挺舒服的，就是走走路，看看哪个办公室忘记关电灯、哪个忘记锁门而已。这家殡仪馆是私营的，地方又偏，生意并不是特别好，他也乐得清闲。不过最近倒有些忙，因为殡仪馆的一些片区租借给了一个剧组，经常会有明星来，他虽然大部分不认识，却也跟着别的工作人员要了几个明星签名照片，留着回家给小孙女看。小孙女刚上初中，就喜欢追个星什么的，也喜欢看恐怖片，还拉着他一起看过一部日本的。看了之后，他每次守夜的时候都会回想回想剧情，虽然还是不太相信鬼神，可偶尔也觉得后背毛毛的。

今晚，他听到了停尸间的声响。

他想转身跑走，可职责所在，多年对工作认真负责的态度还是战胜了恐惧。兴许……是老鼠？这停尸间也被剧务借了，冰柜都断了电被清空了，兴许进了老鼠也说不定。反正总不会是小偷吧，没听说小偷来停尸间偷东西的。

想了想，守夜老人壮起胆，悄悄地、一步一步地走过去，终于走到了最里间，鼓足了勇气，推开了那扇厚厚的门，手中的强光手电筒直直地朝房间里照射过去，光线所及处，果然有两具尸体：一具直直地站着，而另一具，正僵硬地爬出冰柜抽屉，长长的头发披散下来，似乎也感应到了他的手电筒光线，转过脸，惨白的脸，对着站在门口的他，笑了，雪白的牙泛着冷冷的光。

守夜老人怔怔地看着、看着，他在晕倒前，脑海中回响着最后一句话：外国的鬼是从电视里往外爬，我国的还是要霸道一些，从冰柜……

半小时后，一辆闪着灯、响着警报的救护车从殡仪馆呼啸驶出，直接驶向最近的医院……

"就素这样！还好那个大爷没事，不然我真素被那个变态害死鸟。"纪小行狼吞虎咽地吃完碗里最后一点儿鸡蛋面，惬意地躺在了露台上的藤编躺椅上。

"不要再说了！我嫉妒！嫉妒！就这么错过了跟沈寻见面的机会！"乐怡坐在另一张藤椅上，气得咬牙切齿捶胸顿足。

这是纪小行和乐怡毕业后在江城共同租住的二居室公寓。

"不过，小行，那个男的就眼睁睁地看着你在冰柜里面睡觉，也没喊你？"乐怡眼里闪着八卦之光，目不转睛地盯着纪小行，"他是不是看上你了？现在流行姐弟恋。"

"算鸟，他的解释素剧组的人本来在商量走位，快开拍的时候忽然有人来通知吃晚饭，所以大家全跑鸟。"

"那吃完晚饭呢，也没回来？"

"肯定素吃完晚饭就直接收工鸟，这些没良心的家伙！"纪小行懊恼不已。

"那，他长什么样？"

"变态样！"

"叫什么？"

"不知道！"

"哎呀别这样，详细说说，帅不帅？高不高？富不富？"

"哎呀就素个大男孩儿，而且这不重要！我纪小行发誓，再也不想跟他有任何瓜葛，即使他帅得惨绝人寰！我，一个大好青年、淑女，三更半夜穿着尸体服，披头散发跟贞子似的，都素因为遇到他！这要素被别人知道鸟，我还要不要活！要不要混！还素不素八面小行！"

"也是啊，他都没说送你回家吗？"

"我哪敢让他送，瞅准机会偷溜鸟！"纪小行窃笑，"总之，到此为止，求神拜佛不要让我再遇到他就行鸟。"

"那可不行，我想遇到！万一他真是沈寻的助理呢？就算不是助理，也肯定跟沈寻关系不错。"乐怡持续沮丧，"我这辈子，最喜欢的明星就是沈寻。她所有的唱片、CD 我都会买，所有的演唱会我都想看……呃，人呢？这就睡着了！你妹！"

"嗯，我睡着鸟，睡着鸟才会做梦，梦里你就能见到沈寻，我就能成为一个歌手，有舞台，不用躺冰柜……"纪小行闭着眼睛，迷迷糊糊地呓语着。

乐怡怔了下，在心底悄悄叹息了一声，把薄毯盖在了纪小行的身上："小行，我也不知道该不该劝你回家，毕竟你家里……唉，算了，不说了，晚安。"

纪小行没再回答，或许已经睡着了，只有睫毛轻轻翕动着。

第二章

DI ER ZHANG

最大胆的结识方法

与此同时，江对岸的别墅里，也有一番光景。

江城，城中划江而分为江南区和江北区。江南是旧城，江北是新城。江南许多临江的建筑虽然历经了翻新，但大多维持了几十年前的风韵。可以这样说，江南是整个江城的魂之所在，更是江城许多所谓的"名门望族"祖居之地。所有人都知道，能在江南江岸拥有一栋独立的花园别墅，实在不是光有钱就能办到的。而此时，沈寻所在的这栋花园别墅，无疑可称得上是江南的"楼王"。

别墅三楼主卧里的沈寻拉上厚重的落地丝绒窗帘，将外面的江景一并掩下。这间卧室拥有整栋别墅最好的观景阳台，只要拉开窗帘，江南对岸的灯火辉煌便尽收眼底，节庆的时候足不出户便可欣赏到江上的焰火表演。

"小澈，整栋别墅属你这间景致最好，可惜你不喜欢在这儿长住。"沈寻回头，看向靠在卧室沙发上闭目养神的舒澈。

舒澈没有回答，沉默着。

"你应该抓住她，说不定她可以帮到你，"沈寻走过来，"毕竟她居然能——"

"可她以为我是变态。"舒澈终于睁开眼睛，颇有些无奈。

"所以，你就这么让她偷偷溜掉了？你觉得她怎么样，漂亮吗？"

舒澈没有马上回答，脑海里，纪小行的样子忽地闪现：中午，他载着沈寻，把车停在三号门的门口，没等一会儿，就看到这个自称"什么都行"的女生从院里"飞"了出来。

恐怕只能用飞来形容了，至少在他二十二年的生命里，接触过的女性不论年纪大小无不从容优雅，即使是再兴奋的时刻也会在潜意识里注意自己的仪容仪表。而当时纪小行脸上的笑容和她肢体所表现出来的兴奋……舒澈没有再回忆下去，眉头却不自觉地皱了起来。

沈寻笑了起来："我有答案了。"

舒澈耸了耸肩。

"嗯，既然你对她不是一见钟情，那让我想一想究竟发生了什么，就为了不吵醒她，你甚至打电话求辛垣陵停掉了整个剧组的工作。"沈寻意味深长地微笑，"小澈，我从来都不知道，舒家小少爷也会感情用事。"

"不要叫我舒家小少爷，我只是姓舒，可却是从小跟你一起在沈家长大的。"

"你只是住在沈家，不管你高不高兴，你都是姓舒的，没得选，舒澈。"沈寻笑了笑，又忽地想到什么，"不过，如果你想知道原因，我帮你。"

"说条件。"舒澈平静地注视着沈寻。

"条件？"沈寻假装伤心，"你怎么不认为，是我要帮你这个小家伙？"

"你觉得我有那么傻吗？"舒澈耸了耸肩。

沈寻忍俊不禁，索性直截了当地承认："好，条件是，项目开始后，不要跟辛垣陵起冲突。"

"就这么简单？"

"并不简单。"沈寻坦然地看着舒澈，"我知道舒老爷子为什么要进行这个项目，我更知道辛垣陵一定不会让这个项目变成舒家的家传。"

"那你该知道爷爷有多固执，即使我答应了你，也没什么用。"

"一定有用，舒老爷子一向最疼你，整个舒家恐怕只有你能说服他。"沈寻认真地说，"总之，辛垣陵要做的事，我都会全力支持。"

舒澈注视着沈寻，他当然知道辛垣陵对沈寻来说意味着什么，而这种"知道"，让他的心脏隐隐作痛。

舒澈清浅透明的眸子忽地暗淡了下来，他不喜欢这个话题。

"你躲也没有用，小孩子。"沈寻耸了耸肩，"怎么样，要不要帮我？"

"爷爷不容易被说服。"舒澈并没说假话，他爷爷舒望之的倔强和固执无人不知。

"所以才要你出面，"沈寻微笑着，"更何况，辛垣陵的性格你该知道，事事要完美。如果我能帮他完成这件事，他会——"

"他只会感谢你，"舒澈微恼地打断了沈寻，"如果他能爱上你，不用等到现在，沈寻，你会失败。"

"我沈寻的字典里从没有失败这两个字。"沈寻微笑着，眼底只有志在必得，"怎么样，你只要帮我说服爷爷就好。那个小姑娘的事，我帮你。"

舒澈啼笑皆非："为了辛垣陵，你真的连我都要利用吗？你难道不知道我——"

"我知道，但那不可能。"沈寻斩钉截铁地打断了舒澈，曾经住在同一屋檐下，她当然知道眼前这个成长起来的舒澈，看她的眼神已经由少年时期的依恋而逐渐改变、逐渐炽热。但这不可能，她只当他是弟弟，并且她有自己心仪的人，辛垣陵。

"小澈，这不是利用，是双赢。"沈寻的笑容里何尝没有苦涩，她不介意坦承自己的感情，她知道自己想要什么、爱什么。"只要你答应我，我一定帮你找到答案。"

舒澈怔怔地注视沈寻，眼底的难过浓得快溢出，却生生地收住，清冷地说了句："那，她同意了再说。"

沈寻的嘴角勾出了淡淡的笑意："她叫纪小行对吗，我会让她说行的。嗯，很晚了，我该回酒店了。"

"为什么不住这里，客房已经打扫过了。"

"还是回酒店方便些。"沈寻刻意忽略掉舒澈眼中的失望，转身离开，只朝身后摆了摆手，"晚安，小澈。"

"注意了，注意了！各位观众，我们节目的录制马上就要开始了，请大家在座位上坐好，我来宣读一下注意事项。"现场导演站在演播大厅的中心舞台上，手持麦克风，认真地讲解起来。

这是江城卫视的一号演播厅，马上要录制的是一档盛华影视制片的民生访谈节目。本身是新节目，又是首期录制，观众自然都是拉的志愿者。反正闲着也是闲着，虽然没有红包拿，乐怡还是拉上了纪小行来凑热闹。至于现场导演讲的那些录制规矩，作为"专业观众"的乐怡和纪小行早就熟得几乎能背下来了，所以也没再听。乐怡认真刷着手机，边刷边小声赞叹："沈寻真的很厉害，演唱会刚结束，马上又要参加一部盛华影视巨资投拍的音乐电影，她的事业现在真是如日中天。"

"看什么呢？"坐在她旁边的纪小行凑了过来，乐怡的手机屏幕上是一则娱乐新闻，某电影发布会上，沈寻和很多业界知名演员站在一起，也是风华绝代。"

"哦，这部电影我知道，业内议论很久了，今年盛华影视的重头戏。"

"嗯，也是辛垣陵回国后第一个大动作。"乐怡点点头。

"辛垣陵素谁？"纪小行好奇地问。

"盛华影视未来的掌门人啊，刚从国外回来，肯定是想大展拳脚。喏，就是这个人。"乐怡将手机照片里的一点点扩大，指给纪小行看。

纪小行刚想看照片，全场的灯光却暗了下来。

"节目录制马上开始！希望大家都能保持安静，但是该动情的时候要动情，该尖叫的时候也不要忍着，该流泪的时候也可以流流泪嘛，哈哈哈哈。"现场导演干笑起来，"好，那我们就开始倒数计时，五、四、三、二、一！"

现场导演卖力地倒计时完毕，暗场灯光亮起、片头音乐响起，主持人开场白，引领嘉宾步入正题……

"一会儿再说。"乐怡赶紧把手机调成静音模式，督促纪小行坐好。

与此同时，导播间内。

"五号机、六号机，摇到观众席，硬切。"切换导演通过对讲机指挥着演播间的录制机位切换，"好，一号机给嘉宾特写。"

切换导演全神贯注地指挥，却渐渐皱起眉头：今天嘉宾的情绪……实在有点儿不愠不火，明明是个很时兴的话题，他却像是完全没有进入状态，主持人问一句他回一句，而且句句普通，很难引发共鸣。

"怎么搞的，嘉宾谁负责接待的，没讲清楚要领吗？"切换导演一脸的恨铁不成钢，这可是栏目的首期亮相，效果不好会产生致命后果。

"现场导演负责跟嘉宾接洽过。"

"接洽过怎么还这种表现？"切换导演持续问责，"算了，二号机跟上，三号——"

"切五号机，对准观众，三区五排最中间位置的女生。"果断的声音响起，一句平静却决然的命令，打断了切换导演的指挥。

"谁在说话？"切换导演怒气冲冲地回头，"安——"

最后一个"静"字没说出口，活生生地吞了回去。

此刻站在他身后代替他发出指令的人，是盛华影视新的年轻掌门人——辛垣陵。

"是辛总，他怎么来了？"导播间里，工作人员们小声地议论。

其实辛垣陵明白，自己虽然是这档栏目的总制片，但在此类录制现场，不随便去干涉导演、不随便发表意见，才是专业的行为。当然，他更希望大家能用专业的眼光去看他，而不是只觉得他是豪门二代这么简单。

虽然这很难。

有些时候豪门跟寒门也有相同的地方，那就是花费百倍的努力，有可能只会得到别人五分认可。

但辛垣陵不介意，懒得介意。

而这档民生栏目是他从国外购买的版权，花费不菲，很多人等着看他的笑话，包括盛华内部的人，但他有这个自信，这个节目一定会红。当然，辛垣陵感觉得出大家对他的出现非常意外，不过此刻不是解释的时候，他看着切换导演，再次冷静而干脆地说着："听到我的话了吗？"

"五号机，三区五排中间那个女生，切特写。"切换导演怔了下，不由自主地通过对讲机发了指令。

显示屏上，立刻出现了那个女生的脸。三秒钟后，切换导演已经懂了，辛垣陵为什么会要求给她镜头……

其实在节目录制的一开始，辛垣陵就已经进入了导播间。当这个女生的脸，出现在几十个监视器之中的其中一个之后，几乎立刻吸引了辛垣陵的注意，如果要评最佳观众，绝对非她莫属。

当主持人说："大家晚上好！"

此女生立刻激动万分地鼓掌，眼中的兴奋与喜悦活像见到了失散多年的亲姐妹亲兄弟。

嘉宾的发言明明说得不痛不痒，此女生却热泪盈眶不住地点头。尤其当大屏幕播放事先录好的视频时，此女生的情绪变化也达到了顶峰，完全是说一就一、说二就二……

而且她不止一个人有情绪，她的投入和激动、掌声，甚至还带动了周边的人，明明不尽如人意的现场气氛，愣是靠她就把距她方圆五平方米的范围内都变成了全场最佳观众席！

摄像和导演算是抓到宝了……

六个机位终于全部各尽其职，切换导演找到了灵感和情绪：嘉宾的语言不到位？切那个女生啊！

主持人垫话儿垫晚了？切那个女生啊！

掌声哪里最热烈？切那个女生啊！

该煽情了？切那个女生啊！

半期节目下来，中场休息时，切换导演松了口气，心虚地回头，看向身后的辛垣陵——他在微笑。

他真的在微笑！

以严厉著称的盛华集团未来掌门人，居然在笑！虽说没有特别的大笑，只是微笑，但这笑容足以让导播间里的人继续活下去！

不过他在笑什么？顺着他的视线，切换导演疑惑地看过去：监视器屏幕上，那个最佳观众正在做着面部体操，五官移位……

好像在哪儿见过她？她叫什么来着？辛垣陵皱眉想着，忽然跟记忆里的某一人对上了号。

"我的天啊，辛总笑起来居然这么帅，迷死人了！"导播间里唯一的一位女导播注视着辛垣陵，小声地对身旁的同事说话，痴了。

"你要不要那么夸张？"演播厅休息区的卫生间内，乐怡一边洗手一边问着纪小行。

"不素夸张，这叫职业道德！"纪小行摘下脖子上挂着的塑封观众入场牌，感慨，"乐怡，我什么时候能站上歌手的位置，而不再戴观众的牌子啊？"

"等你当上明星就能了。还有啊，你职什么业道什么德啊，又没人雇你来。你就一普通观众，就一普通观众好吗！"

"观众素什么，旁观之众。你懂不懂，观众素很重要的，尤其在这种谈话类节目，如果观众不给一点儿反应的话，嘉宾情绪也调动不起来的！"纪小行白了乐怡一眼，"所以这个牌子素神圣的，我的每一个牌子都素神圣的，它代表我走过的路，我要把它们全部收藏起来，收好！等我将来成鸟真正的歌手，走上真正的红地毯……哎哎，我没唠完呢，你别走啊！"

一千零一次关于将来的讨论再次截止于纪小行对未来的畅想上，乐怡强拉着纪小行出了卫生间，她实在不想再就"夸张"与否深入探讨，反正讨论了也没用。

正往演播厅走，前面两位男士慢悠悠地走着，挡了大半个狭窄的走廊。乐怡和纪小行刚想开口说句麻烦让让，就听到了一个让她们都如雷贯耳的名字。

"辛垣陵嘛，谁不认识，豪门二代，这档节目就是他制作的，有钱人当然做什么事都容易成功。"男士一号说着，语气中尽是不屑。

"谁让他有个那么出名的爹，其实我最看不惯这类拼爹的人，没什么了不起的。你听说没有，盛华最近加盟了一个导演，是辛垣陵的朋友，叫什么来着？苏辰？"男士二号点头补充。

"对，苏辰，留学党，著名导演衍之的亲外甥。"

"哼，又是影二代来抢我们饭碗，我最看不惯这些人，还不如我们！"

坏了，乐怡一边听一边觉得自己的心肝脾肺肾全体颤了三下，下意识地扭头看向身边的纪小行……

"嘴上唆看不惯，心旦却羡慕得很呢。"果然，纪小行咬牙切齿、一字一字，每个字都带着一股阴风，直刺前方两个男人的背影，"乐怡，你唆对不对？"

乐怡嘴角抽搐，心道我能说不对吗？我说不对你这战火就该烧到我身上了。

"啊，我素真没想到男人也爱八卦，还爱在别人背后嚼舌头，还看不惯别人素什么什么二代……别人要你看得惯吗？"纪小行一口气说完，顺手还撸了撸袖子。

果然，前方两个八卦昙回头，对纪小行怒目而视。

"又没说你，你跟着着什么急。"

"肤浅的女人，知道辛垣陵、苏辰有钱有权就想着巴结是吧！去啊，微博微信钓上钩啊，神经病！"

"你才素神经病！我巴结他们干吗？"纪小行气得脸都涨红了，心头一股鬼火升腾而起。

"这位小姐，我麻烦你把舌头捋直了再替别人打抱不平！"八卦男尖酸地笑。

一句话，直击纪小行死穴。

每个人生命中都会有不可承受之重，而关于舌头的话题，当然就是纪小行生命中不可承受的"重"。其实这么多年她一直训练着自己的发音，现在已经进步很多，至少大部分的发音吐字是正确的，虽说离标准还有很长一段距离要走，可日常交流中很少会有人这样直接地打击她。

作为一个舌神经麻痹引起的语言中枢神经系统痉挛患者，纪小行沉默了……

"喂，怎么说话呢你们！"乐怡见不得纪小行受辱，心中怒火腾起，直接推开纪小行，机关枪扫射一样对着两个长舌男一阵反击，"别人有个有名的爹就一定是靠爹族吗？别人生下来他爹就有那么有名了你让他有什么办法！如果可以选择的话，别人也想不要背负这么大压力。不管做什么都有无数人在后面说，你看他就是靠他爹好吗？就你舌头利索是吧，你那么利索也没见你为国家做点儿什么贡献啊，申奥你去演讲了，还是联合国你去发言了？！"

"你们……"两个八卦男忽然怔了，一脸见了鬼的样子，手指向乐怡和纪小行身后。

"骗我们回头你们趁机逃跑对吧，哈哈，我小学时就会这招了！"乐怡的战斗指数当然不止这么一点点，立刻还击，顺便故意嘚瑟着回头，"我有本事回头了，你们有本事别跑啊？我回了，你们跑……呃？啊！天……"

乐怡的安静，是因为她也看到了自己和纪小行的身后居然是……

"乐怡，怎么了？"纪小行拉了拉乐怡的衣袖，好奇地顺着乐怡目瞪口呆的视线回头看着，身后是……

他是谁？什么时候来的，听到了多少？他只是站着，安安静静的，所有的刀光剑影唇枪舌剑全部在他周身戛然而止。他很高，斧凿刀削一样挺拔的身材，阳光透过一侧的巨幅落地玻璃窗镶在了他的身上，凝固成一尊完美的雕塑，却也耀眼得让纪小行看不清他的表情：像是饶有兴趣的打量，也像是猎物逼近的威胁。

而与此同时，方才还口沫横飞跟乐怡一争长短的两个八卦男，已经连一溜烟儿地跑掉不见了，要不是此刻是光天化日，纪小行和乐怡会以为自己身处聊斋。

"辛……辛……我……"乐怡看着忽然出现的男人，眼睛瞪得活像戴了十副美瞳，结结巴巴不知所云。

"你干吗？"纪小行诧异地问乐怡，又看了看陌生男人，是超级帅，可也不至于让乐怡傻呆呆吧。

"麻烦让一让。"男人一边开口，一边已经走近，干净利落而又巧妙地挡开了纪小行，本来也可以相安无事，但他这一挡，却直接将纪小行手中的观众入场牌碰落在地上。而他又正朝前走，一落脚，正好就踩在了入场牌上，"咔嚓"，硬塑碎裂的声音，时间停止了……

"抱歉。"男人低头看了一眼，转而对乐怡，"你把垃圾收拾一下。"

"好的，好的。"乐怡拼命点头。

乐怡这么点头，却让纪小行更加气愤，她怔怔地盯着自己的牌子四分五裂地躺在地上，而自己的头顶上空，就飘来罪魁祸首这么两个无关紧要、无足轻重、无足挂齿的"抱歉"？语气里哪有半点儿抱歉的诚意？居然还敢命令乐怡！

"等等！"纪小行果断出手，拉住"罪魁祸首"，而这"罪魁祸首"似乎没有料到她有如此举动，回头看向她，异常平静。

如果说方才的阳光是给他一个背景色调，那么此刻则是大肆地洒在他的周身，按说应该是温煦和睦的，可此刻的纪小行却只觉得被他的眼神里写满了拒人于千里之外的遥远。

长得好看有什么用，做人这么差劲！纪小行在心里抱怨了"罪魁祸首"一个漫长的来回，一字一字地教训着："素你踩碎鸟我的牌子，为什么让我朋友收拾？还有，这不素垃圾，这素身份标志，我素观众的身份标志！"

"纪小行你快别说了，你知道他是——"乐怡赶紧凑近了，小声提示。

"我才不管他素谁！"纪小行怒驳乐怡，"就算他素辛垣陵我都不怕！"

说完，她低头捡起裂成两半的牌子，看到牌子上豁然一个灰色的鞋印，又心疼又生气，顺手就牵起"罪魁祸首"的衣袖，认认真真地把牌子擦了个一干二净。

　　嗯，牌子干净了，"罪魁祸首"的浅色衣袖变深了……

　　世界再次安静了，纪小行擦干净牌子，扭头看到的就是扶额的乐怡一脸痛不欲生的表情。

　　"乐怡你行了啊，平时跟我窝里斗怎么那么横，看到帅哥你就疲软啊！"纪小行万分鄙视地说完乐怡，又瞪着"罪魁祸首"做了个鬼脸，"是你踩的，灰尘还给你。"

　　而这个"罪魁祸首"，却笑了。

　　坦白地讲，他人虽然无礼，但是人帅得确实有点儿惨绝人寰啊，难怪乐怡都要失控了。纪小行在心里暗想着，可接下来这个罪魁祸首说的话，却更让她火冒三丈。

　　"你用来结识我的办法，的确是我到目前为止见过最大胆的。"

　　"呃，哈？"纪小行哭笑不得，"我结识你？我为什么要结识你？"

　　"不过真的不管用，你有这样的时间，不如好好磨磨歌唱技巧或者多去几个栏目试镜，心思放在正途。"

　　"我哪有巴结你啊？大叔！"纪小行的战斗指数"噌噌噌"地上升即将爆表，"我好端端地站在这儿，素你走过来就踩碎鸟我的牌子对吧，我连你素谁都不知道！呃，不过你怎么知道我要唱歌？"

　　"纪小行。""罪魁祸首"的声调骤然降至南极冰点，"你不知道我是谁？你的求职简历已经递到我办公桌上了还敢说不知道我是谁？如果不是知道我的身份，知道我就在你身后，怎么会那么冒失地帮一个陌生人打抱不平。"

　　"呃，什么鬼简历？我打抱不平帮的是……"纪小行话说了一半儿，忽然听到衣袋里的手机嗡嗡地振动起来。接电话要紧，她一边不示弱地继续瞪着"罪魁祸首"，一边没好气地接听，"喂，我素纪小行。嗯，对，什么什么？哪个项目？沈寻参与的大电影？和我谈？真的素我？你确定素我？你真的确定？盛华投资的？总制片素辛垣陵？可是找我谈什么呢？呃，没问题？好的好的，有时间，有的有的，没问题！"

挂断电话，纪小行仍恍惚地处在惊喜之中，立刻给了乐怡一个大大的拥抱："乐怡你听到没有，沈寻找我鸟，难道素听鸟我寄给制作公司的CD所以找我唱主题曲？我终于有机会鸟，可以不用演死尸鸟！沈寻的那个那个大制作！制片人素那个很有名的辛垣陵！哈哈哈哈哈！呃，乐怡你怎么不高兴？"

乐怡咽了咽口水，艰难地指向"罪魁祸首"。

"哦，对，还有你。"纪小行内心狂笑，瞬间原谅了古往今来一切的小人得志行径，因为连她自己都觉得，此刻的自己就在完美地上演"小人得志"，不嘚瑟不行，必须嘚瑟，好好嘚瑟！她一边想，一边得意扬扬地走到"罪魁祸首"面前，以足足高了刚才八度的声调炫耀，"听到没？我，素一个歌手，而且将来会成为一个成功的歌手，明天就要见到大明星沈寻，跟她谈一个电影主题曲，总制片素辛垣陵，你听过辛垣陵没有？"

"辛垣陵？""罪魁祸首"饶有兴致地笑了笑，"你跟他熟？"

"呃，虽然不能说熟，不过……"纪小行心虚地眨了眨眼睛。

"不会是根本没说过话吧？"

"没说过话又怎么样？"纪小行支吾了一会儿，含混其词地逞强，"他不认识我，我认识他就行啊大叔！"

"罪魁祸首"微笑："是吗？可你刚刚还否认过，你说你完全没见过他，不知道他长什么样，所以并不是故意安排了一场打抱不平的戏给他看。"

世界第三次安静了。

话说到这个份上，纪小行再笨也明白了眼前的"罪魁祸首"可能是谁……不会的……不会这么巧……不会这么倒霉……不会刚有个机会就被自己亲手枪毙……纪小行仅存一线生机地看向乐怡，她多希望乐怡给她一个相反的答案，告诉她，她得罪的人不是辛垣陵！

可乐怡却仍旧在扶额，并重重地、重重地，点了点头。

OH，漏！

辛垣陵微笑着，注视着眼前这个矮自己一个头的女生。

的确，只能把她当成一个女生，而不是女人。

女人该是风情万种的，而她……很神奇。

她的眼睛瞪得大大的，充满了惊愕，可不停闪烁着的神采却证明了她那个小小的脑袋正在飞快地运转。

在想什么？办公桌上的简历、沈寻亲自打来的推荐电话、导播间监视器里她那张百变的情绪脸，在此刻跟眼前这张素净的、纤灵的脸结合在一起。

看来她方才的确是不知道，她所面对的人，是谁。

可她现在知道了。

"那么，我是谁？"辛垣陵问。

"你素辛……素辛垣陵？"纪小行的头快低到了脚面上。

"不是大叔吗？"

纪小行咬咬牙，深深地呼吸，猛地抬起头，面对铁塔一样的辛垣陵绽放出从小到大最美丽的一个笑容，眼波婉转，忽地连腰都弯了四十五度，伸出手就拉住了被她亲手弄脏的辛垣陵的衣袖："这怎么搞的，怎么这么脏鸟辛总，我帮你干洗吧辛总，素我的错辛总，大水冲鸟龙王庙啊辛总，你看要不要听我解释解释辛总！"

乐怡嘴角抽搐着注视着眼前的一切，将好友的形象幻想为一只狗腿，多么鲜嫩……

早就说过纪小行总有办法把生活搞得很神奇，连她自己都承认这一点。神奇归神奇，日子总得继续，既然马上要谈大项目，自然要好好准备。

和沈寻见面的时间订定在下午三点，地点是国际大厦顶楼咖啡厅。怕迟到，纪小行和乐怡吃了午饭就到了，不过先没去咖啡厅，就在楼下几层服装旗舰店先转转。其实纪小行觉得自己来就可以了，可是乐怡强烈要求陪同，想想也好，刚好让乐怡帮着参考下。

"纪小行，你需要一条新裙子。"电梯里，乐怡打量着Ｔ恤牛仔裤的纪小行，不满意地摇了摇头。

电梯里空荡荡的，纪小行和乐怡站在最前面，隐约知道后面还了一个很高的男人，也没在意，继续闲聊。

"为什么？"纪小行随口问着。

"你要跟沈寻一起工作，之后要出席新闻发布会，还要出席开机仪式，这可是大制作，全是大明星加盟。哦，新闻发布会，别人都衣香鬓影，就你灰头土脸，丢人不？"

纪小行怔了下，还真没想这么长远，透过电梯里的反光板审视着自己的打扮，好像的确太清汤寡水了："其实沈寻找我，还不知道什么事，不一定素要我一起参加吧？"

"买不买？"乐怡白了纪小行一眼，直接打断。

"买。"

"那别废话！带钱没？"

"带了！"纪小行兴高采烈地拉开包，里面搁了一些还没拆封的红包，"都素我当死尸赚的！"

"噗！咳咳……"一阵猛烈的咳嗽声骤然在电梯里响起。

纪小行和乐怡皱眉回头看了看，声音来源是站在她们身后的男人。他穿得很休闲，戴了一顶棒球帽，手里拿了一瓶可乐，此刻正扶着电梯壁低着头猛烈地咳嗽。

"素我吓到他鸟。"纪小行压低了声音，拉了拉乐怡。

乐怡扶额，更小声地、咬牙切齿地回应："我麻烦你不要总把你当过死尸挂在嘴边！也不要就这么轻易地把红包亮出来好吗！好吗！"

"知道啦！"纪小行吐了吐舌头，刚想回头安慰下那个被自己吓到咳嗽的男人，电梯"叮"的一声到达，她只好拉乐怡赶紧走出去，没走几步远又回头看了眼，电梯门正徐徐关闭，依旧没看到那个男人的脸，但却有种说不出的感觉，总觉得像是在哪里见过。

"小行，去那家吧，那家品牌的衣服全手工订制，特别漂亮。"乐怡一下电梯眼睛就亮了，指着不远处的一家旗舰店说着。

纪小行的思路迅速回归，断然否定："你觉得我的红包买得起那个牌子？"

"你又不是真的穷，干吗总提红包？走走，听我的没错，试试、试试去。"乐怡不管三七二十一，拉了纪小行就奔向那家。

十分钟后，换上新裙子的纪小行站在试衣镜前，怔怔地注视着镜中焕然一新的自己……

"我就说你穿这个牌子好看！"乐怡对着镜中的纪小行由衷地赞叹。

"小姐，这件真的太适合您了。"导购适时地再加一句。

"谢谢。"纪小行难得羞涩一次，却也开心。不过，她也知道导购和乐怡夸她夸得多么虚伪……

这条小黑裙，理论上来说并不是十分适合目前的她。无论是气场还是年纪，她驾驭起来都多少有些勉强，可臀部后幅下摆别致地做成小褶皱、前领连袖一体的方直小露肩，完美的腰线，既能勾勒纤瘦的腰身，又能巧妙烘托胸型，可是她的胸……

"你再买件厚一点的海绵和带钢圈的胸衣就好了！"乐怡非常没有眼力地提出了建议。

"我又不小，只是最近在减肥……"纪小行心虚地挺了挺胸，眼神刻意忽略明显没有托圆的胸线，兴许能再发育发育？

"您是需要买什么场合穿的衣服呢？"导购礼貌地问着。

"呃……"纪小行想了想，是啊，什么场合呢？

"开机仪式！还有新闻发布会！"乐怡抢答，"她是个歌手，未来的明星，需要一件出席正式场合穿的裙子。"

"哇，真的，难怪小姐气质这么好，原来是明星。"导购的眼睛亮了，"那一会儿可不可以请您帮我签个名？"

纪小行瞬间脸涨得通红，连连对着导购摆手："不素不素，我还不素明星。"

"今天不是，明天就是了，明日之星！"乐怡拍了拍纪小行的肩膀，直接帮纪小行做了决定，"买！"

"那就买吧。"纪小行无奈又好笑地目送乐怡拿着装了一堆红包的皮包去买单。

她再次审视镜中的自己，忽地就信心百倍，忍不住笑了起来……

"那条裙子很漂亮。"舒澈在心里想着。他站在旗舰店的另一侧角落，借助塑料模特的遮挡，一直远远地审视着纪小行。

"先生，有什么需要我帮忙吗？"导购小姐的声音温柔而礼貌，她适时地走近了。

而舒澈的本能反应却像根弹簧一样，在听到她声音的一刻立即站远。本来轻松愉悦的神态也一扫而空，取而代之的是冷漠和深深皱紧的眉头，他直截了当地答了句："不需要。"

导购小姐吓了一跳，颇尴尬地怔住。

舒澈压了压棒球帽的帽檐，转身离开。

临近下午三点，提着新衣纸袋的纪小行和乐怡提前到了顶楼咖啡厅等候，当沈寻远远地出现在咖啡厅门口，仪态万千地朝她们走过来时，两个女生只觉得呼吸都快停滞了。

"小行，我没看错吧，掐我一把，那是……沈寻？"

"素……沈寻！"

"小行，我觉得我们来对了……"乐怡以一种泪流满面的激动语气，揪过纪小行的耳朵耳语。

"可我怎么感觉不大对劲。"当然，这只是纪小行在心里想起的一句话，并被她拼命咽了进去。可十分钟之后，纪小行不得不感慨，自己的第六感是多么准确……

"如果你同意的话，在这份合约上签字就好。"沈寻笑意吟吟地把桌上的文件缓缓推至纪小行面前。

"我不同意"，只是短短的四个字，却还是哽在纪小行喉中，她怔怔地看着那份合约哭笑不得。

"沈小姐，昨天小行接到的电话说是请她来谈那部电影的主题曲演唱，我们没想到是让她当助理……"代替她开口的自然是乐怡。

"助理怎么了？更何况，是当我的助理。"沈寻笑容里的笃定来自于她的自信。

"沈小姐，其实我素……"纪小行费力想着该如何委婉地拒绝，却还是被沈寻打断。

"纪小行对吧。"沈寻微笑着，"我还是先跟你说说这部电影吧。可能你也听说过一些，是盛华影视制作，应该来说，算是盛华这么多年来最大手笔的一次，所有的参与人员都是国内顶级的，看了剧本之后，我发现，很有趣，非常有趣。"

"剧本上写鸟什么？"纪小行忍不住问，却立刻被乐怡在桌下使劲拧了大腿。

"呃，有趣和我也没什么关系……"纪小行龇牙咧嘴地补充，真疼啊，"我什么都不会，当助理不太合适。"

"我倒觉得你一定能胜任。"

"为什么？"这次好奇的人换成了乐怡。

"首先我得承认，我跟剧组打听了你的情况，小行，"沈寻的表情非常的诚恳，"大家都认为你非常有天分，非常肯吃苦，做事非常用心。"

纪小行忽然觉得有点儿头晕，天花板有点儿低……

"我并不是随便找助理，能做我的助理，起码身材要非常标准，长相也得无可挑剔，毕竟你也懂，长相差距跟我相差太多的，对我的审美、我的心理、我的心情，都是一种伤害。"

纪小行用力点头，天花板好像更低了。倒是乐怡，扭头皱眉打量了下纪小行，打了个寒战……

"其实今天的合约，本来让经纪人来谈就好，可我做人的原则就是交朋友，真诚地交朋友。小行，我已经把你当成朋友了，虽然只见过一面，但是我很喜欢你，你的眼神就透着纯洁正直。"沈寻继续说着。

"她没戴美瞳！"乐怡迅速补充，纪小行用力点头。

"嗯，虽说是做我的助理，可这毕竟是大制作，拍摄期也不过是三五个月。另外，这是一部音乐电影，可想而知，你还可以认识很多音乐界的前辈，这是天大的学习机会，你说对不对？"

"呃，话是不假，可是沈小姐你看，其实我们小行的理想并不是——"

"哦对了，你叫乐怡是吧，我不只要请小行，还要请你呀，你的专业方向是导演和剪辑对吧，要不要一起进组锻炼？"

"其实我们小行的理想就是当一个合格的助理！"

"噗！"纪小行刚刚入口的咖啡全数喷出……

"小行，签吧。我答应你，这个项目结束后，我会推荐你认识新的老师，而且就算是跟在我身边，机会也会比平常多很多。并且，昨天电话里说的，关于电影需要的声乐演唱，我会信守承诺，大力地推荐你去参加配唱的甄选，怎么样？"

纪小行还在犹豫："可素我……我素……"

"师父领进门，修行在个人。"沈寻意味深长地微笑，"你现在不行，不代表永远不行。你说呢，小行？"

沈寻注视着纪小行，她从来不打没把握的仗，纪小行的理想是什么，全剧组都知道。她可以帮纪小行入行，哪怕她的这个承诺对纪小行来说艰难无比，可谁在乎呢？沈寻心里只确认一点，这个叫纪小行的女生理想不重要，重要的是，她要帮舒澈。

十分钟后，沈寻拨通了舒澈的手机："小澈，答应你的事，我办到了。"

"你就这样骗她签约。"舒澈的声音透着无奈。

"这怎么能叫骗，我是给了她一个很棒的机会。"沈寻一边从手包中拿出化妆镜扫了眼面妆，一边继续通话，"放心，拍摄完成之后我真的会帮她好好地推荐，你这几天也准备一下，一起进组吧。近距离地接触她，或许她真的可以解决你的麻烦。"

　　"能不能解决我的麻烦还不确定，不过……她的朋友肯定是遇到麻烦了。"舒澈拿着电话，远远地看着电梯门前、等候着要下楼的纪小行和乐怡，忍不住轻笑。

　　不能不笑，因为看上去，乐怡实在被纪小行打得很惨……

第三章
DI SAN ZHANG

一对蛋兄弟的开启

"你就这样出卖我！"纪小行拧着乐怡的耳朵使劲转了一圈。

"哎呀哎呀痛死了痛死了。"乐怡不顾形象地叫唤，"我错了小行，我错了你放过我吧。"

"没门！你死定鸟！"纪小行咬牙切齿、斩钉截铁地回答。

"可是这事儿也真的不错啊，才三个月就拍完了嘛，而且回来之后说不定你就荣升了！"

"我荣升？我荣升还是你荣升？"

"都升、都升，啊啊啊放过我吧！你拉我去哪儿啊？"

"把刚买的裙子退掉！"

"那么好看，别退啊。这次没机会穿，下次啊。"

"不退？好看？那钱你出？"

"呃，其实我也觉得裙子的胸线不太适合你哎……"乐怡的声音终于随着电梯的下行而渐渐消失……

"小澈，你在笑？"听筒里，沈寻的声音透着诧异。

舒澈怔住，沉默着挂断了电话。是啊，他方才在笑，多久没笑过了？

他没有再进咖啡厅，即使他本来的约定是等沈寻和纪小行谈完合约，他便进去陪沈寻坐一坐，聊聊天。江城对于他和沈寻来说都是既陌生又熟悉，而他们除了共同的朋友辛垣陵，就只有彼此。

他下了楼，去了方才的那家旗舰店，看到了纪小行和乐怡把裙子退掉后离开。他便进去，买了那件黑裙。

纪小对乐怡的惩罚长达半个月之久，其实也不过是全部的家务由乐怡做、全部的衣服由乐怡洗而已，这种低气压局面一直持续到节目组的开机新闻发布会召开才……再次升级！

正如沈寻承诺的，乐怡也进了节目组，先做导演助理。其实做什么她倒不太介意，能跟着学习就好，再加上她本来就是盛华影视的员工，所以新闻发布会也作为工作人员出席，帮忙接待接待记者、打打杂。为了讨好纪小行，她本来是想把纪小行也带进现场来玩。可没想到沈寻来电话通知纪小行，发布会当晚，就是纪小行的上岗之时。

唉，是福不是祸，是祸躲不过，既然已经答应了做助理，那么就让助理的风来得更猛烈些吧！就当这个发布会是去看热闹好了。

可事后，纪小行无比后悔来看了这个热闹。她翻来覆去地想，如果没去发布会，事情会不会有所改变？答案是否定的。她是谁，生活里从来没有"从容应对"字眼的八面小行啊，她早该想到有些狗血会淋过来，早该料到就算当助理也不会当得顺利。所以，当狗血淋头的时候，她能做的不是挡，而是迎头而上……

那天，发布会是安排在国际大厦多功能厅举办，规格颇高，国内外相关媒体有很多会出席。

发布会的时间是在下午五点，之后请记者朋友们直接在国际大厦晚宴。而纪小行被通知"上岗"时间是下午四点，直接到大厦酒店的总统套房接沈寻。

这么高规格的发布会，这么"棒"的机会，虽说自己只是个助理，可毕竟是沈寻的助理。虽然并不十分情愿，可纪小行还是在她和乐怡租住的公寓里认真地"沐浴更衣"。

洗了澡吹干了头发，拉开衣柜开始进行多项选择。呃，其实也没什么好选的，实习期的纪小行着装大部分还是维持了学生风，除了T恤就是T恤，这怎么办，总不好穿个背带裙就去了吧？正发愁，手机短信响了，提醒她楼下的收件宝快递箱有她的快递。

奇怪，最近也没在某宝上购物啊，难道是乐怡的？没太细想，纪小行披了外套下楼取出快递拿回了家，搁在茶几上开始惊讶地端详。这并不是普通的快递纸箱，而是设计精美且牢固的服装品牌专用箱，丝带上印着醒目的LOGO，正是纪小行和沈寻见面那天，在商场试过的那个牌子！

这真是见了鬼了。赶紧开箱，整整齐齐平躺在里面的，正是纪小行试过的那条小黑裙！上面还放着写有沈寻名字的卡片。

沈寻送的！

小屋里，回荡起纪小行开心的尖叫声，经久不衰……

下午四点整，裹着小黑裙、化了淡妆的纪小行，拿着手机准时出现在国际大厦35楼总统套房外的走廊上，指尖微信不断。

乐怡：摄个影来看看，眼线没画歪吧？

纪小行：当然没，用的是你的眼线笔，不晕染那支！

乐怡：你妹……

纪小行：素质素质，注意你的素质。姐今天出席这么隆重的场合，当然不能马虎，还要配这么美丽的小黑裙哦呵呵呵呵。

乐怡：好羡慕，没想到沈寻这个老板还蛮大方，真是她送的？

纪小行：当然，卡片上写着她的名字！嗯，大概也是不想我给她丢人吧。

乐怡：行了吧，民工怡还要布置会场，比不得你这个小助理逍遥。

纪小行：哈哈，拜拜！

纪小行微笑着把手机收进随身包包，脚步也刚好走到总统套房门口，清了清嗓子、理了理头发，抬手按了门铃。

没隔几秒，"咔嗒"一声，门从里面打开了，开门的人西装革履，胸前还戴着电影摄制组的工作牌。

"你好，我素纪小行，我素沈寻小姐的——"纪小行礼貌地说着。

"您好，沈小姐提过了，请进。"工作人员客气的让出一步。

纪小行微笑着点点头，强装镇定地踏入房间。

国际大厦是江城地标级的建筑，而这间位于 35 层的总统套房，应该是整栋楼视线最好的。

与其说这是间套房，不如说更像是大厦内一个独立的世外桃源。脚下是软软柔柔如云端的纯白羊毛地毯，玄关一侧甚至还修葺出微型的罗马风喷泉，顺着玄关步入，映入眼帘的是足有两层高的落地水晶玻璃，稍低的部分正对江城著名的瑶江观景最好的一段。而稍高的玻璃显然经过重重设计，折射出的光线隐约透着不同的颜色，耀得整个房间璀璨得如同水晶宫。

而沈寻，穿着一袭大红色长裙，化着红妆，慵懒地斜靠在纯白色真皮单人沙发上。纪小行怔怔地看着她，脑海里从小到大学过的用以描述倾国倾城女子的词语一股脑儿堵车，冲出重围的只有一句：卧槽，真美！

与此同时，坐在沈寻对面的辛垣陵，也正打量着这个像是不期而闯入迷宫的可怜小鹿——纪小行。

和那天在演播大厅外的初遇一样，辛垣陵一直认为女人该是风情万种的，而这个纪小行……仍旧是神奇。

她的眼睛还是瞪得大大的，盯着沈寻的眼神中写满了惊艳，就差直接流出口水了。辛垣陵想起导播间监视器里纪小行那张百变的情绪脸和演播大厅外那张素净的、纤灵的脸。而此刻的她化了些许淡妆，一身合体小黑裙，长发披及腰际，吹了弯弯的弧度，大概走得有些急，略带了一点点的凌乱却也给纪小行平添了几分精灵的色彩。

惯性使然，辛垣陵抬起手在自己的眼前比画了下，纪小行在远处的那张脸应该还不及他一个手掌大，上镜应该很漂亮。

而与此同时，一直盯着沈寻惊艳的她，好像总算意识到了房间里还有其他人的存在……

能不意识到吗？

纪小行的视线依依不舍地从沈寻身上离开，看到前方十点钟方向，那个安安静静地坐着、所有的刀光剑影唇枪舌剑全部在他周身戛然而止、神情更是拒人于千里之外的男人……辛垣陵！

好吧他是总制片，今后总会见到也是正常的。可是……纪小行的脖子继续机械地转动着，直到看到正面九点钟方向……

纪小行怔怔地注视着那个跟她一样一脸惊讶，应该来说比她还要惊讶的年轻男人，腾地从沙发上站了起来，他一米八几的身高瞬间逼近，严厉、严肃、严苛等等全世界"严"的字眼全部集中在他脸上。而这个年轻男人正盯着她，并一字一字地从牙缝里挤出一句她想象之中的话："纪小行，你怎么会在这里？"

"呵呵呵呵呵，好巧啊……苏辰，你也在……"

"小行，你和苏导演认识？"沈寻也惊讶地站了起来。

"当然认识！"苏辰咬牙切齿地说着，"她是我——"

"学妹！"纪小行突如其来的声音高度……

身临其境的辛垣陵只想到两个词：声如洪钟、震耳欲聋。

真是一场好戏。苏辰和纪小行两个居然认识。电光石火间，辛垣陵忽然想起一幕，那天在演播大厅外，他和纪小行的初见……

"对，苏辰，留学党。"

"哼，又是影二代来抢我们饭碗，我最看不惯这些人，还不如我们！"

当时的他也听到了前面那两个陌生男人讽刺的对话声，而他还记得，当时纪小行的回答是：嘴上唆看不惯，心里却羡慕得很呢。

原来如此，原来纪小行替其打抱不平的人是苏辰。

辛垣陵忍不住微笑了。也对，苏辰的家世无可挑剔，本人留学归来，外貌……如果说苏辰哪天忽然得了个国际名模的称号，辛垣陵也丝毫不会感到奇怪。所以，以苏辰这样的条件，有几个学妹明恋或暗恋，再正常不过。

苏辰自然留意到了辛垣陵的笑容，恶狠狠地瞪了他一眼。

辛垣陵双手示意自己毫不知情，一脸坦然，坐得更舒服了些，保持沉默，却继续饶有兴致地看戏。

苏辰深呼吸，告诉自己尽量不要显得过于咬牙切齿："所以，你是沈寻的助理？"

"素的。"纪小行一颗头快低到地毯上了。

"负责什么？"苏辰继续问。

"嗯，小纪是新人，我安排她在我身边……"沈寻轻描淡写地接过话，"唉，其实我身边也没有什么事她可以做的，她主要替我照顾小澈就好。"

"小澈？"

"舒澈！"纪小行和苏辰异口同声。

"是啊。"沈寻耸了耸肩。

"小澈又素谁？"纪小行目瞪口呆。

"是你要负责照顾的人。"沈寻再次耸耸肩膀。

"你要她给舒澈当助理？"

这次轮到了辛垣陵和苏辰异口同声地惊问。

"呃，这说来话长，是……吧。"沈寻一脸坦然，毫不示弱。

"呃，等等，有没有人能告诉我，舒澈素谁？"纪小行垂死挣扎。

"不管是谁，不能反悔哦，你已经签约了。"沈寻理直气壮。

"纪——小——行！"苏辰扶额，气若游丝，"你，在江城，在这儿，就是为了……一个你不认识的人，当助理？"

"可素请问，舒澈到底素谁？"纪小行哭笑不得。

"是我。"一个清清浅浅的声音忽地自玄关一处响起。

没有人留意到他是什么时候进来的。

舒澈一身白衣白裤，手插在裤兜里，安安静静地站着，身边一侧的水晶玻璃折射出的彩光刚好凝在他周身。纪小行只觉得满室的喧闹都像在瞬间被他吸了去，他在对所有人回答，而眼神却只是凝视着纪小行，专注而深邃。

他是舒澈？原来他就是舒澈！那个害得她睡了半宿停尸柜的变态。

"纪小行，我想，你肯定有话跟我说。"苏辰沉着脸走近纪小行，用力握住了她的手腕。

"OH，漏……"纪小行这次真的想哭了，"等等，沈寻小姐，我们签的约不是这样的，我们说的不是这样的。"

"又有什么不同呢？小行，反正都是在我身边，你依旧还是我的助理，只不过是负责照顾小澈而已。"沈寻的语气理所当然，就好像如果纪小行反对，是天大的错误。

"我不同意！"

"我不同意！"

苏辰和纪小行这次异口同声。

"纪小行，你是不是闯了什么祸？为什么不回家？为什么稀里糊涂地签了什么合约？为什么不接我电话？"苏辰对近纪小行，一连三个为什么质问，盛怒又或者说是震惊之下，他已不在意这个房间还有其他人的存在。

信息量颇大。

纪小行真是哭笑不得，既尴尬又失望，她没想到沈寻竟然会骗她，更没想到会在这种情况下见到苏辰！

纪小行不用抬头不用看都知道苏辰此刻的表情一定是对她失望至极。亏她还特意梳妆打扮了，还穿了八厘米的高跟鞋，这个隆重的样子，只会让她显得更加可笑而已！她只是个助理的助理而已！

罢了罢了，三十六计，走为上。纪小行决定不再留下继续接受苏辰的批评，转身刚要走，手腕却被人从身后拉住。

是舒澈，他轻声说着："纪小姐，请等一等。"

"误会，签约是一场误会，对不起，我真的先走了！"纪小行挣脱开来，头也不回地跑走。

舒澈犹豫了片刻，还是决定追了出去。

"喂，纪小行，你等等！"第二个追出去的人当然是苏辰，终于逮到了纪小行，他不会这么轻易就让她溜掉！

厅里，前一秒还充斥着各种争执，后一秒，在纪小行离开之后陡然陷入了安静。

"舒澈需要助理吗？"打破沉默的人是辛垣陵，他懒洋洋地问着。

"是舒老爷子安排他参与这个项目，所以，希望你能体谅。"沈寻柔声答着，全然不同方才她对待别人的高冷。

辛垣陵笑了笑，并不多说什么。沈寻端起咖啡杯，却并没喝，指尖轻轻摩挲着杯沿，以一个旁观者的状态。

因为她知道，辛垣陵对舒澈也要参与项目的心情，当然不会是欢迎，因为那个高高在上的盛华集团。

盛华集团，总部位于上海，初创于民国时期，创始人是辛垣陵的曾祖父辛凤城，当时主营一些重工项目，如造船、船配件及船用大型设备等。抗战开始之前，对国际局势颇有关注的辛凤城就将盛华大部分资产和设备，都悄悄地迁到海外，他本人和家眷也都纷纷迁往海外。而留在国内的盛华半个空壳，则由当时的股东之一，即舒澈的曾祖父来坚守。后面的战争、历史原因不必再说，总之盛华经近百年的沧桑变换，成长为国内和海外均享有盛誉的超大型企业。而辛、舒两家对于盛华集团成长所付出的功劳和建树也各有评说，尤其在辛、舒两家后人都已成长起来的如今，微妙的局面也出现了。虽说盛华集团的董事长仍旧是舒澈的爷爷舒望之，可外界也普遍认为，辛氏以辛垣陵为前锋的浩势回归，也代表了辛氏打算重收盛华的决心和姿态。

所以，同为盛华第四代继承人人选的辛垣陵和舒澈，就不可避免地被摆在了一个无形的台面上。辛垣陵自不必说，海外名校毕业，又从小被灌输着作为一个企业继承人应该掌握的全部教育，可谓天之骄子。

其实在两人都还小的时候，辛垣陵一直把舒澈当成弟弟，可在舒澈八岁那年……一场意外，别说是继承企业，舒澈就连最普通的商务谈判或公务活动都没有办法参加。

偏偏舒家第四代仅舒澈一人而已，为了稳定企业内部军心，也为了盛华股价及对外形象建设，舒澈的这个情况被当作绝对机密保护着，知道的人少之又少。沈寻家族和舒家是至交，她又和舒澈一起长大，所以她知情，也把舒澈当成弟弟一样爱护着。至于辛家，关于盛华的一切都早已志在必得，对于舒澈的情况也早已知晓。

虽说不忍心这样想，可沈寻心里却明白，在未来的盛华争夺战中，或许舒澈的病情将是决定胜败的关键，也或许这是天意，劳苦功高的舒氏……大厦将倾。

"好吧，看来是真的。"辛垣陵笑了笑，"那么，舒澈的问题是已经解决，还是……打算让纪小行，成为他的药引？"

"垣陵，这是小澈个人的私事。"沈寻平静地回答，直视着辛垣陵。

"这是我的项目。"辛垣陵的语气意味深长。

"准确地说，是盛华的项目。"

"所以，我不会输。"辛垣陵不置可否地笑了笑，他当然知道这是舒老爷子的指派。"在不影响项目的前提下，我不会干涉他处理私事的自由。"

"谢谢。"沈寻松了一口气。

"不过……"

沈寻注视着辛垣陵，等着他的话，她知道自己注视辛垣陵的目光仍旧是炽热而迷恋的。对，就是他的这种笑容，像是对一切志在必得、对一切不屑一顾、对一切都胸有成竹。

"牺牲其他人换取自己的利益，"辛垣陵笑了笑，"舒家的家风，一如既往。"

"没有这么严重，纪小行没有任何损失，甚至还会从中有所收获。"沈寻有些尴尬，隐隐的不安情绪在心中弥漫开来。她不知道自己做的究竟是对还是错，她更不知道帮舒澈打开心结的行为究竟是帮他还是帮自己，她甚至都没办法判断，如果舒澈的病好了，不再是那个任何时候都会陪在她身边的小澈，是否真的是她想要的。方才纪小行"逃跑"一样离开后，舒澈立刻追了上去，追上了吗？他追上了能说服她吗？

"如果你能用这个理由说服自己，也好。"辛垣陵站起来，绅士地朝沈寻伸出手臂。

他还要带着她出席记者会，还要带着她完成整部电影的拍摄，他不打算牵扯进那些对他来说无关紧要的事情，沈寻和舒澈现在所做的事，他又有什么资格去批评，因为他和他们一样，把家族的利益看得胜过一切。

可最大的悲哀却是，他不愿这样，却又一步步走进去。

沈寻想得没错，纪小行的确是"逃跑"一样仓皇离开的，虽说也听到了舒澈和苏辰在身后喊她，可这种时候，谁停谁傻啊……

纪小行心一横，不管三七二十一地往电梯跑，还没跑出几步，迎面就看到几个脖子上挂着长枪短炮单反镜头的人鬼鬼祟祟地出现在走廊上。纪小行怔了十万分之一秒，迅速蹿到那几个人面前，无比诚恳而又利落地回头一指："看，苏辰在那儿！"

五秒钟后，苏辰被狗仔队们包围，只从围住他的人墙里传出了他咬牙切齿、无可奈何、又气又恼又恨的吼声：纪——小——行！

当然，他已经无法看到纪小行回头做的鬼脸……

纪小行三步并作两步就蹿进了电梯，赶紧按了一楼按钮，看着电梯门慢慢合了才长长地舒出一口气，可还没等这口气舒完，"嘭"的一声，电梯门被忽然伸进的一只手臂给挡开了。电梯门缓缓在纪小行的眼前再次开启了……

是舒澈，他走了进来。

电梯里很宽敞，只有他们两个人，自然也很静，只有电梯下行而带来的微不可闻的嗡鸣声。而纪小行全部的语言功能似乎也在这一刻丧失殆尽，只是仰着头，怔怔地注视着舒澈。

这是她与舒澈的第三次见面，即便有过前两次的铺垫，而真正近距离地与他面对面站着，纪小行仍旧会被那双沉静的眸子安抚下来，其实她并没觉得怕，即便助理事件每寸都透着古怪，她仍旧没有害怕。

"好。"纪小行叹了口气，开门见山，"我知道你和沈寻之间不是助理和明星的关系。"

"嗯。"

"那么，你的身份是？"

"名字你已经知道了，舒澈。以前在国外的时间居多，最近一年才回国，为了多陪陪爷爷，他是盛华的董事长舒望之。"

纪小行怔了下，没想到舒澈会这么坦白，反倒让她几乎忘记了下面该问什么："呃，你素知道苏辰会把这些告诉我，才答得这么痛快吧。"

"苏导是你的……"

"我都说鸟素学长！另外不要岔开话题，现在素我问你，不素你问我！"

"好。"舒澈轻声说着，温和而坦然。

纪小行再次怔住，万万没想到，她以为面前这个古怪而又俊美得不像会在现实生活中出现的、漫画式的男人应该是高傲的、命令式的，至少可以出动沈寻这样的人物来千方百计让她纪小行这样寻常女生的舒家小少爷，不应该是现在这样对她俯首听令的。

纪小行想了想，决定诚恳面对："之前的事情，我们一笔勾销。当然，我不会天真到觉得你真的对我一见钟情鸟，可素……你那天在剧组的表现，以及现在……原因素什么？"

舒澈知道，这个问题如果不说清楚，是没有办法让纪小行接受那纸合约的。他更知道这个原因即使说了出来，也未必会让纪小行接受那纸合约。舒澈低着头，注视着纪小行。她穿着他送的小黑裙，跟第一次在剧组所见到的相比，她眼神中的欢灵和跳跃一点没有变，可脸上的神情却格外认真。

"好，我告诉你。"舒澈决定对纪小行坦白。盛华的名誉、盛华的归属，甚至盛华的未来，或许都会被他今天是否决定坦白的决定所影响，可他……无法隐瞒，"我之所以遇到你会反常，是因为——"

"十楼到了。"悦耳而极富机械美感的女声打断了舒澈的话，是电梯的语音楼层播报。

"嗯，然后呢？"纪小行没有理会电梯门的再次打开，可本来平静讲述的舒澈却忽地停了，怔怔地看向电梯外面。

电梯门口等候了很多人，看着装是些商务人士，大概是刚散了会，正互相道着别，并谈笑着快步进入电梯。

"快再进几个，飞机快来不及了！"一个领导模样的人按着电梯的开门按钮对外面的人指挥着，还不忘回头对纪小行抱歉，"耽误两位时间了，真不好意思啊。"

"哦，没关系。"纪小行礼貌地回应。

电梯里的人越进越多，纪小行猜得没错，这的确是一场小型商务会议刚刚散场。虽说进入电梯里的人素质不错，可毕竟人数较多，方才还甚觉宽敞的空间变得逼仄。纪小行下意识地往后退，再看舒澈……纪小行怔住了。

舒澈板着脸，整个人紧贴着电梯的壁厢，随着电梯里的人越来越多，他神情中的烦躁也愈发强烈。

"舒澈，你……"纪小行有些疑惑，她完全不知道舒澈怎么了，而电梯里已经站满了人，瘦小的她已经避无可避地被挤向角落的舒澈。

"哎等等我们等等我们。"电梯外仍旧有人继续挤进来，舒澈也没有回答纪小行，电梯门终于关闭。

此刻的电梯已接近满载，可总算还留给舒澈和纪小行一个小小的角落。纪小行面对舒澈而站，为了避免被"吃豆腐"，纪小行双臂越过舒澈张开，撑着电梯壁。

舒澈半闭了眼睛，长长的睫毛不停颤抖着，只是烦躁的脸色似乎平缓了一些。

好在只有十层，到达一楼赶紧离开这个古怪的人和古怪的电梯！纪小行心里暗想着。

"八楼到了。"机械的播报女声再次响起，如同是老天爷听到了纪小行的内心，并狞笑着拒绝……

"老公啊，痛死了我要生了，要生了啊！"

"老婆不要紧，我马上送你去医院，马上马上！"

"我都说了不要出来旅游，你就是不听，不听老人言吃亏在眼前！"

"哎呀妈妈不要说了，快往里挤！"

以上对话均为纪小行听到的，因为重重人墙外的电梯门口已经是身高只有一六五的她所不能企及的高度，而且在听到这段对话之后，人墙瞬间重新进行了轰轰烈烈的排列组合。如果所听即所发生的话，纪小行明白，起码又有几个人挤进了电梯。

这部电梯的荷载人数到底是多少啊？好想哭……纪小行感觉自己的后背再次被"肉弹"撞击向舒澈，她两只可怜的小细胳膊几乎快支撑不住了。而除了纪小行之外，舒澈的身体左侧还挤着一个方才散会的人，那人竟然还在窄小的空间里跟谁通着电话，手肘贴到了舒澈的手臂。

"喂，不是我想拥抱你啊，是太挤了。"纪小行咬牙切齿地小声说着，她的头已经被挤得活像埋在了舒澈胸口，只有奋力仰起下巴，凶狠地对舒澈宣告自己的纯洁！

可舒澈……

舒澈的视线僵直地盯着那只贴着他手臂的陌生人的手肘。

"舒澈，舒澈！"纪小行终于意识到了不对，舒澈的身体笔直而僵硬，紧紧地皱着眉盯着挨向他的那个陌生人，方才烦躁的神情愈发可怕。

"舒澈，你怎么鸟？"纪小行忘记了怕，更忘记了要保持距离，下意识地扶住舒澈的手臂，刚好也挡开了那个陌生人的手肘，而就是她的这个举动，也似乎终于让舒澈有了知觉。

纪小行知道，她恐怕永远不会忘记那个画面：舒澈僵硬的视线终于转回到她的脸上，虽然他仍旧是颤抖着的、气愤着的，尤其那张漫画一样完美的脸上竟然写满了绝望又或者是对他自己的失望……

纪小行不知该如何形容当时的舒澈，她只有怔怔地回应着他的注视，莫名地震惊着、心疼着，直到……舒澈终于紧紧闭上了眼睛，紧紧地抱住了她，并低下头埋在她的肩膀上。纪小行知道，他的脸就在她的旁边，近到不需要侧过脸也仍旧可以嗅到一股淡淡的、清新的、带着海洋味道的须后水的味道。

她怔怔地由着舒澈紧紧地抱着她。电梯从八楼下行，到达一楼只需几秒而已，而这几秒却漫长得像几个世纪，电梯里的其他人也更像是从来没存在过一样。有些人的记忆是以眼睛为主，以看到的为主，纪小行曾经以为自己也是。可那天她却明白，恐怕她永远不会忘记那天的那个气味，那个淡淡的、清新的、带着海洋气息的味道……

当晚，回到小公寓的纪小行把自己关在房间里，任乐怡怎么在外面用美食和电影勾引她也没有出去。

推开卧室小小的窗，可以看到江景，可以看到万家的灯火，甚至那栋远远矗立在江岸的国际大厦。

下午的时候，电梯里的人走后，她并没有马上离开，而是跟着舒澈再次去了顶楼的咖啡厅。

　　就在不久前，纪小行还跟乐怡一起去过，当时去是为了见沈寻。而下午，环境没变、位置也没变，只是坐在她对面的人变为了舒澈。

　　她默默地看着舒澈从衣袋里拿出一只小小的药盒，取出一颗药，就着水服下，又静静地坐了一会儿，脸色才终于恢复正常，可眉宇间那股别人看不到的难过，却再也没办法在她面前隐藏。

　　她问舒澈，吃的是什么药。虽然她也犹豫，不知道这个问题是不是触犯了什么禁忌。

　　舒澈却并没有犹豫，坦白而平静地承认，他服用的是一种精神科药物。而他之所以要服药，是因为小时候遇到过一场意外，之后就逐渐严重，最后被判断为狂躁症患者，并且伴有严重的社交恐惧症，没有办法跟陌生人有正常的交流，不想说话，不能公开演讲，严重到握手或与陌生人共乘一部拥挤的电梯都会引发他强烈的反感。

　　当时的舒澈淡淡的语气，就像在说着别人的事情、别人的病。他还说，他的坦白并非想得到纪小行的同情，如果可以，他宁愿不要同情，他宁愿用全世界的同情来取换自己的健康。可他没办法，任何医生都没办法，这些年，他的爷爷已经为他找遍了几乎全世界知名的各科医生，他每次要经历无数类别的检查，从头到脚、从身体到心理，可没有一个医生能真正地治好他，没有一个。

　　所以，从那场意外开始，他不能上学、不能上班、不能开会、不能聚会，所有正常人再正常不过的活动他都没办法参加。他抗拒所有人多的地方，他永远只能一个人，远远地站着、看着。直到那天在剧组，他遇到了纪小行，他发现自己竟然对完全不认识的纪小行没有任何的反感，可以跟她交流，平静地说话，甚至可以吃掉她吃了一半的面包。当时的他用尽全身力气才能压制住自己的狂喜，他不敢信、不敢离开，所以哪怕剧组的人全部走了，哪怕他身处的地方是个停尸间……

"我不想永远站在爷爷的身后，靠他保护。所以我要进入盛华，即使暂时没有办法跟辛垣陵相提并论，我也要试一试。盛华，不会被人夺走。"这是舒澈对纪小行解释的最后一番话。

原来就是这个原因，就是这个离奇得近乎荒谬的原因。

跟舒澈告别后，纪小行回了公寓，想了很久。

夜风凉了，她回到卧室，关上窗坐回床上。厨房里炖着一锅排骨汤，汤的香味，以及客厅的乐怡观看一部喜剧片狂笑的声音，随着门缝飘进了纪小行小小的房间。

这是她的生活，平凡却温暖的生活。而在江的对岸，有一个人跟她过着相反的日子，孤独而冷清。

舒澈的病、舒澈的话，可能会有人不相信，但她信。曾经发生过在她身上的事，又何尝不比舒澈离奇，何尝不令她跟舒澈一样痛苦。她拉开床头的抽屉，里面只搁了一个小小的相框，而相框里的人……

不再回忆，纪小行长舒一口气，从包里拿出手机，拨了舒澈留给她的那个手机号码。

几乎立刻接通了，舒澈柔和的声音轻轻地从听筒里传出来："纪小姐。"

"叫我小行吧。"纪小行笑了笑，回应着。

"好，小行。"

"关于助理的事。"纪小行做出最后决定，"我同意。"

"我还需要持续服药和精神治疗，甚至……有暴力倾向。"

"我知道。"

"现在我的确对你不抗拒，可我不知道当我忽然接触到某个触因，发病的时候……会不会伤害到你。"

"我懂。"纪小行平静地说着。

听筒里沉默了很久，直到舒澈那声轻轻的："谢谢。"

是，就是从那晚开始，患有舌神经麻痹引起的语言中枢神经系统痉挛患者江湖俗称大舌头而理想偏偏是成为一名歌手的纪小行，怀揣着国内最好的音乐学院却跟声乐完全无关的专业的本科文凭，把简历投到无数大大小小听上去跟音乐有关或没关的公司并幸运地成为知名剧组不可或缺的死尸专业户群演后，终于被大明星沈寻慧眼看中，成了她助理……的助理。

这算是进步了吗？纪小行想了又想，决定不想。她只记得那晚跟舒澈之间的通话：

"我可以问问，你为什么会同意吗？"

"也没什么啊，只不过我觉得。咱们两个人，一个大舌头、一个不可触碰症，真素一对蛋兄蛋弟。"

"是难兄难弟，NAN，是发N的音。"

"哦，烂兄！烂弟！"

"……算了，还是蛋吧……"

一对蛋兄弟的坎坷生涯，由此开启。

第四章

DI SI ZHANG

初吻？ 人工呼吸？

盛华影视投入巨资制作的这部电影叫《月殇》，剧情自民国时期开始一直到当今。剧本是舒望之董事长委托了近两年声名鹊起、笔名叫作"一言"的作家完成。

　　起初，辛垣陵以为这只是个普通的制作，最多不过是投入成本较高而已，可他在看完整部剧本之后，才发现不简单，甚至可以说电影内容完完全全就是盛华集团的兴衰史、成长史。尤为让辛垣陵察觉出敏感的部分，是关于辛、舒两家在抗战时期如何被迫将盛华一分为二的剧情安排。虽然剧本中并没有对在当时将大部分资产转移至海外的辛家有所指责，可在辛家有意重掌盛华的当今，剧情的确是对辛家的声誉不利的。对此，辛垣陵并没有跟舒老爷子硬碰硬，而是委婉而巧妙地提出修改意见，并几次邀请剧作家一言见面恳谈，可无论他怎样发出邀请，一言本人都以各种理由推托，只指派了编剧助理出席剧情讨论会。

　　对此，辛垣陵心中有数，这一定是舒老爷子的安排。无妨，他作为辛家的继承人，是将这个项目当作战役来打，只许胜不许败。

　　不可否认舒家对盛华的承继和贡献，但，盛华只能姓辛。

　　那天在江城国际大厦的记者会，除了因为纪小行引起的风波之外，尚算顺利。女主演沈寻、男主演安子骞都是国内极具知名度和话题性的一线明星。而总导演苏辰的签约，却是辛垣陵力排众议，大力促成。之所以选择苏辰，一来辛垣陵有另外的想法；二来苏辰本人的作品近几年也逐渐打响，尤其在捧了两座国际电影节的最佳导演奖项之后，无论是声望还是知名度都水涨船高，曾经的那些关于他只是影二代的言论也渐渐平息。于是，舒望之董事长即使并不是十分满意，却也明白，这是辛家对电影制作的另一种掌控。

可让辛垣陵始料不及的却是，他在今晚约了苏辰谈电影，却被苏辰摆了一道，成了他的司机，亲自送他到这栋旧楼前，并陪他坐在车里等了足足一个小时。

"苏辰，请问我们还要在这里等多久？"辛垣陵侧过头，一字一字地对旁边副驾驶位置上安安稳稳坐着的苏辰说着。

苏辰看了看腕表，已经晚上九点钟了，怎么纪小行那个丫头还没回来！

"急什么，一会儿请你吃宵夜。"

"电影马上就正式开机了，这个时候我更希望你急着来找我讨论是电影该如何拍好，而不是让我送你来找一个莫名其妙出现的学妹！"

"她不是……好吧，她不仅仅是我的学妹！"

"和我的项目有关吗？"

"和你的项目的总导演的心情有关。"苏辰耸了耸肩。

"哦对了，苏辰，最近衍之导演在忙什么？"辛垣陵像是"随口"问了一句。

衍之是苏辰的舅舅，也可以说是一线导演中的佼佼者，在国际国内获奖无数，却跟所有的顶尖艺术家一样，高傲神秘，一切行踪成谜。

"谁知道呢？"苏辰却完全没有关注这个话题，心不在焉地回答，目光却忽然专注地盯着右侧倒车镜看了一会儿，随即迅速地按了开窗电钮，几乎是用一种"咬牙切齿"的语气高声对朝车窗走近的人吼，"纪小行，你怎么才回来，上车！"

是纪小行？没等辛垣陵做出猜测，苏辰一侧的车窗果然有一颗神奇的、毛茸茸的头探了进来。

当然是纪小行。

"听到没有，上车！"苏辰对纪小行命令着。

"喂，麻烦你们在车外谈！"辛垣陵惊愕地抗议，可明显为时已晚，苏辰仅以后脑勺儿对着他。

"苏辰，你怎么在这儿？辛垣……哦不辛总，你怎么也在？"纪小行笑得很灿烂。

"我当然在！"苏辰咬牙切齿。

"我当然不想在！"辛垣陵斩钉截铁。

纪小行咽了咽口水，无奈的神情中却多少又有些释然了。她知道苏辰一定有办法找到她，只是没想到，他自己来也就算了，还拉上了辛垣陵。不过今晚的辛垣陵……有些不同。

她只见过辛垣陵两次而已：第一次在演播大厅外，辛垣陵一身笔挺的西装，一脸的冷傲就差挂个生人勿近的牌子；第二次在国际大厦沈寻的休息室，辛垣陵的西装搭配得更加隆重，坐在单人沙发上，一脸的漫不经心。

而今晚，他只穿了一件极简单却剪裁线条流畅的白衬衫，神色有些许疲累和无奈。

"好吧，反正也躲不过去，在剧组也要见面，那我就一次性把话说清楚好鸟。"纪小行长长呼出一口气，认真地注视着苏辰。

"上车说。"苏辰命令着。

"不了，反正就一句话。"

"纪小行，你给我上车！"

"你们两个，麻烦在车外谈。"辛垣陵无可奈何地打断着，他实在不想在这种八卦时间贡献听力。

可并没有人理他……

"苏辰，你听好。你，只素我的学长而已！"纪小行毛茸茸的头挤进车窗，近得快贴在苏辰脸上了，语气却凶恶无比。

"纪小行，你给我上车！"苏辰仿佛变成了复读机，就只会说这一句。

"SO，在剧组里碰面也可以把我当成透明人，互不干涉，毕竟我只素沈寻的助理的助理。"纪小行仍旧逼视着苏辰，自说自话。

"两位，呃……或者苏辰，你可以下车。"辛垣陵尽量保持着心平气和的语气。

"纪小行，你给我上车！"苏辰牌复读机仍旧如故。

"见到我千万不要打招呼，不要让任何人觉得我跟导演有多熟有什么特权。"纪小行一字一句地说着。

"你们有人听到我说话吗？"辛垣陵认真无比。

"纪小行，你给我上车！"

"苏辰，你该知道我指的素什么，你也该知道如果被认为有特权的话会被全部的人孤立，你肯定知道那种感觉。"

"纪小行，你给我上车！"

"嘭！"

世界忽然安静了……

那"嘭"的一声当然不会是枪响，是忍无可忍的辛垣陵下车，大力地关上车门，迈开长腿绕过车头，直接走向那个伸着一颗毛茸茸的头跟苏辰各说各话争个没完没了的纪小行！

"你你……你要干什么……"纪小行惊恐地站直，瞪着瞬间逼近的辛垣陵。

他背着月光而立，眸子中隐忍着的不耐烦和霸道已经显而易见，甚至懒于再做出任何的最后通牒，直截了当地伸出一只手握住了纪小行的手臂，直接用身体逼得纪小行后退到车子后部，直到他轻松地打开了后座的车门。

这是辛垣陵第一次让纪小行明白了，他是一个不谈判的人，他霸道、专制、凡事只以行动为主，可他在做这些无礼行为的时候，偏偏眸子又会紧紧地注视着你，让这一切变得那么顺理成章。

除了突然的几次闪光。

等等，闪光？

纪小行和辛垣陵同时怔住，僵硬地扭头，看向发出闪光的方向：黑暗的巷口拐弯处，两个人影正举着单反相机，被发现了也还要做最后的"斗争"，对着辛垣陵和纪小行发出最后一阵"咔嚓"。

OH，漏……

《月殇》，从开始就注定了不会太平，因为在正式开机的前夕，全国娱乐新闻纷纷如获至宝一样刊登出数张照片：

一、辛垣陵下车，走向一位妙龄女郎。

二、辛垣陵走近女郎，看样子是搂住女郎。

三、辛垣陵亲自为女郎打开车门。

四、辛垣陵和女郎一脸的惊愕看向拍摄方向。

当然，关于第四张"惊愕"的照片，娱乐新闻做出的解读是：贵公子辛垣陵隐藏多年的"神秘女友"终于现身……

"乐怡，认得出这个女的素我吗？"纪小行和乐怡各拖着一个大行李箱，站在路口的报摊旁。

《月殇》的第一个拍摄地是距江城一千多公里的西海岛，她们今天就要跟随剧组的主创一行出发。没想到刚出小区，纪小行就看到报纸上关于自己的那则惊悚的新闻……

纪小行买了份报纸，咬牙切齿地逼近乐怡，小声问着。

"我觉得一定认不出。"

"真的？"

"真的，你看你多白多瘦多美，可他们把你拍得又黑又胖又油乎乎的，脸在锅底蹭蹭直接能炒两个菜了。"

"素吗……"纪小行狐疑不已，"真的认不出？"

"嗯，绝对认不出，再说了我们现在就进剧组拍摄了，你别想这些没用的花边新闻。"乐怡劝慰着纪小行，眼光一闪，忽地抬手高喊，"出租车！"

一辆出租靠近停下，司机笑着下车，帮乐怡和纪小行打开后备厢放置她们的行李。

"丝（师）傅，谢谢啊。"纪小行礼貌地道谢，准备上车。

"哟，这不那神秘女友吗？都一脚踏入豪门了，还打出租啊，哈哈哈哈，真是个朴实的姑娘。"司机爽郎而又豪迈地笑。

纪小行怔怔地扶着车门，心里只有一句话，非母语的："OH，漏！"

其实这只是一段插曲，连纪小行自己都没有意识到的简单的插曲。她以为会像乐怡所说的，没人会认出她，又或者是认出也不要紧，世界那么大、事情那么多，娱乐圈的花边新闻层出不穷，不出几天就不会再有人记得她这个"一只脚踏进豪门还如此朴实的姑娘"。所以即便她懊恼有些许委屈，也并不打算真的把这个"事故"放在心上。更何况那晚她和辛垣陵发现被偷拍之后就立刻分开，连跟苏辰的对话都没能继续。可是，她却忘记了一点，最重要的一点，那就是，从小到大，只要跟她沾边的事儿，不管开始如何，最终都会朝着"神奇"的方向发展，毫无章法……

江城国际机场出发大厅门口。

舒澈戴着棒球帽、拖着行李箱，一边走一边看着手机屏幕上那一组让人崩溃的照片。

其实还蛮好笑的，舒澈将其中一张照片放大：辛垣陵一手打开车门，一手抓着纪小行的手臂。两个人的脸都是面对着镜头方向，神色是本能的惊讶。

舒澈忍俊不禁，说真的，认识辛垣陵这么久，从没见过他脸上会有除了冷漠之外的其他表情。

"那两个记者出现的时机，很巧。"

再熟悉不过的声音陡然在身后响起，舒澈脸上淡淡的笑容逐渐消失，停下脚步，转身。

是辛垣陵，以及他身后跟着的一众随行秘书。

"什么意思？"舒澈平静地问。

"这个时候传出任何负面新闻，损害的都只会是盛华的利益，这点，舒老爷子应该更清楚。"辛垣陵声音不高，却笃定而坚持。

"这件事跟我爷爷不会有任何关系。"舒澈微皱了眉。

"当然，老爷子不至于用这种手段。不过，老爷子身边的牛鬼蛇神太多，舒澈，你有时间还不如多陪陪他。"

"我——"舒澈刚要反驳，却被不远处传来的一阵嘈杂所打断。

"辛总，那是辛垣陵！""对，是《月殇》主创们！""沈寻呢，怎么没见沈寻？""辛总，请问……"

方才还看似波澜不惊再正常不过的出发大厅入口，几乎在一瞬间就被从四面八方出现的娱乐记者们包围了。不知道他们守了多久，此刻终于逮到了处在风口浪尖的辛垣陵，一股脑儿地朝着他拥了过来。

"辛总，请问昨晚您去的那栋旧楼是您的神秘女友家吧？"

"辛总，您隐藏了这么久的恋情终于曝光也是新电影的宣传手法吗？"

"辛总，女朋友是圈内人吗？"

……

各种相机镜头、各种麦克风伸向辛垣陵，各种问题蜂拥而至，闪光灯和按快门的声音此起彼伏，类似的传媒轰炸对于辛垣陵来说并非首次，也不会是最后一次。辛垣陵尽全力压制着内心强烈的不悦感，挡开几乎要撞在他脸颊上的话筒，而他身边的随行秘书方离也反应迅速地开始了阻拦和回应："辛总马上就要登机了，各位媒体朋友，咱们有时间再聊。"

"我们只有一个问题，辛总是不是——"

"不好意思，私人问题我们不会回应，请各位多多关注我们的电影《月殇》，谢谢。"方离从容而官方地回应着，他跟在辛垣陵身边已经很久，处理这些事情非常熟练。

"辛总，有传闻说您和盛华的舒董事长在很多决策上意见不合，是不是真的？"

几乎要脱离了记者包围圈的辛垣陵终于停下脚步，而在场的记者们竟也心照不宣地噤了声，只有摄像机完美而安静地捕捉着画面。辛垣陵转身，一如既往的沉稳。

"盛华集团以及盛华影视全部的决策，均为董事会全体成员一致通过，并同舟共济、全力以赴去将其完成。我是晚辈，十分敬重舒董事长，并无不合。"

"可空穴来风未必不是——"那位记者紧咬不放。

"如果各位不相信，可以问那边的舒澈先生。"方离微笑着伸出手臂，指向远远站着的舒澈。

辛垣陵怔了下，眉头皱起，下意识刚要阻止方离继续说下去，却为时已晚。

"舒澈先生是舒董事长长孙，关于舒董事长的喜好，他最为清楚。"方离不紧不慢地说着，完成了他作为辛垣陵的秘书而应该去完成的工作。

方离的目的达到了，而且相当成功。

在盛华掌舵这么多年的舒家一直是个神秘家族，对外的一切事宜都由舒望之董事长亲自出面打理，他的家眷甚至亲属都极少在公开场合露面，尤其是他那位传说中的继承人，所有人只知道是他的孙子，而长什么样，在哪里上学，在哪里出现，是从没被报道过的。在场的所有的记者此刻的心情大概都只能用三个字形容：赚到了！

舒澈明白，他没办法指责任何人，记者们的职业就是挖掘新闻，而方离也只是对辛垣陵负责。一瞬间而已，站在风口浪尖的人竟然变成了他。他来不及做出任何反应，来不及跑走，甚至来不及摘下背包取出救命的药服下，他眼睁睁地看着记者们朝他而来，方才对付辛垣陵的一切工具全部出现在了他的眼前。

陌生人的气息、镜头的冰冷、刺眼的闪光灯近在咫尺、洪水猛兽一样的问题，他怔怔地站在原地，他想挡开所有的人，可手臂已经僵硬到无法动弹，只有指甲深深地抠进掌心。不疼，没有丝毫的疼痛，熟悉的烦躁感觉铺天盖地地袭来，几乎要把他吞噬，窒得他终于没有办法呼吸，又或者他忘记了应该怎样呼吸……

"啪"，一把黑色的大伞忽然撑起在舒澈眼前，世界瞬间安静了，将外界的一切隔离。

"别怕，我带你走。"

一张戴着卡通口罩的脸出现在他的眼前，她的声音软软的、眼睛亮亮的，她握着他的手，仰头注视着他。

别怕，我带你走……

舒澈怔怔地由着纪小行的牵引，她的个子不高，即便仰起头也只及他的肩膀而已，可她的手温暖、坚定。她撑着那把黑色的雨伞，不客气、不礼貌、强硬地挡着所有追上来的人。舒澈只会跟着她、只能跟着她一直往前跑着，他忽然觉得跑到什么方向什么地方都是无所谓的，因为她说："别怕，我带你走……"

"小行！这边这边！"乐怡在远处拼命地喊着、挥着手。

纪小行眼尖，拉着舒澈跑向乐怡。

五分钟后，一起突出重围的纪小行、舒澈和乐怡，站在了VIP客人的安检通道。

"舒澈，我也坐头等舱吗？是不是太贵了……"纪小行有些不安，她只是助理的助理，实在不好意思……

"对不起，我没有征求你的意见就帮你订了头等舱，实在是因为我没办法……"舒澈欲言又止。

啊，对，经济舱人太多，舒澈又离不开她的照顾，当然就一起订了头等舱。纪小行立刻懂了，刚要回答，身后却响起辛垣陵冷冰冰的声音。

"你的机票，剧组会报销。"辛垣陵虽然是对着纪小行在说，但更向是对舒澈的一个交代：方才舒澈被记者围攻，并不是他的意思。

"谢谢。"舒澈也没有客气，语气中没有一丝一毫的谢意。

纪小行没有加入他们的"战争"，顺便朝后面瞄了眼而已，辛垣陵带的人多，又刻意站得很密，某种程度上，也算是帮他们挡住了尾随而来的记者们。

"辛总，那我呢？"乐怡笑得极甜蜜，虽然那种甜蜜在纪小行眼里是极其猥琐的！

"头等舱。"

"啊，谢谢辛总。"

"差价会在你的劳务费中扣除。"

"呃，辛总，其实我觉得像我这样的年轻人是没必要坐头等舱的，年轻人嘛，要吃得苦、耐得劳，吃得苦中苦方为人上人。"

……

鉴于辛垣陵在公司一向说到做到的作风，乐怡并不打算"以身犯险"，灰溜溜地重新去了经济舱安检通道。纪小行陪着舒澈过安检，而辛垣陵则一直在观察着他们。应该来说，纪小行算是很尽责，几乎是寸步不离，尤其在舒澈进行触检的时候，更是目不转睛，并在触检结束后的第一时间就握住了舒澈的手，微笑着说着什么。

辛垣陵听不到他们的对话，可是看得到他们的神情，舒澈因为有了她的帮助而显得轻松了许多。

辛垣陵转过头，低声吩咐方离："查查她的背景。"

方离怔了下，顺着辛垣陵的目光立刻意识到所指的是谁，认真点头，在心里默念她的名字：纪小行。

虽说在候机室没再发生什么插曲，登机之后，在舱门关闭之前最后赶过来的人却又让纪小行直想捂头。

来的人是她此行最不想见，但一定会见到的人……苏辰。

好在毕竟在飞机上，苏辰看样子也不想再找她麻烦了。他的位置应该是早就安排好的，跟辛垣陵同排。纪小行和舒澈就坐在他们的斜前排，纪小行忍不住偶尔回头偷看下他们。他们从飞机起飞就一直在聊什么，苏辰偶尔还会在随身的小本子上写写记记，神情认真而严肃。

"真是难得，他也会这么像模像样地工作啊。"纪小行无意识地小声嘟囔着，坦白讲，苏辰不找她麻烦的时候，还是蛮帅的！

"你跟苏导很熟吧？"舒澈顺着纪小行的目光，也回头看了看苏辰，问着。

"唔，还……可以。"

"对了，你的那把伞……"

"怎么样，不错吧！"纪小行得意了起来，"其实那伞早就买鸟，一直觉得太大都没什么机会用，昨晚收拾行李箱的时候忽然想到，完全可以作为保护你的'应急武器'！"

舒澈注视着纪小行，好像已经不必再说谢谢，她眼底的那份暖让人恍惚。

纪小行忽地想到一个问题："你的病况，辛垣陵知道吗？"

"嗯，知道。"舒澈点点头。

"知道了还故意把记者往你身上引，太坏了！"纪小行咬牙切齿地、本能地回头瞪向辛垣陵。

和昨晚类似，辛垣陵今天也是只穿了件衬衫，没有打领带，领口松开了第一颗扣子。机舱的灯光偏暗，遮光板没有完全紧闭，一道光透了出来，勾勒在他的脸上，愈发显得他的脸棱角分明。只是神色稍显疲累，和苏辰的谈话让他陷入了思考，眉头微微收紧着。简单的动作而已，却让纪小行看得有些错不开眼神。

看上去完美得近乎模板的人，也冰冷得像座移动冰山，就是不知道这座冰山会不会化，是哪里通了电在制冷吗……

纪小行正腹诽，冷不防地被辛垣陵忽然转过来的眼神逮了个正着。

"咳，咳……"

辛垣陵不经意地转眼，就看到斜前排的纪小行正为了掩饰她对他的偷看，端起热咖啡猛灌了一口，呛得不断咳嗽，而坐在她旁边的舒澈自然地递来面纸，两人有说有笑。

"他们到底是怎么认识的？"苏辰也注意到了这一幕，皱着眉，语带不甘，"舒澈进组做什么？"

"应该是怕我找人修改剧本，所以派了舒澈做钦差大臣。"辛垣陵不紧不慢地说着，"所以他要跟着进组，我没立场反对。"

苏辰了然地笑："舒澈当然是为了帮沈寻，而沈寻明显是为了你。"

"我和沈寻只是好友。"

"这我知道，你们要是能在一起，早就发生了，不用等到现在。"苏辰若有所思地想了想，忽然又问，"辛垣陵，你有过喜欢的人吗？"

"没有。"辛垣陵斩钉截铁地回答，顺手拿起报纸翻阅，表示他不愿就此话题再进行深入洽谈。

"那多可惜。"

"有什么好可惜的，适合的时候，我会选择适当的对象结婚。"

"要不要我帮你介绍一个？"苏辰笑问。

辛垣陵扫了眼苏辰，不置可否，他只是觉得有些奇怪，苏辰平时不是这么"热心"做媒的人。

"我是说真的。"苏辰颇为正经的语气，"我认识一个——"

"再说吧。"辛垣陵轻描淡写的语气打断了苏辰，看样子要专注于手中的报纸了。

苏辰了解他的个性，只能暂时放弃，又多少有些觉得无聊，耸了耸肩膀。

可能每个适龄或者超龄的人都会有那么一段至少是暗恋的情愫吧，辛垣陵承认这点，可"所有人"里面却并不包括他自己。因为他不需要。从小到大，他所接受的全部教育里，并没有"爱情"这一项，而他认为爱情是浪费时间、精力，甚至金钱。当然，他不排斥婚姻，在必要的时候，他会请专业人士提供数个与他各方面相匹配的未婚女性人选供他参考、测评，如果最后的测评指数合格，那么他会立刻结婚，因为这有利于维护他在外界的良好形象。毕竟，在商界，如果你一直没有家室，很容易给人留下一个你玩世不恭或是并未成熟的印象，这是对他夺回盛世相当不利的。至于他自己的感觉……个人感觉应该是最廉价的东西。不过，报纸拿得略低了些，他可以看到斜前方的纪小行和舒澈，他们两个人的头凑在一起，在小声说笑着什么，应该是很愉快。

可这不关他的事，辛垣陵再次专注于报纸上的金融类标题，心上风蚀出无数的洞孔，或大或小无人看得见，只在一个人的时候，能听到隐约的嘶叫，那种声音，叫作寂寞。

江城距离西海岛直线距离虽不算太远，但没有直飞航班，经过中间经停换乘后，于傍晚五点钟到达西海岛机场。出了机场，一行人又驱车浩浩荡荡赶往码头，前行到达的工作人员已经租好了小海轮等在那里，此行最后的目的地是归属西海岛的月岛，电影的主景"月园"就在那里。

虽说平时都是大大咧咧的，可是下了飞机的乐怡就立刻进入工作状态，跟所有工作人员一起，把带来的一些必需品肩挑背扛地往小海轮上搬。

纪小行也闲不住，在剧组当死尸的时候就习惯了帮忙。她先安排了舒澈坐在距离辛垣陵不远不近的地方，因为她留意到一个现象：在场的人如果全部是盛华的员工或剧组成员的话，辛垣陵身边对于舒澈来说就会是最安全、最安静的，因为根本没人敢去跟辛垣陵讲话！

　　好在大型的设备早就在月园安好，此行带的不过是些零散物件，小海轮很快就起航。乐怡兴奋地拉着纪小行往船舱外面跑，非说夕阳下的海面最美一定要看。可扶着栏杆看了一会儿，两人就兴趣缺缺了。海面美归美，但海风越来越大，浪也越来越急。船员出来警告了她们，要她们赶紧回舱。乐怡满口答应着，一边答应一边拿出手机，准备自拍几张就好。纪小行只觉得再这么摇下去她非要晕船不可，刚想要催乐怡，侧过头就看到辛垣陵远远地站着，背对着她们，像是在打电话。

　　"小行，你把伞打开给我挡挡风，我要自拍一张，头发都吹散了。"乐怡在一旁说着，再大的风也阻挡不了一个女人自拍的决心。

　　"哦。"纪小行心不在焉地答应，一边想着辛垣陵那样站着好像不太安全，一边就顺手按了伞钮。

　　"嘭"，黑色的特大号特制伞在纪小行眼前张开，说得文艺点儿像巨大的黑色双翼。为什么是双翼？因为纪小行根本没判断风向，顺着风就开了伞，偏巧在这个节骨眼上风就急了、浪就大了，整艘海轮在波涛中就像一片小小的树叶，而手里还打着伞的纪小行比蚂蚁还不如，在灌足了风的牵引下直直地、无敌冲击地、啊啊怪叫地直接俯冲向船尾。

　　"沈寻，我没有任何必要跟你解释。嗯，报纸上关于我和纪小行的新闻是……喂！纪小行！"话说了一半儿的辛垣陵眼睁睁地看着纪小行啊啊怪叫地被那把破黑伞完全控制着，并直截了当地飞向了……自己！

　　人在遇到危险的时候，是本能地呼喊"救命"，还是乱叫？

　　这的确是在纪小行漫长的 23 年的人生生涯中，曾经想象过的问题。现在她得到了答案，一个相当完美的答案。她确定了自己是只能喊"啊"，并且一边喊一边还能抽出时间思考为什么只会喊"啊"了。然而，船底忽然而至的乱流导致船身严重倾斜，而那一瞬间的她早就忘记了什么本能，她甚至连辛垣陵的人都没有看到，就直接用手中的伞，直接顶上了辛垣陵……

辛垣陵胸口一下巨痛，后腰撞到船栏，手中的手机飞了出去，在空中划出一条完美的弧线，而沈寻优美的声线也随着那声"喂？怎么了？"消失在空气中。与此同时，一个大浪拍来，船身倾斜，辛垣陵脚下湿滑的船板成为助他"下海"的最后一个助推者，他瞪着纪小行，甚至都没来得及暴怒地骂她一声……冰冷的海水如期而至，没有360度转体前翻或后翻、没有任何仪态可言，用最简单的话描述：他被纪小行顶到了海里！

而纪小行终于在辛垣陵沉没的那一瞬间，意识到自己做了什么……

"辛垣陵，辛总！救命啊！"恢复了本能的纪小行总算想起了喊"救命"。

可好像晚了。

纪小行绝望而恐惧地扶着栏杆探身朝海面上看着，墨黑翻滚的波涛哪还有辛垣陵的一丁点儿身影。怎么办，杀人了吗？淹死了吗？纪小行核桃仁大小的脑花里盘旋着的就只剩下这几个问题了，她已经听不到乐怡的惊呼，听不到船员跑出舱跟跄着赶过来的声音。

完了完了，杀人了……要救他！

纪小行最后想到的三个字，只是：要救他。

而乐怡看到的画面却是：居然还扛着那把黑伞的纪小行，脸上带着"英勇就义"的神情，以飞蛾扑火的身姿重重地朝着辛垣陵方才消失的方向跳了下去。而与此同时，海面上的辛垣陵终于呛着、费力地露出头。

当然，刚一露头，就被炸弹一样的纪小行重重地又砸了回去……

OH，漏！

纪小行觉得，自己是做了一个梦，对，肯定是梦。别人都是英雄救美或是美人救英雄，而她和辛垣陵之间，却更像是一场谋杀。

她会游泳，体力也不错，在标准游泳池起码一口气能游两个来回。她也游过海泳，所以她敢于在任何防护措施都没有的情况下直接跳海。可她忘记了两点：一、风浪；二、惊吓。

风浪自不必再说，惊吓完全是来自她跳海的那一瞬间辛垣陵露出的头，以及他高喊着的那句：不要跳。

你妹的，你不早露头！当然，这句只是纪小行的腹诽。在她听清楚"不要跳"的同时，她已经重重地砸在了辛垣陵的身上，并成功地带着他再次沉没。她明明是来救人的，可是一下海就抽筋、一下海就灌进一肚子海水、一下海就被一个浪拍得晕头转向、一下海就……

如果有来生，她想，一定要致力于海边安全宣传，一定要告诉大家：不要以为会游泳就可以下海救人！

辛垣陵的脸近在咫尺，在墨黑的海水深处反倒看得清轮廓了，完美的五官、坚硬的怀抱，这或许是她今生见到的最后一个活人，呜呜呜呜还没嫁人就成泡沫了，童话里都是骗人的……纪小行闭上了眼睛，像小说里写的，陷入了无边的黑暗。

"小行，醒醒，你醒醒！纪小行！"一个声音由远及近，越来越清晰，纪小行知道这个声音是属于谁，她更知道这个声音代表着安全、熟悉、温暖。声音的主人在喊着她的名字，拍打着她的脸。她平躺在坚硬的地面上，没有了海水里的冰冷、无助和不停的下沉，这些她都感觉得到，无数的委屈和抱怨一股脑儿涌进心里，她拼命地想让自己清醒，要睁开眼睛、要睁开眼睛。

躺在甲板上的她终于睁开了眼睛，首先看到的果然是那个可以让她全情倾泻掉劫后余生的恐惧的人，她倾尽全力坐直，拼命地抱住他，大声哭喊着："苏辰呜呜呜呜，我以为我死鸟呜呜呜呜呜，我没死对吧，吓死我鸟呜呜呜呜呜……"

"没事了没事了，别怕，乖，别怕，没事了没事了。"苏辰紧紧地抱着纪小行，把她的头埋进自己的怀里，在小行还在晕迷的时候，他所体会到的绝望和恐惧绝对不比她要少。此刻小行终于醒了，看样子是没事了，还认识他、还知道哭，没事，一定没事。除了最老土的感谢老天，他实在不知道还能说什么好。他一手搂着小行，一手拭掉眼角的湿润，满脑子的心疼和自责，他不该只顾着自己在舱里看剧本，不该没有照顾好小行，不该……呃……呃？

苏辰机械地回头，甲板上鸦雀无声，全部的人……都怔怔地注视着他，以及他怀里的纪小行。

这一瞬间，他已经读懂了所有人眼里的意味深长：哦哟，有一腿哦！

OH，漏！

"啪"！乐怡冷着脸，将一杯温水重重地搁在床头柜上。

"你干吗，我还素个病号啊，对我温柔点儿好吗？"在床上躺着的纪小行仍旧病恹恹的，端起温水，吃下乐怡递过来的药片。

从她跳海……哦不，从她救人到现在已经过去了四个小时。跟组的医生帮她和辛垣陵做了些检查，万幸的是都没大碍，船没有返回西海岛，而是按照原计划驶来了月岛。

月岛上的物资条件非常有限，人口也少，再加上大部分青壮年都离岛在外打工，留下的都是些老弱妇孺，守着祖宅平地生活。岛上也没有什么宾馆饭店，摄制组全体人员都是分散着租住在提前谈好的民居里，条件有好有差。

　　纪小行是病号，又是舒澈的助理，所以住得不错，是一栋靠海的院落。虽也是旧宅，胜在宽敞。院里共有五间房：一个敞厅、四间小小的卧室、一个半露天简单的厨房。最大的卧室是主人家老婆婆带着6岁的小孙子住，纪小行和乐怡住一间、舒澈单独住一间，还空了一间放些大家的行李和杂物。

　　这会儿已经是晚上，在海里耗尽了体力的纪小行终于休息得差不多了，也吃了房主老婆婆送来的热粥和小菜，感觉自己总算是真正意义上地活了过来。

　　除了还要面对乐怡这张臭脸之外，一切都还可以。

　　臭脸归臭脸，乐怡还是伸过手探了探纪小行的额头，嗯，还好没再发烧，心里放松了，神情却还是绷着，严肃地强调："纪小行你少来！你跳海的时候怎么没这么柔弱了？哦，说跳就跳，你是自杀还是救人！你下次再这么鲁莽，再这么不要命，我就把你关起来！"

　　"你还好意思骂我，要不素你非要自拍，我会有这事儿？啊对鸟，辛垣陵怎么样鸟，还好吧？才上岛第一天我就把他得罪鸟可怎么办啊？唔，还好不素他给我发工资！"纪小行忧心忡忡地放下水杯，有点儿内疚，虽然不算多。

　　"辛总？他好着呢，上岛还召集摄制组开了个短会。他是谁啊，铁打的人。"乐怡简单说着，意味深长的，"行，你这会儿也有精神了，想不想知道你掉到海里之后，究竟发生了什么？"

　　"还能发生什么？"纪小行懒懒的，提不起什么精神八卦，"就素我和他被船员救上来呗，就醒鸟呗。"

　　"哼哼哼。"乐怡故意哼出来的冷笑十分不适合她的一张娃娃脸。

　　纪小行狐疑地盯了她一眼："你笑成这样，素海里有妖孽出现？"

"自！己！看！"乐怡直接把手机丢给纪小行。

"看什么？"纪小行怔了下。

"看我录的视频！"

"你录……乐怡！"纪小行既好气又好笑，"我处在生死关头，你居然还有心思录视频！"

"哎呀是你被救上来之后我才有心思录的，哼，我是谁，我可是专业的，这种千载难逢的镜头，我当然要用我专业人士的敏感把它——"

"滚出去！"纪小行很想声嘶力竭地对乐怡喊，可她的确力竭了，也就算啦。她气鼓鼓地打开了手机视频看：嘈杂的背景音、晃来晃去的镜头、乱七八糟的甲板，"就这构图还敢说自己素专业的，呸！"

纪小行讽刺着，顺便送给乐怡一个白眼。

"你继续看啊。"乐怡的语气愈发古怪。

纪小行没再理她，看就看，有什么啊，不就是一群人围着昏迷中的她。她躺在船板上，身边有苏辰，有船员，还有剧组的工作人员。唔，还有辛垣陵。

辛垣陵当然也是刚刚被救上来的，就坐在她的旁边。他一只手撑着船板，一只手搭在拱起的右膝，因气喘而造成胸口强烈地起伏、被海水泡过的白衬衫变得近乎透明，湿漉漉地紧贴在他身上，勾勒出近乎完美的上半身身形。

"他这就叫穿衣显瘦脱衣有肉吧……"纪小行喃喃说着，悄悄咽了咽口水。

"往下看！"乐怡不耐烦地提醒。

"下面？下面是裤子啊。"纪小行白了乐怡一眼，继续看。视频里，苏辰跪坐在昏迷不醒的纪小行身边，近乎疯狂地摇晃着她的肩膀，一声声"小行小行"地试图唤醒她，嗓子都快喊哑了。

嗯，这小子不错嘛，不过这也是他该做的。纪小行得意地微笑着，可二十秒后，她终于明白了乐怡所指的"往下看"到底指什么……

视频里，像是终于缓过气的辛垣陵皱着眉推开了苏辰，转身就压在了……哦不，是他的手压在了纪小行的……胸口上！

"哦，天哪！"纪小行怔怔地盯着视频，莫名心虚，下意识抬手按了按自己胸口的"飞机场"，尴尬地轻咳一声，讪笑，"呵呵，没事啊，他在急救嘛，没四没四，很正常的嘛。"

"呵呵呵呵呵。"乐怡凑过头来，笑得比纪小行还诡异，"继续。"

她的话音刚落，专注盯着视频的纪小行就已经忘记了呼吸：辛垣陵……捏住纪小行的鼻子，扳开她的嘴，就……

"OH，漏！"

"没错，纪小行，你的初吻没了。好吧你一定会说这只是人工呼吸，但，没了，初吻。"乐怡凑近纪小行的耳边，一字一字地、幸灾乐祸地、阴声阴气地说着……

"都怪你要自拍啊！啊！啊！啊！啊！"

如果声音是一道光箭的话，那么此刻站在屋外的人一定能看到：纪小行的声音，穿刺过屋顶冲向云霄……

半小时后，小屋里终于安静了下来。

疲累的乐怡已经秒睡，就躺在纪小行的旁边。而经过一番折腾的纪小行反倒睡不着了，脑子里乱乱的，眼睛睁得大大的，无意识地打量着屋子：窗帘像是新挂上去的，薄薄硬硬的廉价质感，却意外的可以让一些月色暖暖地透进来，挺好。

可是……纪小行仍旧在想着那段视频。其实她并不是个扭怩的人，当然明白人工呼吸和接吻的重要区别，更何况当时是那么危急的时刻，如果不是辛垣陵的急救措施得当，她此刻……的确是该后怕的，或者生死就决定在一瞬之间。但是辛垣陵……

纪小行悄悄把手从被子里伸出来，无意识地抚摸着自己的嘴唇。糟糕，真是什么感觉都没有记住，自己当时是不是很丑？是不是所谓面如死灰的？她越想越心虚，又轻轻拿了乐怡的手机，先调到静音，再调出那段视频。当然还是一样的画面，苏辰的慌乱，辛垣陵的镇定，并俯下身……

纪小行忽然觉得脸上发烫，发烧一样，她将画面定格在那一瞬，心里忽然被什么古怪的东西轻轻撞击了一下、两下，直到……直到她忽然在视频画面最角落的位置，看到了另外一个人。

是舒澈。

在所有的人都围过来急救她的时候，只有舒澈……他远远地站在船尾，背倚着栏杆，怔怔地注视着人群包围圈里纪小行昏迷着的位置。乐怡记录这段视频的主角显然是辛垣陵和纪小行，所以舒澈的身形是模糊的、摇晃的、遥远的，他被所有人遗忘着、忽视着，或许还被人鄙视着，当船舱里的大部分人都跑过来出力的时候，他却只是远远地站着。

纪小行的心忽地收紧了，别人不会理解舒澈，只有她……感同身受。

她轻轻地下床，胡乱找了件外衣披上，她也不知道自己要做什么。现在是半夜，舒澈也应该已经睡下了，可是……她就是鬼使神差地要起来，要出门，要去……

推开房门，小院一如想象中一样，空气中挟裹着海边特有的、咸咸的气息，清清凉凉的，在瞬间萦绕了纪小行周身。而随着她"吱嘎"一声推门而出的声音，院里笔直而立的那个人也抬起了头，朝着她的方向看过来。

不知道他已经在那里站了多久，无风、无雪、无落叶，这只是夏季安静的海边小岛，应是炽烈的、火热的，可薄薄的月色就那样生生地凝固了他，漫无边际的疼痛、漫无边际的孤独……

这是纪小行第一次亲眼看到深夜里的海。

墨黑的浪不断地拍打着岸边大块大块的礁石，声音震荡得像是足以挟裹着这片海岛而去。海风是冷冽的，即便裹了外衣仍旧会觉得有些凉。可坐在高处礁石上的纪小行却仍旧舍不得走，几乎是有些迷恋地大口呼吸着海风，这才是海，永远不会被人类驯服的悲壮的海。

"舒澈，你以前来过这里吗？"纪小行扭过头，问着安安静静坐在她身边的舒澈。

"嗯，小时候来过，这里其实算是我家和辛家的故乡。"

"故乡？"

"嗯，不过我家的祖宅早就毁于战乱和台风。辛家的还在，叫月园，就是电影的主场景。"

"那么电影名字里的月字，是因为月园吗？"

舒澈点点头："有一部分原因。"

"哦，那这次上岛，辛垣陵应该住在月园吧。"

"还没有，听说月园在打扫。虽说一直安排了人留守看房，可大部分房间空置了这么多年，水管电线全部要重新检查了再说。"

"哦，这样啊。"纪小行没有再追问，换了个舒服的姿势，抱膝而坐。

"小行。"

"嗯？"

"对不起。"

"又不关你的四。"纪小行微笑着摇头。

"你知道我指的是什么？"

纪小行没有立刻回答，沉默了一会儿，转过头，注视着舒澈，轻声说着：
"我素你的朋友，可当时的你只能远远地站着，看着别人救我，所以你
的难过……是其他人没办法体会到的。我不素医生，不知道自己有没有
这个本事，能不能治好你的病，我也不想说些安慰你的空话，可能……
可能在你今后的生活中，还会遇到和今天一模一样的事情，会眼睁睁地
看着你所关心的人身处困境，而你却无能为力。但素我只希望你能明白，
这不怪你，不怪任何人。我也向你保证，只要我在你旁边，不管遇到什么，
我一定会帮你。"

舒澈怔怔地注视着纪小行，她的脸小巧而精致，皮肤晶莹光洁，嘴
角也永远挂着那抹温暖俏皮的笑意。而困了他整晚的不安、自责、内疚，
就在这一瞬间崩塌着、融化着。他想过自己应该向纪小行解释，他也相
信纪小行会理解他，相信他。可是……他唯独没有想过的是，他根本没
需要解释，什么都不必再说。

眼睛悄悄湿润着，他却笑了，抬手揉乱了纪小行本来就乱七八糟的
额发："也对，我们是蛋兄蛋弟嘛。"

"喂喂喂舒澈，我不会说，可是我会听啊，你的发音不对！"

"哪里不对，你一定是掉到海里泡糊涂了。"

"我才没有，哼，我和你唆，别以为我什么都不知道，乐怡全部帮
我录下来了！"

"哦？那你看到了什么？"

"呃……没什么……没什么……"

"哦，那你一定也看到辛垣陵帮你做——"

"不许唆，不许再唆了！"

"好，不说。"

"嗯。"

三十秒后……

"纪小行，你接过吻吗？"

"舒！澈！不许再唆啦！"

墨黑的海浪仍旧在拍打着礁石，可仿佛没有了方才的悲伤，而是沉静、温柔的。

第五章
DI WU ZHANG

他貌似心动了

第二天，上岛的全体工作人员就都全部进入了工作状态。乐怡被分派到了导演组做助理，主要是跟着苏辰跑前跑后，她相当满意这个安排，一大早就爬起来把自己打扮成了导演，穿了件很多个口袋的马甲，一脸的急于去向苏辰展示她敬业的神态。

　　纪小行对此深深地不以为然："你跟着苏辰好好学，别以为导演只是穿件马甲就能当上的！"

　　"呸！我当然知道。"乐怡狠狠地白了纪小行一眼，"我是专业的好吗？再说了，纪小行，当着苏辰的面怎么不见你如此尊重他啊！"

　　"我们习惯了啊。"纪小行耸了耸肩，表情又忽地变得严肃，"对了，你也要保密，关于我和苏辰之间的事，半点儿口风都不能漏出去，半点儿都不能！"

　　"知道啦知道啦，真搞不懂你们，尤其搞不懂你，也不知道你图什么！"乐怡再次检查了自己的随身装备，又在背包里塞了个水壶就开门往外走，临走还不忘嘱咐了句，"你和舒澈也动作快点儿啊，晚了吃不到早餐了。"

　　"OK知道鸟！"纪小行对着空气挥了挥手，因为乐怡已经不见了……

　　纪小行多多少少也算是跟过几个小剧组的人，当然明白乐怡这么积极地跑出去不是敬业，而是为了领早餐盒饭。月岛与陆地脱离，常驻居民又少，自然不会有什么商业，甚至连像样的饭店都没有。岛上居民的日常饮食一部分靠自家种点儿小菜捞点儿海鲜，一部分靠每两天来停靠一次、运点儿日常品进岛的小海轮。所以剧组想在岛上吃到什么精致的盒饭简直是天方夜谭，就是就地取材，找了几户有精力也有意愿的老人每天给将就做一做。

其实舒澈在来的时候也做好了心理准备，尤其昨晚跟小行在海边聊天回来后，他睡得很棒，一夜无梦，起床后简单地整理了下被褥，看了看时间还早，没想到打开房门就看到纪小行正背对着他，站在院子里的小瓜棚下摘黄瓜。

"小行，"舒澈有些惊讶，"你起这么早？"

纪小行回过头，朝着他笑了。

一直以来，舒澈都认为阳光一般温暖灿烂的笑容都只存在于小说的描写中，尤其他的同学也好，在银屏或生活中接触过的大家闺秀也罢，笑容都是甜美的、高贵的。可唯独那天早上的瓜架下，纪小行毫不矜持而掩饰的笑容与瓜架斑驳的光线柔和地交织在一起，带给舒澈足以维持整天的好心情。

"你起来啦，快去洗脸刷牙！喏，洗脸水给你打好鸟，那边台子上。"纪小行利落地说着，手也没闲，捧着摘好的瓜和几样小菜走向院里半露天的小厨房。

不是不惊讶的，舒澈没想到纪小行入乡随俗会融入得这么自然这么快。他忍不住就是想笑，走到纪小行方才指的那个台子前打量，果然，洗得干干净净的木脸盆里盛好了清水，盆旁边的小口杯旁立着他的电动牙刷，就差没直接帮他挤牙膏在上面了。

"岛上淡水资源匮乏，舒澈，你省着点儿用啊。"一晃眼的工夫纪小行又出了小厨房，再自然不过地丢了句嘱咐过来。

舒澈有些恍神，这样的海边小院、这样朴素的清晨、这样家常的话，新奇得不像是会发生在他的身上。简单洗漱了，舒澈见纪小行正和房主婆婆一起坐在院里那张长条木桌旁忙着什么，就也端着树根做的凳子坐到了她旁边。十几年来没有办法跟任何人接近的舒澈，几乎是"痴迷"着纪小行身边的位置，或许更让他期待的是他有可能会习惯于"接触"，习惯于"气息"和"温度"。

"在做什么？"舒澈好奇地问。

"小姑娘说，做什么……什么司？"房主程婆婆怀里还抱着小孙子，笑着代替纪小行回答着。她八十高龄却精神矍铄耳聪目明，据说年轻的时候还常跟着家里的男人们下海，里里外外一把好手。

"婆婆，素寿司。"纪小行边做边解释。

"哦哦，寿司，寿司。"

"姐姐我要吃我要吃！"房主婆婆的孙子叫小贝壳，正是话最多的调皮年纪，此刻盯着食材流口水，十分的逗人。

"小贝壳，先给你吃一口！"纪小行笑了起来，捏了根火腿条递到他的嘴里。

"寿司？"舒澈颇惊讶，不由得打量起长桌上的器具。

一扇小巧的寿司帘、一小瓶寿司醋、切好了细条的火腿肠、一盆凉着的白米饭、一盘煎好的鸡蛋皮、一盘鱼肉碎，甚至还有刚开了封的寿司海苔，果然齐全。

"婆婆，你家里还有这些工具？"

"不是，是小姑娘的！"程婆婆连忙摆手。

"我带的。"纪小行的神态颇得意，对着舒澈挤了挤眼睛。

"难怪你的行李箱那么大，连这些都带了。"舒澈难以置信，"小行，你带上这些，是因为……"

"因为要照顾你啊。"纪小行一边切着黄瓜丝，一边理所当然地说着，"我来的时候就查过鸟，月岛上物资和淡水都匮乏，剧组能提供的伙食肯定有限，要想不让你挨饿，我得自己想办法鸟！"

舒澈怔住，费力地试图解释："小行，其实关于助理的合同——"

"哎呀烦不烦呀。"纪小行爽利地挥手打断舒澈，"既然我答应了，做事就得像样，这素我的原则。"

说完，纪小行忽地停住了，眉头皱起，狐疑地扭过头看着舒澈："你不会素不想付我薪水吧！"

舒澈忍俊不禁，又无可奈何。他知道纪小行故意这样说只是要他心里舒服一些，他在国外这么多年，无论是住在哪栋别墅都配有管家、厨师、佣人，甚至园丁、司机等等，可是没有任何人敢接近他、能接近他，对他来说，房间里永远空荡荡，永远……只有他自己。而在这个简陋的小院，这些最简单的寿司，却让他无比的期待。

"姐姐，我也要吃！"舒澈索性也学着方才小贝壳的语气讨要。

纪小行忽然笑着伸过手来，将手中的米粒直接粘在了舒澈的鼻尖上，"吃吧吃吧。"

舒澈当然不会善罢甘休，一瞬间，两人齐心协力将卷寿司的画面逆转为白鼻头大战。程婆婆抱着小孙子笑得前仰后合，常年安静的海边小院终于不止可以听到波浪的声音，蛮好、蛮好。

可对于辛垣陵来说，战役还没打响，四处传来的声音已经是：不好、不好。

站在月园大门前的他，注视着月园两个字的匾额，看着里面有序忙碌着、准备后天正式开机的剧组工作人员，他知道他不能表现出任何的烦躁或无力。

正式开机就在后天，邀请的各大媒体记者们也将于明晚之前全部上岛。而本应在今天到达的女主演沈寻的手机一直处于关机状态，包括她的助理、化妆师、经纪人也全部联系不上。辛垣陵心里那张弓早就绷紧，他是总制片，所有的人都在注视着他，等着他发出每一项指令。

跟沈寻最后一次通话，就是在海轮上，在辛垣陵被纪小行顶到海里之前。而沈寻之所以闹脾气，也是因为他和纪小行被狗仔偷拍到的那张"恋爱"照片。辛垣陵知道沈寻对他的心思，他更知道自己并没有那个心思，这次找沈寻合作也完全是因为她是最适合出演女主角的人选，可沈寻的种种表现让他开始后悔自己的决定。或许，并不该用合作的方式，去约束任何一个旨不在合作而在爱情的女人。

"辛总，能联系上沈小姐的所有办法我都试过了，她手机明明开机了，就是不接电话。"秘书方离拿着手机走过来，轻声汇报着。

辛垣陵没有立即回应，眉头紧皱，眼里布满了血丝，脸色却微微泛着红。

方离怔了下："辛总，您是不是不舒服，要不要——"

"如果沈寻在今晚十二时之前再联系不上，启动应急预案。"辛垣陵打断方离，他没有时间也没有精力考虑自己是不是不舒服，所有的事情都必须为后天的开机仪式让路，哪怕是他自己的身体。

"好。"方离点点头，也有些无奈，他当然知道辛垣陵的个性是没有人能劝得动，"我马上去安排。"

方离转身刚要走，辛垣陵却又在身后叫住了他："等等。"

方离停下，回头看着辛垣陵。

辛垣陵却并没有看他，而是看着月园前面的路，若有所思的神态："所有的办法，包括他吗？"

方离怔了下，顺着辛垣陵的视线看过去，那是条弯弯曲曲的小路，铺了石子，也是通往月园正门唯一的必经之路。而路上走过来的，正是舒澈和那个总是跟在舒澈旁边的……纪小行。

"辛总，我还没有问过他。"方离有些自责，他早该想到还有舒澈这条途径。

"你先去准备应急预案，我来问他。"辛垣陵不打算在这个节骨眼上再有过多的责备，这纯属浪费时间。

方离松了口气，快步走开。

辛垣陵则站在原地，注视着舒澈和纪小行有说有笑地走近。

其实方离说得没错，他不舒服，非常的不舒服，他知道自己在发烧，整个人发散出来的烦躁和温度像是胸口根本有个火炉在燃着。刚才跟方离说的简单几句话，也是靠他强行压制着喉间的干痒。而害得他在关键时刻生病的"罪魁祸首"，却那样的……

她走在高大的舒澈身边，愈发显得小巧，脸上挂着一如既往的笑容，全是裹挟着海边潮湿的艳阳。她到底在笑什么，到底在跟舒澈说什么？她为什么总是那么开心，即使她的舌头让她的发音那么的令人崩溃！

真是可恶，可恶！

"嘭"的一声，那把比纪小行更可恶的大黑伞，已经再次撑起在他面前。

伞后，纪小行探出巴掌大的脸，无耻地微笑着："辛总，不好意思啊，您也知道舒澈不太喜欢跟别人站得太近，行吗？呵呵。"

"纪小行。"辛垣陵面无表情的、一字一句的，"我保证，如果你再在我面前撑起这把倒霉的破伞，我会把你和伞一起丢到海里。"

"好。"纪小行的行为和她的言语一样狗腿，在辛垣陵发出警告的一瞬间，她就果断收了伞，但却蹦到了舒澈身前。

"让开。"辛垣陵吐出简单两个字。

"辛总，不素我不想让开，而素事情的经过素这个样子的——哎啊——"

纪小行最后发出的尾音当然不是在唱歌，而是辛垣陵揪住她的后衣领，直接把她丢了出去……

"过混（分），真素太过混鸟！"纪小行窝囊无比地站在树荫下，看着远处说着话的辛垣陵和舒澈，越看越咬牙切齿。

"嗨，你习惯就好，你八面小行嘛。再说了辛总也就是表面凶点儿，为人挺大方的，劳务费给得多。"目睹了整个事件的围观群众剧务严力安慰着纪小行。

其实纪小行在刚才见到严力也在岛上的时候是很开心的，毕竟她出演那部法医剧的时候，严力一直很照顾她，给了她很多全尸还带脸的角色。可是，即便是严力，听到他维护辛垣陵，还是让纪小行格外不爽："严哥，你怎么也素这种人，也会被钱收买！"

"你不是吗？"

"我！也！素！"纪小行坚定地给出答案。

毕竟，人可以窝囊，但不能说谎……

可是他们到底在聊什么啊？

"沈寻也没接我的电话，"舒澈平静地把自己的手机展示到辛垣陵面前，"气还没消。"

"胡闹。"辛垣陵眉头蹙得更紧，身体上的不适和沈寻的不合作让他头痛欲裂。

"这也不怪她，要怪也只能怪那则乱写的新闻。"舒澈对沈寻的维护无处不在。

辛垣陵当然知道这点，他并不打算跟舒澈起无谓的争执，他跟舒家在争的，跟舒澈无关。他想了想，简单说了句："好"。

辛垣陵转身刚要离开，余光扫到纪小行虽然站得远，但仍旧"虎视眈眈"盯着他和舒澈，几乎像是随时要冲上来的样子。辛垣陵不禁觉得好气又好笑，带着嘲意丢下句："她还真是尽职尽责。"

"他一定素在骂我！"纪小行远远地注意到了辛垣陵在离开之前、扫过她的那眼。可是……看着辛垣陵的背影，忽地就又想到了那段视频，脸上没来由的就热了起来。

"小行，我们进去吧，我带你参观月园。"舒澈招呼着，打断了她的胡思乱想。

"哦，好！"纪小行急忙应了。

嗯，这才是她的工作，需要专心！

其实舒澈本身在剧组里就是个没有任何职务的闲人，那么他的助理自然就成了闲人中的闲人。

坦白讲，曾经身为剧组八面小行的纪小行还从没这么闲过……

进了月园之后，所有的人都在忙，所有工种都埋头苦干，为着主景的最后检视，也为了后天的正式开机仪式。舒澈不能近距离接近大家，她也就只能带着舒澈远远地走、远远地看。

纪小行也明白，任何剧组都是个消息万分灵通之地。而她，作为一个曾经的"死尸专业户"，一夜之间有了跟总制片辛垣陵的绯闻、有了跟总导演苏辰的"一腿"，甚至又成了"钦差大臣"舒澈的贴身小助理。八面小行，真真就落实了那句"什么都行"啊！她很想扳着每一个对她投射了好奇眼神的人的肩膀大喊一声：事情不是你想的那个样子！

可那有用吗？必然没有。所以她就不打算费那个劲儿了。路遥知马力，日久见她行！

好在月园的幽静美丽可以抵消她之前所见到的一切不愉快。她终于明白，为什么剧组非要千里迢迢回到月岛来实景拍摄，而不是随便搭个景棚或是做个特效了。

像月园这样的地方，这样蕴着浓浓海边百余年气息的古老建筑，只有亲自站在这里，才会"嗅"到它的美。

这里，似乎一切都是绿的，常年无人打扰的藤蔓肆无忌惮地从任何可能的角落倔强地成长着。除了个别房间，辛垣陵下令不能去损坏月园任何的一草一木。因为剧本的结尾部分就是要重回月园，重回这片不需要任何装扮就已经有了十足意境的灵动空间。按说，常年无人居住的老宅应该多多少少都带着一丝阴森或古怪的氛围，可这里却并没有，至少纪小行不觉得。越往园子里走，就越觉得这里简直美得像爱丽丝的仙境。

"天啊，这个园子太美鸟。"纪小行慢慢地走着，满目的绿看得她有些痴了，甚至差点儿忘记了身边还有个舒澈。

"舒澈你快看，那里有一口井！"纪小行兴奋的声音几乎像是忘乎所以。

舒澈已经陪着她逛完了大半个月园，到了内宅区域。纪小行眼尖，一眼就看见角落里的一间由木头搭建成的小屋前有一口井，不同于别处的青苔掩盖，那口井的附近显然是经常有人走动，石子路铺得整整齐齐，石子也被踩得光光亮亮的。

纪小行好奇得不得了，赶紧跑到井边往井里看，居然是有水的。辘轳也被经常使用的样子，井沿旁边还搁着个干净的水桶。舒澈走了过来，和纪小行一起研究了一会儿，摇了半桶水上来。纪小行有些犹豫，不知道能不能喝。

"放心吧，这是口甜水井。"

"啊？"纪小行半信半疑，"海岛上也会有淡水井吗？"

"我给你简单解释一下。"舒澈耐心地说着，"由于月岛部分地区地下水的水位高于西海岛海域地下水的水位，地下水便从陆地向海区径流，在海区地下水隔水层缺失的地方，地下水便通过含水层溢出地表形成泉眼，涨潮时——"

"打住，打住。"纪小行果断地选择不再继续听，"你学理科的吧，这种学术上的碾压今后不要再发生好吗？"

舒澈忍俊不禁，抬手揉了揉纪小行额顶的头发。

"喂喂喂我比你大啊，虽然素你的助理，可也素你的姐姐啊，以后不许揉我头发！"

"可是我总觉得你其实比我小，纪小行，你是不是隐瞒年纪了？"

"隐瞒也素往年轻隐瞒啊，哪有往老的说的！"

"老吗？不会啊，和苏辰导演应该也有最萌年龄差。"

"不要提他不要提他……"

井边的两个人笑着，聊着，打破了月园角落全部的沉静。那是一幅即便身为月园主人的辛垣陵也从未见过的美好画面。

辛垣陵没有走近打断他们，而是停住了，看着站在绿藤绿苔远处的纪小行，透过斑驳的光线，带着一丝迷惑和困惑。

那困惑是辛垣陵忽然觉得，纪小行本就该站在那里，她像是属于月园……

"辛总，工作人员召集齐了，在主屋等您。"方离适时出现，说着。

辛垣陵回过神，"嗯"了一声，转身跟着方离离开。

他有他的工作、他的责任，他牢记这一点。

月上柳梢头。

海风的呼啸、轻轻而又鬼祟的脚步、月色下泛着墨色的藤蔓以及两张惨白的年轻女人的脸……

"纪小行，我真是不该听你的，三更半夜来月园洗澡！"和纪小行一起抬着一桶热水的乐怡累得呼哧气喘，不住地抱怨。

"滚粗！一说可以洗个痛快的澡你跑得比我还快好吗？"纪小行丝毫不接受乐怡的抱怨。洗澡这个主意明明是她们共同的决定，更何况她哪想得到白天那么美的地方到了晚上也会这么恐怖啊……

月岛上淡水资源比纪小行想象的还要匮乏，人口又逐年迁出越来越少，居民用水都是靠船运，或是依靠岛上的几个蓄水池。其实本来也是够生活的，剧组一上来，就显得吃紧了。纪小行和乐怡都不好意思开口再让房主婆婆帮她们准备洗澡水，今天得知月园里有水井，那当然……

哦呵呵呵呵呵。

白天时，纪小行已经观察过了，水井旁边的那间木屋本来就是一间浴房，居然还是个没有屋顶的露天浴房，里面有个大大的木桶。纪小行就和乐怡从井里打了水，拿去月园的后厨房烧了水。而且剧组今天已经在后厨开了伙，有现成的柴。晚上剧组的工作人员撤走后，纪小行和乐怡就溜了进来，浴桶也洗好了，水也烧好了。

简直万事俱备，不洗都对不起这口井！

"你确定月园没人吧？"乐怡伸手探了探水温，还是有些心虚。

"舒澈说，住人的房间还在维修那些水管电线什么的，肯定没人来。"纪小行拍着胸膛保证。

"小行，据说在外面洗澡，十有八九会被人撞到，然后就会发生一段优美的爱情故事。什么七仙女啊，什么武侠啊……"

"呸！你以为拍电视剧啊还素写小说啊，那素古代，古代！"纪小行果断地制止了乐怡无休止地想象，"去，再给我烧点儿水。"

"纪小行你这是把我当佣人啊！"

"谁让你石头剪子布输给我鸟！所以我先洗，快去快去。"纪小行干脆利落地把乐怡推出了门。

木屋终于清静了。

方才只顾着打扫，这会儿才真正细看这间屋子。舒澈说月园有百余年历史，可这间木屋应该是新建的，看着随意，其实设计上匠心独具。既通风又私密，没有屋顶，泡在木桶里可以直接看星星。是辛垣陵的意思？真是会享受。

想到辛垣陵，纪小行没来由地就觉得嘴唇有点儿发干……赶紧制止了自己继续胡思乱想，三下五除二脱了衣服直接跳进了木桶。现在正值夏季，岛上气温偏高，即使是晚上也不会冷。这会儿泡在温热的水里，简直是给多少钱都不会换的幸福！

幸福归幸福，静静的木屋外，像是隐约传进了一些其他的声音……纪小行怔了下，以为是自己听错了，可……

"咳咳咳！"的确是愈发清晰的咳嗽声，由远及近，最后，就停在了门外！

"继续拨，拨到她接听为止。咳、咳！"辛垣陵打开木屋的门走了进来，一边解着衬衫的纽扣，一边指示着方离。

"辛总，您咳嗽更严重了，明早还是——"电话里的方离听出了辛垣陵声音里的沙哑，关切地提醒。

"我很好。"辛垣陵压制着喉间的干痒，继续说着，"海灵的人选找到了没有？还没？继续找或者跟编剧商量一下，这个人物是否可以删除或减戏，反正只是配角。嗯，马上去解决。"

说完，挂断电话。

跟沈寻的失联相比，他的身体状况根本就是小问题。仅剩最后一天时间，开机迫在眉睫，而最让他无可奈何的却是，以沈寻的个性，她真的不出现也是极有可能的。怎么办，开机仪式第一女主角缺席，连那个叫海灵的配角都出了问题。辛垣陵皱着眉，将脱下来的衬衫恨恨地丢在桌上，长长地呼出一口气，转身，走向浴桶。

正如纪小行所想，这间木屋的确是照他的意思新修建的，看着简单，实际参考了东南亚海岛上民居的建筑风格，没有屋顶，因为他喜欢泡在木桶里一边思考一边看星星。每天的泡澡是他唯一跟休闲有关的爱好，也是他唯一的真正可以放松下来的时刻。而纪小行不知道的是，这木桶后面是连着热水管直通锅炉间，根本不需要跑去厨房烧水再倒进来……

可对月园极其陌生的纪小行当然不知道，正如辛垣陵也没想到，自己的木桶沿壁上，会趴着那样一颗……毛茸茸的头。

人吓人，是会吓死人的。

辛垣陵自认，在他长达28年的生命中，没有哪一刻，会带给他如此之大的刺激；没有哪一刻，会带给他如此之大的惊讶。他，堂堂盛华影视最年轻的掌门人，此刻裸着上半身，手已经搭在腰间的皮带扣上，如果不是他转身了，那么连皮带扣也已经解开了！可这都不是重点，重点是，在这样一个月黑风高伸手不见五指的夜，在海边的幽静小屋，静得只能听到呼吸，也只能用呼吸声来判断自己遇到的是活人还是死人的恐惧时刻，他眼前那颗毛茸茸的头的主人，为！什！么！不！尖！叫！

他自己都想尖叫了好吗！

如果不是因为年轻，他认为自己此刻一定会脑溢血，不治而亡！

"纪！小！行！"

"呵呵，辛总，亲自来洗澡哦，呵呵……"纪小行讪讪地、大脑缺氧地、全身麻痹地、腿脚抽筋地脱口而出这句话，并用仅存的一丝理智硬逼着自己咽下了差点儿说出的后半句：您身材好好呵呵呵呵……

辛垣陵在这一瞬间觉得，自己大概从来没学过中文、英文、法文或者其他什么文，他吓得连语言功能都丧失了，只会抬手指着纪小行，嗫嚅着，他真想……

"小行快出来帮我抬一下，重死了！"乐怡的喊声忽然在门外骤响，穿透苍穹、石破天惊。

门内的辛垣陵扶住额头，只恨自己不能立刻晕倒。

他当然不能晕倒，门外是他的下属，以八卦和大嗓门著称的下属。门内的他衣衫不整，而浴桶里那颗头的主人何止是不整……辛垣陵在一秒内做出决断，一步就迈到了门旁，迅速将门反锁。

"辛——"

"闭嘴。"辛垣陵庆幸自己终于恢复了语言功能，他竭尽全力用最小的声音来表达自己内心深处最大的愤怒！

纪小行立刻捂住自己的嘴巴，眼睛却仍旧瞪得溜圆，停在他裸着的上半身上。

这女人简直……

"喂，纪小行，你听到没？"门外的乐怡显然开始不满，"累死我了！"

辛垣陵面无表情地对着纪小行做了个刀抹脖的手势，纪小行拼命点头以示自己绝对听话！

"你个没良心的家伙！"听声音，乐怡总算把水桶拖到了木屋门口，拉了拉门，门当然打不开，她又开始"啪啪"地拍门，"纪小行，你干吗锁门，快点儿打开！"

纪小行心虚地看着辛垣陵，辛垣陵的目光仍旧犀利得能刺死人。

"小行，怎么了？没事儿吧，难道你晕倒了？喂，小行！你晕了？"乐怡的声音明显有些疑惑和紧张了，拍门的力度也更大。

辛垣陵哭笑不得，看样子乐怡不得到纪小行的回应是不会死心了，这两个女人的想象力估计一个比一个丰富！犹豫了一下，辛垣陵皱着眉头直视着纪小行，又对着门的方向扬了扬下巴，示意让纪小行赶快搞定。

纪小行不敢不从，轻咳了声清清嗓子，提高了声音说着："那个……乐怡，我没事，我那个……要不你先回去一趟，帮我拿件厚衣服过来，我、我忘了带鸟。"

"啊？"门外的乐怡疑惑地追问，"纪小行你吃错药了？"

"没，我没吃药。行鸟你快走吧快走吧！"纪小行忙不迭地催促，比起辛垣陵，她更怕乐怡这个大嘴巴！

门外安静了下来，乐怡离奇地没有再追问，纪小行大气都不敢出，竖着耳朵听。辛垣陵更是好不到哪儿去，头痛欲裂，喉喉也又疼又痒，所有的事情都要跟他作对！他希望乐怡赶快离开，希望纪小行再也不要出现在他面前，更希望沈寻能立刻回他的电话！

"嗡……"他放在桌上的手机轻微地振动起来，屏幕上只闪烁了两个字：沈寻。

天啊！

门外的人根本可能还没走，没有一丁点儿离开的脚步声，沈寻偏偏在这个时候来电话，他！能！接！吗？！

他扶额，咬着牙选择了不接听，直接关机……

而就当他挂断的同时，门外的乐怡总算幽幽地说了句："那好吧，我回去帮你拿。"

辛垣陵自认是个不信命的人，可今晚，他相信了。而他命中的劫数，大概就是那个木桶里伸出毛茸茸的一颗头，还对着他笑假装自己很无辜的纪小行！

辛垣陵没有时间再跟纪小行计较，他轻轻走到门口贴门听着，乐怡的脚步声果然渐行渐远。

一口气总算松了下来，辛垣陵绝对不想再耽误，直接走到木桌旁，拉开底部的暗格抽出条大浴巾就朝纪小行丢了过去："出来！"

说完，就背过身一阵猛咳。

听着身后的水声轻响，纪小行应该是爬出了木桶，用瑟瑟的声音说着："辛总，那您先忙，我就不打扰鸟，不打扰鸟……"

辛垣陵连回头的力气都没有了，他深信，再多看纪小行一眼，恐怕会少活十年。

纪小行的衣服就搁在浴桶旁边，她当然不会大胆到就在这间屋子里穿了，只有裹着浴巾抱着衣服，轻手轻脚地朝着门口赶紧走，可刚走到门口，就听到门外乐怡的声音，声嘶力竭地大喊："里面的绑架犯给我听着，放了纪！小！行！"

"哐当！"

木屋的门被一柄大铁锹直接拍倒，而铁锹的把手自然是握在乐怡手里，只见她怒目圆睁、身披五彩星光、脚踏一字拖鞋，威风十足的女侠风范。

可有范儿的女侠，在看到门里赤裸着的男人居然是辛垣陵之后，瞬间变成了泄了气的皮球，抑或更像一个鲜嫩的狗腿："辛辛……辛总是您啊，您忙着呢，我那什么，那个，我那个，我家纪小行……在吗？"

辛垣陵平静地注视着乐怡，显然，杀人灭口已经来不及了。他还能怎么办呢？他没有回答，抬起一根手指，指向仍旧被乐怡踩上一只脚的……木门下。

"啊？"乐怡怔了。

辛垣陵沉默着，点头。

乐怡倒吸一口凉气，跳开，丢掉手中的铁锹蹲下，慢慢地掀开被她一锹拍倒的木门……

裹着浴巾的纪小行呈大字形躺在地上，应该没死，因为眼睛是睁着的，额头红红的、鼻头也红红的，嘴唇嗫嚅着，像是有话要说。

"呜呜呜……小行你想说什么？你想说什么你说吧，我听着，我都听着。"乐怡扶起纪小行，拼了命地啜泣，虽然眼角挤不出半滴眼泪。

"你……"纪小行气若游丝。

"嗯嗯，我、我怎么了？你继续说。"

"专注坑我……一百年。"

"小行你看你一定是摔糊涂了，咱俩是好朋友啊是闺密啊，小行你不认识我了吗？你晕了吗？你醒醒啊纪小行！"

辛垣陵忽然有种感觉，此生不会再有哪个时刻，会比现在更艰难……

"正常情况下，正常的人类女性，是不是该在辛总进入木屋之前就出声尖叫或冷静提醒？不过辛总您别跟她计较啊，她根本就不是正常人！"乐怡重重地把创可贴拍在纪小行手臂的伤口上，挤眉弄眼地说着，试图消除方才纪小行的所作所为可能会带来的恶果……

不过，连乐怡自己都不知道辛垣陵有没有在听。从进了这间屋子起，辛垣陵只是丢了个小药箱给她和纪小行，就皱着眉拨了好一会儿电话，对方也没接。此刻又开了笔记本电脑在读着什么文件，总之完全视她们如无物。

其实这应该怪舒澈消息有误！

月园是在进行大维护没错，排查水管电线也没错，可错在辛垣陵喜静，就让人收拾了间房，牵了根明线，吊了个电泡就凑合先住下了。

不过也难怪舒澈的消息会有误，恐怕说出去也不会有人相信，万般挑剔完美主义强迫症的辛垣陵会肯住在这样的地方……

"我又不知道园子里会有别人……"纪小行小声抱怨，实在觉得又疼又窝囊。

方才乐怡的那一锹直接把她拍在了门下，那门根本就是木板做的，丝毫谈不上平整，把她手臂、脚踝都擦伤了不说，最惨的就是她一直以来引以为傲小巧而又挺直的鼻子……撞成了个红鼻头！

纪小行偷偷看了眼辛垣陵，他侧身坐在窗下的小书桌旁，专注地地在电脑上敲打着什么，薄唇紧紧地抿着，神情一如既往的严苛。其实他的侧面非常的完美，棱角分明的下巴、高挺的鼻梁无不昭示了他不服输的个性。

"咳咳。"辛垣陵咳嗽的频率更加密集。沈寻关机、开机仪式流程有了新问题，所以他根本没兴趣研究那个一沾到她就出事故的纪小行到底正常不正常。

"不过，这房子这么旧，辛总，您能住吗……"纪小行忍不住开口。

辛垣陵抬头，瞥了她一眼，懒得搭理她，继续手上的工作。

"辛总，那根电线牵得真马虎，也不知道老化了没有。"纪小行抬头，皱眉看着顶棚下单吊着的灯泡。

"我旗下的员工，都是专业人士，哪怕是普通电工。"辛垣陵终于不耐烦，冷冰冰地丢了句回答。

"不素，我的意思素这房子这么潮，电线也有可能会短路。"

"你很懂吗？你就知道会短路？"辛垣陵冷笑，"我的电工——"

"哧——啪！"

即使是瞎子，听到这个声音也知道发生了什么。短路，灯泡炸了，就在辛垣陵骄傲自信地说出"我的电工"的同时……

房间里变得十分安静，只能听到辛垣陵越发粗重的呼吸。乐怡很想把头埋进土里，成为一只鸵鸟。而纪小行正眨着那双眼神无敌无辜的眼睛，对着坐在窗边、在笔记本屏幕幽暗光线笼罩下、肃杀之气乍起的辛垣陵继续警告着："辛总，笔记本电池够用吧？"

话音刚落，屏幕光线倏地消失，答案已经很明显……

"呵呵呵。"纪小行讪讪地、嗫嚅着，"辛总，您……文件保存了……吗？"

"闭——嘴！"辛垣陵和乐怡异口同声地说道。

深夜，寂静的海岛。

夜空一轮皎洁明月，远处传来阵阵波涛拍岸的声音，理论上应该是浪漫的、让人沉醉的。可实际上……走在前面的辛垣陵周身笼罩着无形的刀光剑影，让纪小行深刻的明白了，什么叫再多说一个字，就得死。

她不想死，所以她聪明的选择了当哑巴，跟乐怡一起牵手回家。

当然，还带着辛垣陵以及他的电脑。

"小行，辛总咳得好厉害。"乐怡的声音低得像蚊子叫，仅纪小行能听见。

"素啊。"纪小行点点头。辛垣陵一路走一路咳，他宽宽的肩膀……

纪小行脑海忽地出现的竟是方才木屋里的画面，辛垣陵背对着她，脱下了衬衫……不行了不能再想了，再想就要喷鼻血了！

"就是这户吗？"辛垣陵停住，转身问着。

很明显，他问的是乐怡。

为了弥补"纪小行给您带来的严重伤害"，乐怡点头哈腰汉奸模样地向辛垣陵提议，住到他们的小院，反正本来就还空着一间卧室，跟房主婆婆说借住，一定没问题。

纪小行能反对吗？显然不能。

心虚地看着乐怡把辛垣陵带进小院，纪小行就直接溜进了自己的卧室。她知道乐怡会帮辛垣陵搞定入住的琐事，那么她就尽量不要再出现在辛垣陵面前了。

太危险！

正如她所估计的，房主婆婆很乐意地借出空着的卧室，还热心地提供了被褥。纪小行在房里听着乐怡在院里跑前跑后地帮辛垣陵布置，有些不忍心，觉得过意不去，遂轻轻拉开门……直接被院子里站着的辛垣陵一个"你再出来捣乱我就把你丢进海里"的眼神，生生顶了回来。

"不出去就不出去！哼！"

纪小行没再试图帮忙，脱了衣服先睡。没一会儿乐怡就回来了，折腾一晚她也累坏了，没和纪小行搭几句话就上炕直接睡熟了。

可是纪小行却无论如何再没有睡意。

辛垣陵所住的卧室就在她的隔壁。而整个小院是就地取材，屋子都是由岛上的板岩和一些普通的石料土料砌成，挡风遮雨是没问题，隔音就十分不尽如人意。辛垣陵的咳嗽声从他进了房间似乎就没有断过，而且越来越密，声音也越来越闷。

一定是那天被她推到海里之后就着了凉。纪小行深知始作俑者就是自己，愈发地内疚不安，怎么想都不安生，可实在又没办法帮什么忙，一通胡思乱想之后，瞧着身旁的乐怡睡得却更香了，还打起了小小的呼噜。纪小行无奈，披衣坐起来，打算喝点儿水，可却一眼瞧见窗外有个人影，慢慢走到她这间房门后了。

纪小行静静地等了一会儿，想了想，还是叹了口气轻轻下床打开了房门。

门口站着的人正躬身强忍着不要咳嗽出声，显然没料到纪小行会忽然开门，有些尴尬又有些狼狈，一时之间竟忘记了要说什么才好。

"辛总，素要找药吗？"纪小行轻声问着。

辛垣陵居高临下地注视着眼前这个总是让他哭笑不得疲于招架的女生，最终还是无奈地点了点头。

"您回房等一等，我找点儿药，再给您烧点儿水。"

辛垣陵立刻面无表情地转身离开，走了几步却还是停了，回头轻声说了句："谢谢。"

"不客气，我曾经素少先队员。"纪小行柔声答着。

辛垣陵转身又走了几步，实在不解，忍不住再次停下："关少先队员什么事？"

"这素我们少先队员应该做的！"

月光下，辛垣陵怔怔地盯了纪小行好一会儿，深深地后悔，自己为什么要回头一问……

因超龄而早就脱离少先队员队伍的纪小行当然不会因为辛垣陵的冷脸而打消了自己的一片热诚，还是轻手轻脚翻出了自己的药包，又去院里的厨房烧了壶热水，并将自己劳作的声音尽量压到了最低。她倒不是怕吵到乐怡，乐怡睡熟了之后就算人贩子把她抬出去也不会有知觉。她是怕吵到舒澈，还好，舒澈的房间一直暗着，没有一点儿动静，看来也是个贪睡包。纪小行没细想，提着水壶和药包敲响了辛垣陵的房门。

门没关，虚掩着，透了小台灯的光线出来，却没人应声。纪小行想了想，就试探性地一边说"辛总我进来了"，一边进屋，一眼就瞧见辛垣陵和衣躺在炕上。

"辛总，吃药吧。"纪小行走过去，轻声说着。

辛垣陵的眼睛却紧紧闭着，眉头也皱在一起，像是睡着了，咳嗽却没停，胸口时不时地震动。纪小行觉得不太对劲，犹豫了下，把药包和水都搁在一旁，伸手探上辛垣陵的额头，竟然滚烫！

纪小行吓了一跳，转身刚要离开去叫人来帮忙，手腕却被攥住。

"不许告诉别人。"辛垣陵疲惫却强硬地命令。

纪小行怔怔地注视着辛垣陵，后者眼神里的坚持是她并不陌生的，几乎在同一时间，纪小行就读懂了那坚持背后的含义是什么。或许别人会认为那是矫情，那是毫无必要的较真。

可她却懂。

方才纪小行烧的那壶水派上了大用场，除了用来给辛垣陵服药，剩下的被纪小行倒进了盆子里，浸了毛巾，用最原始古老的办法帮辛垣陵敷额头降温。

即便已经烧得很厉害，辛垣陵仍旧还是打开笔记本回复完最后一封工作邮件才又躺下。药力中安眠的成分很快见效，迷迷糊糊间，他仍旧能感觉到额头上的热毛巾变冷，一双柔软的手探上来，哗哗的水声响起之后，烫烫的毛巾又再次覆上他的额头。

他其实很想问纪小行，为什么没有对他不想告诉别人自己生病而感到奇怪，可终究还是没问。

他早就习惯了不跟任何人解释。豪门二代也好、继承人也罢，他从小都必须是以强者的形象去生存，而强者，是连生病的资格都没有的。尤其是他他处于现在这个随时有可能被舒望之踢走的位置上，他不能有任何小小的行差踏错，他不能给人留下一上岛就病倒、无能、连自身健康管理都做不好的印象。

夸张吗？

或许吧，可这却是他的生活，生活的全部。

他不要求纪小行能理解，可奇怪的是，纪小行竟然没再追问，也没有大惊小怪地跑出去找人帮忙。

无论如何，额头上时时探上来的那双柔软的手，凉凉的、小小的，带给他另一种安心。

第六章
DI LIU ZHANG

最霸气的还击

清早，舒澈推开房门，一眼就看到对面半露天的厨房里，房主婆婆带着小孙子在忙活早餐，乐怡也兴高采烈地跟着忙前忙后。

　　可是坐在桌旁的那是……

　　辛垣陵？舒澈怔住。

　　辛垣陵坐在桌旁，低着头，认真地看着手中的开机仪式策划书，时而提笔勾画。

　　"你怎么会在这儿？"

　　辛垣陵不用看也知道问这个问题的人是舒澈，可他也并不打算回答，因为没有那个必要，所以只简单应了句："放心，我吃过早餐就走。"

　　舒澈刚要再问，乐怡端着两大海碗的馄饨从小厨房走出来，极开心地叫着："舒澈，你起来啦？来来吃馄饨，虾肉馄饨，鲜着呢！辛总，吃馄饨。"

　　说着，两碗鲜汤馄饨就搁在了木桌上。

　　馄饨是房主婆婆早起包的，虾肉新鲜，白胖的馄饨浮在甜美的汤里，上面还洒了些细碎嫩绿的小葱花，看着就诱人流口水。

　　辛垣陵淡淡地说了句谢谢，就收了策划书，将其中一碗馄饨挪到了自己面前，从桌上的筷笼里取了双竹筷，又拿出自己的手帕，认真而又慢条斯理地擦拭起来。

舒澈也坐了过来，环顾了下小院，问乐怡："小行呢？还没起床吗？"

"唔，是哦，我去叫她。"乐怡转身，朝她和小行的卧室走。

"不用了。"辛垣陵忽然平静地开口。

乐怡和舒澈下意识地看向辛垣陵。

"让她再睡会儿吧，昨晚我把她累到了。"辛垣陵面无表情地擦完了手中的筷子，收好手帕。

小院里是忽然而至的沉静……

始作俑者辛垣陵显然并没有意识到他这句话带来的震撼力有多大，其实他的心思根本就还没有从方才的策划书上转移到现实中来。可说完之后，院子里的沉默也瞬间让他清醒，皱了皱眉，尴尬莫名地抬头看了眼舒澈，开始在脑海里组织语言，试图能用一两句话来解释昨晚这个"累"到底是怎么一回事："嗯，昨晚，是——"

"嘭"的一声，卧房的门忽然打开了，打断了辛垣陵的解释。所有人看过去，只见纪小行神采奕奕地站在门口，脆着声音微笑着："早安，每一位！咦？辛总您也起来啦，怎么样，昨晚舒服吧，我的技术不错吧！"

小院里更沉默……

辛垣陵的筷子正伸向馄饨碗上，突然僵住，注视着纪小行，还是面无表情地回答了两个字："不错。"

其实辛垣陵认命地觉得，自己应该习惯了，习惯于事情一涉及纪小行，就会错乱。

好在错乱终会有拨正之时，关于"昨晚为什么累"，还是在乐怡的快嘴解释下说清了。而在乐怡解释的时候，辛垣陵不发一言，只是听着，坦白讲他还有些好奇，这个一直以来像个小跟班一样跟着沈寻的舒澈，究竟是用什么心态在对待他和纪小行之间的瓜葛。他一直觉得，舒澈并不像看上去那样简单无害。

至于中心人物纪小行，根本就没理会自己的话带来的小风波，三下五除二洗漱了，直截了当夺下了辛垣陵的馄饨碗，并严肃地批评了乐怡："怎么能给辛总吃海鲜，他还在服药！"

"辛总您等一下，我马上给您做碗粥，瘦肉粥好吗？"纪小行提着菜刀，站在桌旁问着。

辛垣陵刚要开口。

"那好吧就这样说定了，可好吃啦！"纪小行提着菜刀，边说边转身离开。

辛垣陵硬生生地咽下想说的话，冷眼扫过乐怡，她已经快把头埋进馄饨碗里，就差在头顶浮个光圈出来写着：我什么都没听见。

舒澈也像没关注，安安静静地吃着馄饨。

"她厨艺如何？"想了想，辛垣陵还是问了乐怡。

"小姑娘不错，很能干的。"房主婆婆代替乐怡回答了，她正抱着小孙子吃馄饨，提到纪小行就不住地夸奖。

"她？能干？"辛垣陵颇惊讶。

"她当然能干，"远远地，舒澈却慢条斯理地回答了这个问题，"小行什么都行。"

"婆婆，你冰箱太旧鸟，全素霜，我顺便帮你除一除啊。"纪小行的声音从小厨房里传了出来。

"成，谢谢啦小姑娘。"婆婆乐滋滋地应着。

"好咧！"纪小行爽利地回答。

"小行比很多男人还要能干。"舒澈的话更加慢条斯理，理所当然。

"哐、哐、哐！"小厨房里开始传出一声声重重的砍音。

乐怡忍不住问："小行你在干吗？"

"我在拿刀砍霜！"纪小行喊着。

"砍？"辛垣陵、乐怡、舒澈，异口同声的脱口而出。

"哐！""啊！"小厨房忽然安静了，伴随着最后那声"哐"的碎裂音以及纪小行凄厉自责的喊声。

小院第三次陷入了沉默，只有从小厨房里不断传出的"砍坏了！""哎呀怎么办？""哎呀这破冰箱。"

"咳。"舒澈打破沉默，只是语气不再那么理所当然，"我是说，至少大部分时间，是比男人能干的。"

舒澈这种睁着眼睛说的瞎话，让即使是纪小行好友的乐怡都羞愧得低下了头。

"咳。"咳嗽的人换成了辛垣陵，他真诚地注视着房主婆婆，平静地说，"冰箱，剧组会赔。"

剧组赔？那就好那就好。乐怡埋着头继续吃馄饨，好像刚才什么都没有发生过……

一顿早餐，众人在胆战心惊中吃完了。

当然，"众人"是绝对不包括纪小行的，没什么她不行的，自然也没什么她怕的。

虽说把冰箱砍坏了，不过最后当她捧出一碗瘦肉粥，轻轻地搁在辛垣陵面前的时候，她暖暖的笑容融在暖暖的香气里。舒澈看着，嘴里的海鲜馄饨似乎立刻变得索然无味。而辛垣陵却面无表情地盯着那碗粥好一会儿，才慢条斯理地喝光，并没有说谢谢。

辛垣陵喝完粥，方离才终于急匆匆地赶到了，一脸的自责不安。作为随行私人秘书，没有照顾好辛垣陵的生活起居显然也是他的失职。他已经做好了被辛垣陵冷面责罚的心理准备，可让他没有想到的是，辛垣陵看上去心情竟是不错的。虽然还是咳嗽，好在烧已经退了，而那个叫纪小行的，正拿了药包出来，仔细地将不同的药片一粒粒地搁进小小的随身分类药盒里，细声细气地叮嘱着辛垣陵："这个药盒您带在身上，白色的素退烧药，半小时后您还素吃一粒巩固下；这个胶囊素消炎药，每次两粒，每日三次；唔这个感冒药也要吃，放心吧里面没有安眠成分，白天素可以吃的。"

方离几次想打断纪小行，想告诉她，辛总的药可以交给他这个秘书，可他敏感地察觉到，一直以来非常反感别人跟他说这些琐碎小事的辛垣陵，神态竟离奇地平静，虽然根本不接话，却也没有制止纪小行的喋喋不休。而是坐在那里，由着纪小行将那个可笑的盒子塞到他的手里。

意识到这一点的方离悄悄地站得远了些。其实他不确定自己这样做有什么具体的意义，他只是觉得，一直以来独来独往、感情从不外露永远紧绷着的辛总，偶尔能有这样一刻松弛，也是好的。

正想着，手机忽然响了。方离看了看屏幕，上面显示的是盛华影视秘书室的办公号码，遂接听，低声的："喂？"

"您好方秘书，纪小行的个人资料已经传到您的邮箱。"

"好，我知道了。"方离挂断了电话。

查纪小行的背景是辛总的指示，而秘书室也高效迅捷地完成了这一指示。但不知道这份资料会有什么改变。

希望没有吧。

"那，辛总再见！"纪小行终于结束了她对辛垣陵的各种嘱咐，辛垣陵也面无表情地站了起来，转身朝方离走过来。

方离赶紧迎上来，习惯性地要去接过辛垣陵手里的小药盒。辛垣陵却像是对他视而不见，直接跟他擦肩而过，而那个药盒自然还在辛垣陵自己的手里握着。

方离笑了笑，当作什么都没有看见……

辛垣陵离开后，乐怡也急匆匆跟着走了。今天是开机前最后一天，她被安排了很多工作。

只剩下纪小行和舒澈算是"闲人"。纪小行先是帮着房主婆婆收拾了下小院，打算问舒澈要不要去海边散散步，可推开舒澈房门，诧异地发现舒澈居然和衣睡着了。

不是才起来吗，这么快又困了？纪小行虽疑惑，可也没叫醒舒澈，轻轻地帮他关上房门，一个人出了小院。她本打算是到剧组看看有什么能帮忙的，可又瞧见海边似乎有什么热闹，就好奇地跑过去看。原来是凌晨出发去海钓的岛民们回来了，在岸边的礁石上分鱼。

纪小行知道岛上没有什么年轻人，出去海钓的都是些年长的渔民，他们钓鱼也不是为了卖钱，就是闲不住，钓上来也都是分给岛上的邻里吃。纪小行跟着看了一会儿，又嘴巴甜甜地帮着干了点儿活，竟也分到了一篓不少的鱼虾，还有些她不认识的贝类，乐得她跟大家约好，下次再去海钓也叫上她。渔民们都笑呵呵爽朗地应了，也是觉得这个城里的小姑娘蛮可爱。

而远处的礁石上，带着摄制组看景的辛垣陵，却罕见地走神了。

他要看的景就在他踩着的这块最高的礁石下方。这是一片背风的礁石群，落潮后海水会被截住一部分形成个不大不小的水潭。而这个水潭就是电影开篇的一幕。

月光下，海灵从水中缓缓站起，歌唱，再与慢慢走过来的男主角甜蜜相拥。听上去简单，可安全问题却是摆在首位的。虽然说海灵并不是主角，她在电影里全部的戏份也不会超过十分钟，但辛垣陵并不会因此而不重视。他首先注意到的就是礁石并不平整，尤其在夜间，演员进入水潭后很可能深一脚浅一脚地踩不踏实，如果又要拍得自然又要拍出美感，那么前期的准备工作必须要十分充分，所以他亲自过来看一看。当然，剧组的副导演也在，所以他作为制片人并不会过多发声，也要留给导演充分的工作空间。所以在参与检查安全问题之后，他就打算和方离离开的，却在转身的那一刻看到了远处和渔民们聊天的纪小行。

他听不到纪小行在说什么，只能看到她坐在礁石上，抱着一篓鱼，身上穿了件再普通不过的T恤、牛仔短裤，修长的双腿有一半儿泡在海里，时不时地踢着水花，脸上是比阳光还要炽烈的、放肆的笑。辛垣陵忽然又有了那种感觉，仿佛觉得纪小行本来就是属于这片海、这个岛。

"辛总，这是纪小行的资料。"身后的方离轻声说着，打断了辛垣陵的出神注视。

辛垣陵犹豫了下，接过方离递过来的手机，低头翻阅。

即使挑剔如他，也一向赞许盛华秘书室的工作效率和节奏。手机屏幕上，纪小行的完整资料随着辛垣陵指尖的滑动而一点一点的显示着。她的照片、她的年纪、毕业学校、获奖情况等等，而最终，定格在她的家庭……他的眉头渐渐皱紧。

"辛总，真的没有想到她的身份会这么特殊。"方离说着，"难怪她和苏导看上去那么熟。"

辛垣陵沉默着，眉头舒展开来，远处的纪小行仍旧在笑着，那么无忧无虑。

"辛总，舒澈会不会早就知道她的身份？"

辛垣陵没有回答，因为他无法回答。所有的事情都不能只看表面，正如月岛海域的暗流漩涡，他不能用自己的思想去揣测任何人，即使是看上去那么无害的舒澈。可纪小行呢？她已经避无可避地被卷了进来，即使她不知道，即使她不情愿。

"还有，已经联系过编剧，他不肯减少海灵的戏份。"方离简洁地汇报着。

"理由？"

"编剧说，海灵是整个故事的引子，是代表了男主角所向往的美好的梦境，有很重要的隐喻意义。"

"这我知道，我要听的是解决方案。"辛垣陵不想耽误时间，直接问。

"编剧组昨晚讨论的意见是，最重要是形似即可，可以对声音不做要求，后期再配。"

"导演组的意见呢？"

"已经开始重新甄选了。"

辛垣陵沉默片刻，忽然问："你说编剧组昨晚进行了讨论？"

"是的。"

"那位原作家一言，他参与了没有？"

方离颇遗憾地说："没有，他还是指派助理在代替发言。"

辛垣陵点了点头，不再多问，不过，总是觉得哪里有些古怪。舒老爷子这一步棋究竟会下在什么位置，恐怕只有老爷子自己清楚……

下午，出席明天开机仪式的所有人员登岛完毕，除了沈寻。

沈寻本人、她的经纪人、助理的手机还是全部关机，完全不知道她去了哪里，究竟要干什么。所有的工作人员都将目光默默地投向辛垣陵，想看看这个声名在外的霸气继承人该如何处理第一个主导项目的首次危机，偏偏辛垣陵自己反倒像是不着急了，整个下午亲自陪同记者及邀请出席开机仪式的贵宾，简直是有问必答，谈笑风生。

"坦白讲哦，我跑过这么多剧组，临开机了女主角失踪的情况，还真是遇到过的。"化妆间内，化妆师玲姐一边吃着小鱼干，一边故作神秘地对纪小行说着。

小鱼干是纪小行的房主婆婆送的，纪小行拿出来借花献佛。玲姐她也熟，当初纪小行参演的法医剧"死尸"系列就是玲姐手下的化妆团队完成的。

其实对于剧组来说，八卦消息的最集中地是化妆间，比如此刻，关于沈寻的八卦就像一枚炸弹引爆了。

"可素会不会真的耽误拍摄啊？"纪小行一脸忧心。

"这个不好说，那得看辛总的本事了。反正这个圈子就是这样，不是东风压倒西风，就是西风压倒东风。"玲姐啧啧感叹。

"可素——"纪小行正准备继续问，化妆间的门忽然从外打开了，刺眼的阳光忽地照进来。

而门口站着的两个人，比阳光还耀眼，至少苏辰自己是这么认为的……

他带着本剧的第一男主角影帝安子骞站在化妆间门口。

其实作为一个导演，苏辰一直觉得自己的形象实在太帅，帅得会影响他发号施令，影响别人对他的信服程度。可没办法啊，天生的，苦恼啊，苦恼也没办法。至于男主角安子骞更不必说了，完全是漫画型的美男，圈里少有的偶像兼具实力的标杆儿大腕儿。所以当苏辰打开化妆间的门，一眼就看到纪小行也在的时候，不是不窃喜的，他极乐意在自己接近完美的时候出现在纪小行这个小屁孩儿面前，省得她总是没大没小没规没矩！他清了清嗓子，刻意摆出极专业的面孔，有板有眼有腔调地边跟安子骞讲戏边进入化妆间："子骞，明天吃过开机饭，再休息一会儿，就准备拍摄第一场戏，这场戏对情绪要求很严格……呃，纪小行你干吗？"

所有人的目光齐刷刷地转向纪小行……

那还是她吗？她的脸不知道是因为上午分鱼晒的，还是因为此刻的激动，红得快滴血一样，嘴唇微张，眼睛里含了一汪水似的直勾勾地盯着……安子骞！

苏辰扶额，默默地叹了口气。

30秒后，纪小行被"扔"出了化妆间。

苏辰你这个坏家伙！纪小行在心里一阵无声地哭号，不是她非要想留下来干活，实在是因为安子骞……怎么会这么帅？！比银屏上见过的他还要帅十倍好吗……

"臭苏辰你等着！"纪小行气急败坏地念叨，她当然知道苏辰是故意的，破坏她的心情是他一直以来最擅长的！她跺了跺脚转身刚要离开，却一眼瞧见严力正带了几个女配角往月园里走，索性跟上去看热闹。

因为要赶拍摄进度，剧组会分成小组拍摄，一些不是十分重要的场景或是群演的戏份将由几个副导演轮流执行。严力把几位女配角带到了月园，正是为了电影的开篇，早上辛垣陵亲自去看过景的那场戏挑选合适人选。

说来也是倒霉，原本这个饰演"海灵"的人选早就定好了，是专门从音乐学院借的一个声线非常优美的女生，形象也不错，由她完成电影的引子是十分合适的。可让导演组始料未及的是，这个学生从签约到开机进组，短短两个月时间竟然胖了起码二十斤……

"李副导演，还有最后三个演员能试一下了。"严力疲惫地说着，有气无力的。

不是他偷懒，更不是他无能。如果在江城还好些，大不了他马上再去音乐学院选角，可在这人烟稀少的海岛，让他临时再去找个能演"海灵"

的演员简直就是强人所难。折腾了整个上午也没折腾出结果，来试戏的全部过不了编剧那关。

是，没错，不是过不了导演关，更不是过不了制片人关，而是过不了编剧这关。

归根究底，还是要追溯到电影剧本的版权合同上。那是当初舒老爷子安排盛华影视的前任 CEO 负责签的，身为原著者及总编剧的一言有权对选角参与意见，准确地说不止是参与，而是有着一票否决权。不过到目前为止，一众角色的演员比如主角沈寻和安子骞，甚至大部分的主要配角演员，导演组选定后征求一言的意见，基本都是同意的。所以没有任何人会料到一言会在开机前夕，对一个全部出场也不到十分钟戏的配角演员选择如此重视、如此挑剔。

"ACTION！"李副导演开始给最后的三个人选逐一试戏。

"海灵一号"站在场中央，背对摄像机缓缓转身，灿然微笑，开始唱出一段试戏歌词。

方离也站在监视器旁边看着，算起来，这已经是今天第七个来试戏的演员了，坦白来讲，他并不觉得她和前六个有什么不同。而辛总……方离小心翼翼地看向辛垣陵。

辛垣陵并没有跟李副导演一起，而是单独坐在稍远些的折椅上看着试戏，表情似乎是平静的。可方离却不敢大意，他明白，辛垣陵就像一座活火山，平静但不代表安全。

"卡！"李副导演喊完，回头看向编剧助理柳震，"发给一言吧。"

柳震点点头，方才他一直举着手机在录试戏，而上午的全部试戏过程都是他通过发送视频的方式来让一言进行审核的。

试戏暂停，所有工作人员都只好等着一言的决定。还不到五分钟，柳震的手机响了，他接听，然后挂断，最后只是简单地对着李副导演摇了摇头。

答案已经很明显。

李副导演皱紧了眉头："柳编剧，一言老师到底要找个什么样的演员？不过就是个配角而已，长得漂亮不就得了？"

柳震扶了扶眼镜，认真地回答："一言老师说，要找到一个他心目中认为可以的。"

"那么请问，究竟他的标准是什么？什么样的类型会是他心目中认为可以的？"

"一言老师说，他心目中的标准，就是他看到第一眼就觉得合适的。"

李副导演倒吸一口凉气，强行命令自己不要发火不要发火，他仅仅是负责选角的副导演而已，一定不要发火，可是……柳震的回答，就等于废话！这个叫一言的编剧真心讨厌！

李副导演拿起水杯猛灌一口，又重重把茶杯搁在桌上，咬牙切齿地喊："下一个！"

"海灵二号"战战兢兢地上场……

"这歌真好听，我都快会唱了。"纪小行和乐怡远远地站着，羡慕地看着场中试戏的演员，几乎就快"垂涎三尺"。

"放心，以后会有机会的。"乐怡拍了拍纪小行的肩膀安慰着，她当然知道纪小行的理想是什么，可是……她只有笑着，陪在好友身边鼓励而已。

"嗯，会有机会的。"纪小行轻轻点点头，不再说什么，脸上的笑容却多少带了些酸涩。

"卡！"李副导演"腾"地站了起来，一脸的不悦朝着严力开火，"你搞什么名堂，找的都是些什么演员，还能再不合适点儿吗？"

"李副导演，这真的……要不今天先这样，我明天回江城再——"

"明天？明天你能保证就找到合适的？"李副导演一股邪火似乎全部找到了发泄点，其实他也知道这不能怪严力，他更想的是揪着柳震的衣领让他把一言叫出来！

可他没这个权利。

气氛终于僵持了，山雨欲来，所有人都不约而同地扫了眼"海灵三号"，不用说，肯定也是会被毙掉的，几乎是连试都不用试的。没有人敢再开口，这个时候，喘气的声音大一点儿都会把"战火"引到自己头上，大家懂的……

"岛上，"辛垣陵终于开口，平静地对着严力，"还有没有其他演员能来试戏。"

严力已年届四十，在这个圈子里摸爬滚打已久，每每遇到像今天这种局面，他都想大骂一声：老子不干了！

可他还是只能苦笑："辛总，没——"

"有啊，还有一个。"石破天惊一般，一个大家都熟悉的、甜美的声音忽然出现，打断了严力的话。

所有人扭头看向此刻像根救命稻草一样的人。

而站在大家身后，像女王一样被助理们簇拥着出现的人，是沈寻。

其实在片场也好，电视上也罢，纪小行也算是见过一些明星的。这些明星不管长相是美还是普通，甚至是丑的，身上都自会有一种"明星范儿"，他们站在那里几乎不需要怎么开口就会将人的目光吸引过去，磁石一样神奇。

而沈寻，显然就是"磁石"中的极品。

她站在那里，微笑着，嘴角扬起那样完美的弧度。因为上岛的原因，她没有穿高跟鞋和走路不方便的裙子，而是穿了一件宽松休闲的衬衫、一件足以让她的双腿更显修长的亚麻沙滩短裤，她没有戴墨镜，也没有戴帽子，整个人沐浴在浸了海风的阳光下，皮肤晶白得像发着光一样耀眼、夺目。而她的身后，站了四个助理和化妆师，有序而又专业的：有的帮她提着包、有的帮她拿着剧本和水杯。

纪小行痴痴地望着沈寻，在心里又一次围绕着沈寻诠释出"完美"的概念。

当然，不止是纪小行，全场的人几乎在看到沈寻的同时都在心中不约而同地松了一口气。剧组里就是这样，哪怕不关自己职责的事、哪怕剧组里所有的工作人员都会是流水的兵，也仍旧没有人希望这个剧组会出现什么不好的问题，因为剧组是一个团队，哪怕这个团队的寿命只有三个月或半年。

导演组的人都立刻朝着沈寻围过去，庆幸女主角的终于现身。纪小行则下意识看向辛垣陵，而他此刻却仍旧平静地坐在折椅上，虽然也是注视着沈寻，脸上却仍旧没有一点儿表情，仿佛一切都在他的意料之中。

显然，对他的表情丝毫不感到意外的人也包括了沈寻。

她微笑着跟导演组的人打着招呼，理所当然地接受着大家的奉承，而所有人在奉承的同时也巧妙地没有一人提及沈寻迟到的事实。

人既然来了，谁又会敢追究呢？这是剧组的生存法则。沈寻深谙其道，所以她礼貌地、优雅地完成了专属于她自己的华丽出现，才一步步走到辛垣陵旁边，而她身后的助理立刻将折凳放好，扶着她坐下。

"垣陵，你好啊。"沈寻巧笑嫣然。

辛垣陵注视着沈寻，嘴角总算弯出一抹笑意："我很好。"

就是这笑意，几乎让沈寻能够维持下去的全部礼貌消失殆尽。她看着辛垣陵，多想在这一刻站起来，冲到他的面前狠抽他一记耳光。因为他为了逼她现身，竟找到跟沈家正在谈及一项重点项目的公司并在一夜之间成功的挖了墙脚，简单地说，沈氏在一夜之间损失不小，恐怕她再不出现，恶果还会如滚雪球一样持续。所以沈氏的董事长，也就是沈寻的父亲，当然已经把她臭骂了一通，所以她只能前来守约。

她知道跟辛垣陵之间永远不该有任何不守约的行为，因为他会让你的损失远远大于对他的"惩罚"，她更明白跟辛垣陵之间，尤其是涉及辛垣陵最重视的生意场上，也根本不会有任何的"面子"或"友情"存在。

可她还是天真地以为自己是不同的，而现在却终于不得不承认，自己和别人，在辛垣陵的眼里并没有任何不同。

也好，她喜欢这个游戏，所以点点头，微笑着："是吗？"

沈寻又像是忽地想起了自己方才的话，转头对着李副导演提议："导演，您还在为海灵的角色人选头疼是吗？"

"哦对对。"李副导演终于想起来还有正事要办，一脸迫切地说道，"沈寻，你如果有合适的人选推荐就太好了。"

"嗯。"沈寻点点头，"刚好，我有一个。"

"是吗？在哪儿？"李副导演既好奇又犹豫，"不过沈寻，如果路程太远的恐怕就——"

"不远，就在岛上。"沈寻坦然而又理所当然的神情。

"真的？"李副导演有些惊讶，"谁？"

沈寻笑了起来，有意无意地看了看辛垣陵。她知道大家都在等着她的回答，都是满含期待的。可只有辛垣陵的眉头皱了皱，她就知道，他会懂。

　　"她在那儿。"沈寻不再卖关子，一个优雅地转身，抬手指的人是……纪小行。

　　"纪小行？"李副导演好奇地顺着沈寻的指向看过去，却没有意识到，全场忽然地静默。

　　其实，剧组是盛华的老制作班底组成，虽不见得人人都知道纪小行的情况，可在场的恐怕知道的也占了七七八八，当然，除了李副导演。

　　起初李副导演听到沈寻要推荐，他并没有太多期待，还以为不过又是靠着哪个大明星的关系户孩子，可当他看到纪小行的同时，以自己从业多年及对镜头语汇和剧情人物的理解角度，竟也意外地怔住。

　　那个叫纪小行的姑娘站在不远处，脸上是毫无掩饰的惊讶和欢喜，她偏瘦，素洁、巴掌大的脸正是上镜的好胚子。

　　"李副导演，让她试试？"沈寻适时问着，虽是问句，却已有了七分的肯定。

　　"好啊，来，那个姑娘，你来试试。"李副导演忽地来了感觉，招呼着纪小行。

　　"那个……导演，小行好像……呃她特别忙，可能演不了！"乐怡结结巴巴地开口，她知道自己此刻的举动在不明情况的人的眼里可能非常奇怪，可万幸的是场内大部分人是懂她的……

　　"忙？她忙什么？据我所知舒澈也没交办她什么事要马上做吧。"沈寻似笑非笑。

　　"呃，导演，这个吧……纪小行是那个……这个这个……"严力试图费力地找出合适的词汇来讲清楚理由，并且不伤害到纪小行。

　　"什么这个那个的，这是个机会都不尝试一下吗？"李副导演有些不耐烦了，场上这些人的态度在他眼里简直有些莫名其妙。

　　"李副导演，小行可是江城音乐学院毕业的，嗓子也很好。"沈寻柔声说着，边说边走向纪小行。

到目前为止，所有旁观的人似乎都在参与着纪小行要不要试镜的问题。偏偏处在争论核心的纪小行本人，却像是还身处一个云里雾里的状态。

在沈寻提议之前，她完全没有想过自己也要去试镜。是，那首海灵要唱的歌再简单不过，旋律简单，哼唱为主。可……可是……她真的可以吗？她从没演过需要说台词的角色，她真的可以试吗？她忽然感觉有些慌乱，因为她忽然发现自己居然成了全场注视的焦点，她想开口拒绝，因为她……她不行。

可正当她准备承认自己不行的时候，沈寻却朝着她走了过来，在她的面前停下。

"沈小姐，我、我那个素——"

"我懂你在顾虑什么。"沈寻微笑着摇了摇头，随即凑近了纪小行的耳边，轻声说着，"没关系，只要形象符合就好，所有的声音都会后期配上去，所以你的发音……不会有影响。"

纪小行彻底怔住，由着沈寻拉起她的手走向摄像机的位置，她不知道自己在做什么，会有什么样的机会或困难，她只是一个再普通不过的、当过无数次没有一句台词的群演，她忘记了拒绝，因为她从来就没有过一次可以让她拒绝的机会，现在也如此。她怔怔地注视着沈寻，沈寻的手温暖而又柔软，笑容也是温暖而柔软，可以让人那么的信赖和依赖。那一瞬间，纪小行的心里充溢着的除了感动还是感动，她不知道自己最后会不会得到那个叫海灵的角色，她只是觉得温暖。

直到她终于一个人，站在了摄像机的面前。

"这是歌词，你看一看，当然，不要求你现在能完整地唱出来。"导演助理把打印着歌词的纸交给了纪小行，利落地嘱咐着，"刚才你也看了其他演员怎么试戏了吧。其实很简单，开始后你慢慢转身，对着镜头方向微笑，然后唱或念出这段歌词就行。明白吗？"

"她不行。"代替了纪小行回答的，是辛垣陵。

局面再次沉默，所有人面面相觑……

从选角以来就未曾干涉过任何试镜的辛垣陵，却在一个小小的配角试戏的紧要关口武断拒绝，并且，要试戏的人还是他的那位绯闻女主角。

有好戏看了。

"为什么不行？"沈寻一脸事不关己的惊讶出声。

辛垣陵沉默地注视着沈寻，而后者脸上那种无辜却坚持的笑意却只有他一个人能看懂，所以他不打算回答，只是平静地交代严力："再找，今天实在没有合适人选的话，明天就改拍别的场。"

"好，我马上——"

"可是我还是不明白，究竟为什么不行？"沈寻直截了当地打断了严力的回答，脸上的笑容凝固了，一字一字的："辛总，我知道你是总制片，可也不用这么小的事都要这么专制吧。现在只是选角试戏，并不是直接定演员，怎么，我连帮剧组这点小忙的权利，都没有了吗？"

什么叫全场都尴尬得要死？就是此刻了。

李副导演也终于觉察到有些不对劲，一定是发生了什么事是他不知道的，可就连他这种完全不知道发生了什么的人，都能嗅到空气中那即燃即炸的火药味，他忽然有点儿后悔负责了这个海灵的选角，毕竟副导演不止他一个人，现在他忽然说有事，好不好……

"没、没关系，那我试试吧……"打破了全场尴尬气氛的，终究还是处在风口浪尖的纪小行。

"好啊，试试。"沈寻代替导演，一锤定音。

可能《月殇》中没有哪一个角色的试戏，会得到像纪小行这样的关注程度。如同正式拍摄一般，每个工种都觉察到了这次试戏的不同，前面试过"海灵"的演员已经全军覆没，所有人都提着一口气，希望下一个能成功，可偏偏下一个……是纪小行。

"ACTION！"随着李副导演清晰地发出指令，摄像机开始工作，监视器、及助理编剧柳震的手机屏幕上，出现了全场唯一的焦点——纪小行。

似乎这也是第一次，辛垣陵有机会认真地看着纪小行。她背对着镜头，长发松松地绾着，略有些许碎发服帖地顺着细白的脖颈落在瘦削单薄的肩膀上。她的背影，如果跟玲珑有致的沈寻相比，的确是称不上曼妙，抑或是美的，可她就那样安安静静的站着，柔而不弱的。随着情绪的进入，她慢慢的转身，与方才所有试戏演员不同的是，她并没有在回头的一瞬立刻扬起笑容，而是仍旧微垂着头，看不到她的眼神，因为她全部的情绪都掩在那弯弯的眉、那长长的睫毛之下。可那却并不是僵硬的，而是灵动的，她轻轻的抬头，一点一点的，那双晶亮的眸子就如海边初升的朝阳，一分一毫地升起、映出。而就在宛如朝阳升空的那一瞬间，她笑了，毫不羞涩地、毫不掩饰地，以经过狂风暴雨洗礼之后最纯洁最顽强的神态，笑了。

原来这就是海灵，原来这就是海灵的笑……

辛垣陵沉默地、怔忡地注视着纪小行，剧本中关于海灵的文字像浮雕一样出现在他的脑海里。他不是导演，可他仍旧熟读了剧本。他不给意见，不代表他没有思考。从选角至今，苏辰和那个不露面的编剧一言所决定的人选都是比较符合剧本角色设置的，所以他认可，他不干涉。但他也奇怪为什么一言会如此执着于一个小小的配角海灵，可当纪小行的笑容绽开的那一瞬间，他终于明白了那种感觉，那种文字和人物合二为一的有灵魂的感觉。他忘记了自己方才的坚持、他忘记了自己坚持反对纪小行试戏的原因，他由着纪小行继续演着、又或者那根本不是演，而就是只需站在那里，笑容……只是她自己。

可一切的一切，在纪小行开口的那一瞬间，消失殆尽……

"若有天意，爱也鸟鸟（了了）；

"只盼今生，情深鸟鸟（了了）。

"我知晓、你知晓，几处萧瑟、几人白头、几年沧海终也鸟鸟，鸟鸟、鸟鸟……"

如果说前面的两句"鸟鸟"还只是把片场里的人心绪从美好中拉出来，那么纪小行最后的一句婉转而反复的"鸟鸟"，无异于一颗威力惊人的笑弹，引爆了全场……

当然不是全场的掌声，而是全场的爆笑。

纪小行停了下来，怔忡地环视着每一个笑得前仰后合的人。他们都好开心，上岛以来所有的急燥和不顺利似乎都随着她的"鸟鸟"而找到了发泄口，李副导演也好、熟悉她的严力也好，无一不笑得捧腹、失神。只有她僵硬地站着，站在冰冷的摄像机前面，她也笑了，跟大家一样，可她的笑却是没有一点儿声音的，因为她早就习惯了旁观别人的笑。是啊，她是纪小行啊，她是大家的开心果啊，她是会因为沈寻一句"后期会配音"而傻傻地站出来试戏的那个做着唱歌的梦的傻瓜啊！多好笑，她唱得多好笑，这个机会如果真的被她拿到，连她自己都会觉得好笑了，好吗？

所以她真的笑了，和大家一起，可眼角却热热的有什么东西滑落，她顾不上擦，因为心底的那个角落……是疼的。

可是人群之外，却忽然响起鼓掌的声音，清脆而笃定。掌声是有魔力的，让所有笑着的人清醒、沉默，诧异地回头。

是舒澈。

他只是注视着纪小行一个人，微笑着鼓掌说："唱得真好。"

如果生活是小说或电视剧，那么纪小行认为早应该有个霸气帅哥出现，直接在她开口之前就牵着她的手逃离。

然而现实中却并没有，但也无所谓了，因为她的"蛋兄弟"舒澈为她鼓了掌。他站在那里，眼里没有别人，就只有她，专注而信任。

有的时候就是这样，哪怕全世界都站在你的对立面，可只有一点儿温暖也足够。

所以她跟着舒澈离开，在所有人沉默及尴尬着的气氛中离开。舒澈带着她离开了月园，沿着蜿蜒的石板路朝海边走。

"我素谁啊，全世界知道我素谁啊还非要站在我对立面吗？"纪小行认真地说着，"所以没关系啦，大家笑也素正常的，素真的觉得很好笑。"

舒澈走在纪小行的身边，也不说什么，看了看她，又微笑着抬手帮她把一缕飞扬的碎发轻轻掖进了耳后。

"你说对不对？"纪小行追问。

"你说对就对。"舒澈点点头。

"舒澈，你真的好，真的很好。"纪小行停了下来。

"那是因为你没见过我发病的样子。"舒澈的笑容有些黯然，"如果有一天……如果有一天，我最不堪的样子被你看到了，你还会站在我旁边吗？"

"当然！"纪小行斩钉截铁地保证，"我们素——"

"纪小姐，能和我单独谈一谈吗？"

一个纪小行和舒澈都熟悉的声音，打断了纪小行。

纪小行怔了下，回头看向声音的主人：沈寻。

如果在一个月之前有人对纪小行说，有一天她会跟沈寻站在海边聊天，那纪小行一定会认为那人是疯子。

可现在却正是这种情况。

距离上次跟沈寻在国际大厦房间内短暂的见面相比，此刻的沈寻对于纪小行来说早已经没有了当初的神秘华丽感。

而聪慧如沈寻，自然能立刻捕捉到纪小行态度上的变化，当然，她更心知肚明纪小行态度上的变化是来源于什么。所以她只是笑了笑，开诚布公："刚才的试镜，是我害得你出糗。"

"不，那素我自己的行为。"

"不怪我？"

纪小行坦然地摇了摇头。

"即使我是故意的？"沈寻脸上的笑容逐渐淡了，语气中有些意味深长，并一如她的预期，纪小行沉默了下来。

不再耽误时间，沈寻直接打开手包，从里面拿出两张照片递到纪小行面前。

纪小行接过来，一一看着：一张是辛垣陵在船上帮纪小行做人工呼吸；另一张在深夜的月园，赤裸着上身的辛垣陵，抱着只围了条浴巾的纪小行走出木屋。

"我跟垣陵一起长大，家世相当、兴趣相当、经历相当——"

"沈小姐您误会鸟，我和辛总之间并没有——"

"当然。"沈寻笑了起来，"我当然知道你和垣陵之间什么都没发生过。"

纪小行捏着照片，皱紧了眉头，不解地看着沈寻："可素……你找人跟踪辛总吗？"

"我想知道垣陵在哪里，还用得着跟踪这么下作的手段吗？"沈寻无所谓地耸了耸肩膀。

"那为什么？照片不素你拍的，你也知道我和辛总不可能，那为什么把气撒在我身上？"

"因为，这是警告。"沈寻脸上的笑容逐渐淡了，淡得像从来没有存在过一样，"我对你的警告，并不是因为怕他会喜欢上你，因为那是完全不可能的事情。可是我要你知道，像你这样的人，连出现在他身边都是错的。"

"沈小姐，你太——"

"太霸道，太不讲理是吗？"沈寻再次尖刻地打断了纪小行，"所有灰姑娘的套路都是你现在正在做的事情，我不介意你想做灰姑娘，可如果你这个灰姑娘耽误到垣陵的声誉甚至前程，那就绝对不可以。

"更何况，重要的不是你想不想做灰姑娘，而是你离垣陵有多远。因为只要你或者任何跟你一样的人接近他，就会被人拍到就会有这些照片和八卦出现。你明白吗？他现在处在事业的上升阶段，也是在盛华起步最重要的阶段，我不会允许任何人影响到他，你懂吗？"

沈寻盯着纪小行，一字一句地说着，她不是发小姐脾气，甚至连忌妒都不是。她也没有说谎，没有变态到找人跟踪辛垣陵，这两张照片的确是匿名发到她邮箱里的，而她当然也完全不相信这两张照片代表了什么。可正因为这一切都与她无关，不是她的设计，才会让她更加感觉到惧怕。

她怕暗中操纵这一切的人真的会伤害到辛垣陵，所以她不介意出面做恶人，所以她要以连自己都会厌恶的面目和口吻来针对这个的确很无辜、却一定会被牺牲掉的纪小行，所以她最后强调："小行，你懂吗？"

她看着纪小行，而纪小行也目不转睛地看着她。她想，她赢了，纪小行那双涉世未深的眸子里沉着的，应该是被她的话震动，应该是对自己鲁莽行为的内疚，更应该是对将来保证远离的一种承诺。她满意地解读着自己对纪小行的理解，又想着或许该换上缓和的语气了，毕竟这小姑娘还要照顾舒澈待在他身边，所以她扬起嘴角，准备微笑……

"沈小姐。"纪小行终于平静地开口，搭配上沈寻展开的微笑，时间刚好。

沈寻等待着纪小行的自省。

"你说的话，我懂鸟。"纪小行咬了咬嘴唇，重重点头。

沈寻扬了扬眉头，笑意渐浓。

"可我不懂的素，关于辛总……"

"嗯？"

"你素觉得……普天之下……皆他妈？"纪小行说着，忽地抬头，神色更加的无辜，并用比沈寻方才更加的理所当然、更认真的语气，硬生生地掐断了沈寻脸上根本来不及再收回的笑容，"皆他妈？做事都要先考虑到他？我一点儿不怀疑你和辛总素一起长大的，因为你们身上盛气凌人的架势如出一辙。并且，我或任何你认为的灰姑娘协会成员接近他就会被拍到，那是他的事，关我什么事？他在事业的上升期，也素他的事，关我什么事？而我离他多远，那素上帝决定的事，关你什么事？如果你怕他被影响，那你去捆他啊；你怕八卦影响他，那你去堵拍照片的人啊。哦，你捆不住他，又抓不到狗仔，就跑来指责我鸟。敢情我素那个最软的柿子吗？为什么素我影响他？我一清清白白的还没谈过恋爱的好姑娘无缘无故被想抓他马脚的人抓拍偷拍，我还没生他的气呢，你凭什么要生我的气啊？不讲道理素吗？沈小姐，现在受害的人素我，被影响的人素我！"

"你……你……"沈寻瞠目结舌，大脑飞速运转，演过的全部的剧本台词涌上脑海，可没一句是适合用在现在，她完全无法想象怎么会有这种情况、怎么会发生这种事情，在她如此郑重地警告过一个小姑娘之后，这个小姑娘居然有！力！气！还！击！

"我、我、我，我很好。"纪小行大度地摆了摆手，并慢条斯理地对着沈寻点点头，"那么，沈小姐，没什么事我就走鸟啊。毕竟请我的人素舒澈，今后没什么特别重要的事，就请您直接跟我老板舒澈交涉啊！再见。"

说完，她甩了甩因海边潮湿早上又没有洗此刻已经显得并不十分潇洒的长发……果断离开。

她完全不想回头……其实也是不敢，主要是她脑补了一下沈寻疯起来会不会抓花她脸的画面。不过，对于方才那篇长篇大论，纪小行是丝毫不会后悔的，因为她认为自己并没有错。所以她挺胸抬头阔步向前一直走，直到远离了海岸，才从衣袋里拿出手机放在耳边，长呼一口气，半兴奋半心有余悸地说着："乐怡，听到了没？我说得好不好？哎呀妈呀吓死我了，其实我会不会太凶了一点儿？不过我偷偷拨通你的电话让你听到全程，主要是因为怕沈寻推我下海啊，哈哈哈哈哈哈，不会的是吗？哈哈哈哈哈哈，乐怡你到底听到没有啊，说话啊？"

"嗯，我听到了。"

"听到就好！"纪小行兴高采烈地扬了扬眉头，可没等脸上的笑容灿烂地展开，就忽然慢慢地僵硬收起，"呃……素……你素……"

"我是辛垣陵，我听得很清楚，全部。"电话那头，辛垣陵的声音如从远古走来、在北极进行了托马斯全旋之后又穿越至南极飘来，"你说得对，普天之下……并非皆我妈。"

"哦呵呵呵呵，辛总我不素那个意思哦，呵呵呵呵呵……"纪小行僵硬地笑着……

OH，漏！

第七章

DI QI ZHANG

傲娇别扭的担心

与此同时，月园的某个角落。

乐怡战战兢兢地从辛垣陵那里拿回自己的手机："那个……辛辛辛总，导演组那边还有个小会，我、我、我先过去了啊。"

说完，奋勇开溜。

能不跑吗？从辛垣陵脸上似笑非笑的严苛表情来看，乐怡认为此时此刻此种局面下最安全的办法是立刻消失。是，她的确是和纪小行串通好了，可串通也是因为怕纪小行被沈寻拉去填海，电话通着，她就好随时掌握纪小行的生命指数和足迹指数啊……可是，光她知道也不安全啊，所以当她看到辛垣陵和方离出现在视线范围内之时，她立刻自作主张、十分聪明地把手机开了免提，并英勇地交给辛垣陵一起听。

因为她替纪小行抱不平，因为沈寻害小行出丑的行为让她十分之生气，所以她一定要让辛垣陵看到这个沈寻有多霸道多无理！

可让她没想到的是，纪小行会说出那句"普天之下皆他妈"的至理名言。

问题复杂了，有理变没理了。乐怡咬牙切齿地在心中痛骂纪小行：你个舌神经麻痹的孩子怎么就不能少说几句！不知道装娇柔最好吗？不知道娇花才惹人怜爱吗？！

所以她溜了。

"她和纪小行真是……天生闺密。"方离看着乐怡飞一样消失的速度，打心底里感慨。

"下午的导演组会议，你不用参加吗？"辛垣陵忽然开口。

方离怔了下："我要去参加吗？"

辛垣陵皱眉。

"啊！"方离恍然大悟，"好，我马上去参会。"

方离转身刚要离开，却还是停下，忍不住开口问着："辛总，纪小行的电话，会不会真的让您很生气……"

"你猜，方才乐怡为什么逃得那么快？"

方离正色："因为知道得太多，是会被灭口的。辛总，我先走了。"

"要我帮你在这儿举办欢送会吗？"

"不用了辛总。"方离认真地鞠躬，果断地离开……

终于安静了。辛垣陵终于有时间仔细想想方才纪小行的话：普天之下皆他妈？灰姑娘协会？事业的上升期是他的事，关别人什么事？最软的那个柿子？

他通过乐怡开着免提的手机将这些话听得一清二楚，甚至几乎可以想象出沈寻气噎无语，以及纪小行操着那个并不灵活的舌头却转着活灵活现的眸子针锋相对的整个画面。是，他是争论的核心及焦点，身为躺枪的主要人士他应该跟沈寻一样或气愤或尴尬，可是……辛垣陵面无表情地看着方离终于消失在他的视线范围内，终于确定了四周没有其他人存在之后。

他笑了，由衷开怀地放声大笑……

"然后呢？"舒澈强忍笑意地问着。

他看得出，对面坐着的沈寻已经快气炸了。她不满意工作人员帮她安排的房间如此简陋、不满意岛上连淡水都缺乏，而最让她不满意的当然是她在跟纪小行的首次对阵中败得如此惨烈。

"你还笑？小澈，你觉得不觉得我们太小看她了？"

舒澈摇了摇头，"坦白讲，蛮像她。"

"真该让你听听她都说了些什么。"沈寻一想到那个场景就头痛欲裂，那套她专门用来对付辛垣陵身边出现过的野花、对所有野花屡试不爽的台词居然栽在一个小丫头身上。

"她说了什么我都不会奇怪。"舒澈微笑着回应。

沈寻怔了下，若有所思地看着舒澈："你这是在帮她说话？"

"沈寻，我希望你能不要针对她，毕竟……她是我的朋友，而我的朋友不多。"舒澈平静而坦诚地回答。

沈寻想了想，从手包中抽出那两张她给纪小行展示过的照片，递到舒澈面前："你的朋友有麻烦，所以，你带她离开这里最好不过。"

舒澈扫了眼照片，照片里的纪小行裹着浴巾，被辛垣陵抱着。

"小澈，其实、其实我一直没问过你，你为什么……"沈寻犹豫着，想用最适合的词语来表达，"为什么一定要进剧组？"

舒澈沉默着。

"纪小行之所以答应帮忙，可能是因为我答应了她在剧组给她机会。可你呢？从一开始，你就一定要进入剧组的目的是什么？"

"如果我说，是因为这里有你呢？"舒澈注视着沈寻，异常平静的。

沈寻回应着舒澈的注视，这是她一直以来当作亲弟弟一样相处的人，她看着他长大，看着他从小不点长到现在的需要仰视的高度。可就因为相对的时间太多太多，她竟忽然意识到自己一直忽略了些什么，比如，他看着她的目光里真的还是依恋吗？他在国外治疗的那几年真的让他忘记了那场事故吗？他真的……是根本什么都不在乎吗？

"明天就要正式开机了，你早点儿休息吧，晚安。"舒澈笑了笑，说完，站起身离开。

他不需要沈寻的回答，正如他知道自己在做什么、要做什么。

"乐怡，你真的打算专注坑我一百年素不素，素不素？！"

海边小院里，纪小行追着乐怡满院的跑，如果能追上，她不排除拔光乐怡头发的可能。

"我怎么知道你会说那样的话？！"乐怡人虽然躲闪着，但嘴上可不示弱，"纪小行你要对我好一点儿啊，我又不是故意要坑你的，而且现在都晚上九点了、九点了！你知道明天要举行开机仪式吗？你知道我今天忙了一天有多累吗？你知道明天我还要早起吗？"

"我不管！"纪小行咬牙切齿外加跺脚，"你居然把跟我的通话开免提，居然还拿给辛总听，你素生怕他不——"

"辛总好！"

"好什么好！你不要在我面前装着夸他鸟！你不是说过他又凶又霸道又不讲道——唔……"后半句没了，因为纪小行的嘴已经被扑上来的乐怡死命地捂住。

纪小行忽地明白了什么，只觉背后阴风阵阵。

无法说话的纪小行对着乐怡扬了扬右眉，乐怡对她扬了扬左眉。

两个人一起缓缓点头，乐怡松开了捂着纪小行嘴巴的手……

"嗯哼。"纪小行清了清嗓子，"你素担心他太操心吗？其实辛总为鸟整个剧组的运转，真素费心费劲又费力，我们看在眼里敬在心头。我们都知道，这部电影对于盛华来说有多重要，我们更知道，虽然我们只素一颗小小的螺丝钉，可素也要做好自己的本职工作，绝不拖剧组的后腿！"

"对，小行，你懂我，虽然我乐怡只是导演助理，片尾字幕播到底才会扫到我名字的小助理，可是我仍旧——"

"如果你们的决心表完了，麻烦让让。"辛垣陵的声音，清清冷冷地响起。

"咳！"纪小行干咳着转身，刻意表现出万分惊讶的表情，"咦？辛总，您什么时候到的？"

"在你说我又凶又霸道又不讲理的时候。"辛垣陵注视着纪小行，面无表情的。

纪小行瞪圆了眼睛，立刻指向乐怡，"那不素我说的，那素她——"

乐怡骤然扶住纪小行的肩膀，发出凄厉的笑声："小行，你的薪水是舒澈发，我的薪水是辛总发哦呵呵呵呵呵！"

"那素她……她的好朋友我……我吃错药之后，说的！"纪小行一字一句地泣血承认！

"那么药效结束了？"辛垣陵反问。

纪小行重重点头。

"方离，把我的行李搁进那间。"辛垣陵不再理会纪小行，转身对着身后拖着行李箱的方离说着。

"是的，辛总。"方离点头，开始行动，直接拖着行李箱走向昨晚辛垣陵住过的那间房。

纪小行和乐怡对视一眼，疑惑不解。

"辛总，您这是要搬过来？"乐怡小心翼翼地问。

"嗯。"

"其实吧，这个院子离蓄水池最远，房间也旧，晚上吧还特别吵，一点儿都不——"

"嗯，我是不喜欢太吵的地方和人。"辛垣陵注视着乐怡。

"我马上帮方秘书去放您的行李！"

这是乐怡丢在院子里的最后一句话，之后……咦？人呢？

纪小行瞠目结舌地瞪向乐怡果断消失的方向，如果此刻在电视剧里，她一定看得到乐怡屁股后面冒烟……

而此刻，静得吓死人的小院里，只剩下了她和……哦呵呵呵呵辛垣陵。

纪小行脑海里瞬间钻出的话是三十六计走为上！

"辛总晚——啊！"话没说完，纪小行已经被揪住了衣服后领，被逼迫得只有转过身来直面辛垣陵。

这是她第几次直面辛垣陵了？她不记得，可她确认的是，每次都会比上一次……更恐怖。

她可以在面对沈寻的时候毫不退让、可以在跟任何人争论的时候毫无惧意、可以举着伞挡开舒澈身边所有的障碍，可是这"所有"，显然并不包括辛垣陵。

"辛总对不起我错鸟，我真的知道错鸟，虽然我也不知道具体错在哪里，可素我保证晚上一定好好反省，今后一定对沈寻小姐客客气气礼礼貌貌，呃，在她不主动欺负我的情况下！"

识时务者为俊杰。纪小行当然很识相。

其实连辛垣陵自己都不清楚为什么一见到纪小行就想揪她的后衣领，可每每看到她急于解释的窘迫样子，就是觉得想笑，简直是……赏心悦目。

"那辛总您忙，我先撤鸟……"纪小行心虚地瞟着辛垣陵的脸色，边看边溜，其实看样子辛垣陵情绪还可以啊，不像特别生气的感觉。

"你为什么要参加试镜？"

"啊？"纪小行开溜的脚步停住，疑惑地转身面对辛垣陵。

"明知道不可能，为什么要给别人羞辱你的机会？"辛垣陵平静地说着，并不是讽刺，而是真的想知道原因。

纪小行注视着辛垣陵，脸上讪讪的表情逐渐消失。终究还是有人揭开了这个她藏了一整个下午的伤疤，怎么躲都躲不掉。早该习惯了，不是吗？她索性笑了："就算最后是羞辱，也总算有过机会不是吗？"

辛垣陵哑然失笑，皱了皱眉，似乎要费尽力气才能找出更适合现在的言语："纪小行，你难道没有自尊心吗？"

"自尊心是什么，好吃吗？"纪小行不知道自己为什么还要站在这里，她只听到自己在说，"辛总，海灵是后期配音的角色不是吗？所以我不认为我没资格去试戏。至于自尊心，所有靠权利或者她今时今日的地位去压榨、讽刺、试探、无视，甚至嘲笑别人的人，自尊心的分量就重了几两吗？"

纪小行说着，音量并不高，甚至可以算是轻声的。她直视着辛垣陵，后背挺直着，心里某个角落却酸痛得像是要胀裂了，继续说道："我努力争取一件我本来就有资格去争取的事，有错吗？"

辛垣陵沉默地注视着纪小行：争取一件本来就有资格的事，有错吗？他试图找出这种行为的错误之处，可一直以来他所遭遇过的、承受过的，只是因为他的身份就被习惯性地冠上依靠父荫的生活，不也正是他想去争取摆脱的？争取一个本来就有资格得到的认可，有错吗？没错，只是他没想过这样的话会被面前这样一个姑娘点破。这不是他第一次认真审视纪小行，可不知道为什么，每次这样的面对都让他无法把视线从她那张小小的、倔强的脸上移开。他甚至都忘记了自己该说什么，该以什么样的立场面对，只好轻咳了声，试图掩饰自己的失神，语气却意外地软化："咳，总之，试戏的事……都过去了，就忘了吧。"

怔忡的人立刻换成了纪小行，她使劲眨了眨眼、又眨了眨，可不管怎么眨也还是觉得辛垣陵脸上那个表情……是……是在安慰她？

十分尴尬的气氛微妙地在两人中间蔓延开来……纪小行觉得不适应，真的不适应，血液也不对劲，怎么一股脑儿地往脸上涌？怎么涌得脸有点儿热？不对劲、不对劲，她只有结结巴巴地回答："其实已经忘记鸟，反正……反正也没成功。"

"成功啦！成功啦！小行！你被选上啦！"乐怡忽然举着手机尖叫着冲出辛垣陵的那间房，"导演组打电话来让我通知你，海灵，是你的了！"

"啊？"纪小行惊呆了，"乐怡，你是不是接错电话了？"

"她没说错，"方离也走了出来，却是对辛垣陵汇报，"是编剧一言看过试戏视频后通知了柳震，定下纪小行。"

"你是唯一的一个，编剧钦点的角色！"乐怡欣喜万分地补充。

纪小行怔怔地站在原地，她没听错吗？乐怡没说错吗？她？纪小行？作为一个舌神经麻痹引起的语言中枢神经系统痉挛患者人生中第一个有台词有正脸有名字的戏，真的定了她？

什么是狂喜之后的眩晕，纪小行体会到了。乐怡已经冲了过来，两个女人最直接的庆祝方式当然是拥抱和尖叫。

而辛垣陵……坦白地讲，他的惊讶绝不会少于纪小行，又或者说除了惊讶之外，还包括了担心、犹豫。他知道海灵这个角色的分量，其实他下午已经跟一些经纪公司沟通过，一份为数不少的、可以选择的演员名单此刻应该就躺在他的邮箱里。如果他理智一些，应该马上先审看那份名单，可眼前的纪小行……

辛垣陵注视着纪小行，或许他的神情可以保持一如既往的冷淡或平静，可她脸上灿烂的笑容，却骤然直击进他心底的那座山峰，他在想，或许有些什么已经不同了。

"舒澈，我选上鸟！选上鸟！我素海灵鸟！"纪小行兴奋地冲出小院，站在门口打电话。她第一个通知的人是舒澈，可惜只能以打电话的形式。

"恭喜你，当之无愧的海灵。"舒澈的声音透过电话听筒传来，纪小行听得出，他是由衷地恭喜。

"你什么时候回来？"纪小行问着。

"还要一会儿。"

"沈小姐……还在生气？"纪小行小心翼翼问着。

"你不用担心，她没事。"

"我能不担心吗？她可素女主角，她要素气坏鸟我的戏就拍不成鸟啊啊啊啊啊……苏辰你吗？！"

揪住她的衣领，逼迫得纪小行不得不挂断电话的人当然是她最讨厌的苏辰！

"怎么都喜欢揪我的衣领，我的衣服看起来很！便！宜！吗？！"纪小行极度不满地挣脱开苏辰的钳制。

"你居然趁我不在自己去试戏！"苏辰皱着眉，严肃地准备批评了。他看了试戏的视频，自然也看到了大家对纪小行的哄笑。整个过程让他既生气又心疼，"又胡闹是不是？你想演戏和我说啊，何必——"

"我才不靠你！"纪小行做了个鬼脸，"不靠你我也成功鸟！"

"你还说！我告诉你，我今晚就打电话给——"

"来人鸟！"纪小行忽然压低了声音。

"啊，纪小行，海灵这个角色呢你要认真地揣摩，台词虽然不多可是整个人物所承载的情感和故事却十分丰富，"苏辰一秒钟之内变成严肃指导脸，"所以不要怕苦也不要怕累，要认真完成。"

纪小行也毫不含糊，点头哈腰露出一副认真学习的样子："好的苏导，你说得对苏导，我明白鸟苏导。"

"苏导，你先到了？"李副导演和另外的一些工作人员打着手电筒走近了。

"嗯。"苏辰严肃地点点头，"人到齐就进去开会吧。"

"行。唉，也不知道辛总怎么又搬这儿来了，这破路可真是难走。"李副导演边走边说着。

"几位慢走、慢走。"纪小行点头哈腰的恭送苏辰和其他人朝小院里走。

"哦，你是那个演海灵的演员吧？"李副导演看到了纪小行，停下问着。

"素的素的！"

"拿到剧本了没有？"

"还没有。"

"那你快去严力那儿拿，他现在应该还在月园的筹备组，晚上你就抓紧先熟悉熟悉，明晚就要拍第一场。"

"好！谢谢导演！"纪小行更加高兴。

李副导演点点头，没再多想什么，和工作人员一起往小院里走。人这么多，苏辰自然不好再揪着纪小行不放，纪小行心里得意得不得了，朝着苏辰的背影吐了吐舌头，没想到苏辰刚好就在这一刻转身看到了她。

又如何呢？纪小行扬了扬眉头，她看到苏辰的脸色不善、嘴唇嚅动，一定在骂她！

哈哈哈哈哈哈，谁怕他呢！

等所有工作人员都进了小院，纪小行就往月园的方向走。她边走边想着，辛垣陵搬来的话，岂不是每晚的工作会都会在小院里开？那她又可以偷听偷学到很多东西吧，不错不错。果然坏事是可以变好事的。

她越想越开心，正要加快脚步跑去取剧本，远远地从身后的方向又传来一阵嘈杂的人声。纪小行疑惑地回头，果然在海岸方向有一些人打着手电筒在走。

纪小行怔了下，下意识辨认着，虽然上岛的时间不长，可纪小行也大概了解到了一些月岛的情况。岛上居民非常少，也基本没有青壮年，而此刻在海边打着手电筒的这群人，好像正是住在海边这几户的留守老人，其中就包括了纪小行的房主婆婆。

这么晚了去哪儿啊？想了想，纪小行还是朝着他们跑了过去，边跑边喊着："程婆婆，等等我！"

程婆婆打着手电筒，和另外一个婆婆互相搀扶着正往前走，听到纪小行的喊声就停住了脚步，等着她追上来。

而与此同时，辛垣陵一边从小院走出来，一边接听电话："记者们都安排好了吧？嗯，可以，明天一早接他们上岛。开机仪式订在十点，我亲自主持。"

说着，余光就瞟到纪小行正往海边的人群跑，这丫头又去凑什么热闹？

"哦你继续说，我在听。"辛垣陵不打算理会纪小行，继续认真地听电话。

可她到底去干吗？

"婆婆，这么晚鸟您要去哪儿啊？"纪小行终于跑到了礁石岸边，果然是程婆婆和另外的一些岛民，大家都是一脸焦急。

"小行姑娘，小贝壳跟着海华偷偷去了珊瑚礁，还没回来！"

"啊？"纪小行怔住。

海华她也知道，是程婆婆邻居家的小男孩儿，只有八岁，爸妈也在岛外打工，他跟着爷爷留守。

"珊瑚礁素什么地方？"纪小行问着。

"是附近的一块陆矶，有时候我们去海钓的地方。"海华的爷爷也年届七十，是岛上土生土长的渔民。

"只有他们两个孩子吗？"纪小行怔了下。

"还有我小孙子。"

"还有我家的！"

另外两个纪小行也叫不上名字的婆婆公公焦急地说着。

"他们怎么去的，那块陆矶很危险吗？"纪小行急忙问。

"白天倒还好，晚上会被海水淹没。其实那里他们也常去，可是不到黄昏就该回来了啊，这会儿都这么晚了，我们几个老的还以为他们又去了谁家蹭饭，所以都没急着去找，哪想到他们根本就还没回来！"

纪小行皱紧了眉，现在都晚上九点多了，孩子们还没消息，难道真的……

"新闻通稿就按我让方离发给你的那版来准备。嗯，对。另外记者们的回程也有你需要注意的，比如……"辛垣陵试图让自己的注意力集中在这通电话上，可远处礁石岸边的纪小行到底在干吗？

她像是在跟渔民们交涉着什么，应该是比较严重的事，因为每个人的样子都显得有些慌张。她又闯祸了？

"辛总，辛总，比如什么？"电话里的声音问着。

"哦，比如有两家媒体不喜欢……她去干吗？"辛垣陵心不在焉地回答。

"什么？"

"晚点儿再跟你联系。"辛垣陵直接挂断了电话，朝着纪小行的方向疾步而去。

他对自己说，他追上去并非因为对纪小行担心，而是她的行为会直接影响到岛上居民对剧组的看法。如果她闯了祸，不管事情大小，最后要去担责的只会是他这个制片人。

嗯，就是这个原因，一定是！

纪小行和渔民们一起去往的方向，是岛民们用来停泊船只的地方。也因为岛上没有正式的码头，船平时都是停在一个海参养殖的池子旁边，其实也不太多，十余艘而已，都已经是半旧不新了。

"婆婆，把手电筒给我。"纪小行接过手电筒朝海面照着，虽然现在看上去风平浪静，可船出海后会是一个什么样的场景就没人敢保证。

"别耽误了，大家快上船，珊瑚礁这会儿肯定是被淹了。"海华爷爷首先跳上最近的一艘，船不大，五六米长而已。留在岛上的居民中他是声望最高的，可毕竟失踪的孩子里有他的小孙子，此刻的他也显得有些慌乱。

"快上船快上船。"其余的岛民们呼应着，也纷纷跳上自家的渔船。

纪小行赶紧帮着大家照明，刚要说什么，肩膀却被突如其来的力量扳住了，逼迫得她转身。

是眉头紧紧皱着的辛垣陵，他用几乎从牙缝中挤出的声音说着："你又闯了什么祸？！"

"我没有！"纪小行赶紧申冤，"是小贝壳和几个孩子下午去了附近的陆矶玩，这会儿还没回来。"

"所以呢？"

"所以海华爷爷要带着大家出海去找找。"

"出海？"辛垣陵用力拍了下纪小行的额头，"你是真傻还是天生爱捣乱？你水性好吗？你会开船吗？你知不知道就算是经验最丰富的渔民也不会在不清楚水域的情况下贸然在夜间出海？"

"素啊，我知道，我素说——"

"说什么说，你以为我是冷血才不让你跟着去找吗？是因为你去了只有给所有人添乱！"辛垣陵不耐烦地打断纪小行，完全不想听纪小行解释。

"呃，对，可素——"

"总之，你不能去！"

"素，我素——"

"你是不是什么都要跟我唱反调？"辛垣陵冷声质问。

"那个，小行姑娘，我们先走了，你带着程婆婆他们去岛上那片荒地再找找，交给你了。"最先上船的海华爷爷大声喊着，嘱咐着纪小行。

"哦，好的。"纪小行大声回应着，朝缓缓离开的船只挥着手，"海华爷爷你们小心，注意安全！"

船只逐渐驶远，礁石岸边只剩下不方便出海的几个岛民和纪小行，以及怔忡的辛垣陵。

月光笼罩着的礁石岸边，纪小行注视着辛垣陵，极坦然的。

"咳！"辛垣陵忽然觉得自己的感冒可能没好，肯定没好，必须没好，"好吧，我回去开会了。"

"我只会捣乱？"纪小行问着。

辛垣陵又咳了一声，想转身离开，却被纪小行拉住手臂，她小小的脸忽地凑近了："我唱反调？"

"纪小行。"辛垣陵严肃的，"我只是出于人道主义对你……对我的雇员关心。"

"可素在您对雇员出于人道主义关心的时候，能不能先进行准确地判断呢？您的雇员并非傻子，不至于鲁莽到在水性不好的情况下深夜出海！"纪小行一字一字地回应。

"咳、咳！"辛垣陵面无表情地板着脸，像是完全没有听到纪小行的话，望着天，"啊，不知道明天天气好不好，最好是不要起风，开机仪式的时候最好是晴——"

"哼！"纪小行将全身力气使在鼻孔上，狠狠地冷哼一声，彻底而又全面地表达自己对辛垣陵转移话题之僵硬水平的鄙视！

哼完，她也没心思再跟辛垣陵争论，转身朝着程婆婆等人跑过去："程婆婆等等我，我和你们一起去找！"

留下辛垣陵一个人站在岸边，咬牙切齿地对着纪小行离开的背影，紧皱着眉喊了声："不要以为多管闲事是优点！"

无人回应，只有海浪拍岸的声音，纪小行已经和岛民们离开了一段距离。

"不要以为不出海就是安全的！月岛上有很大一部分区域是无人区，荒草高过你这个小矮人！"辛垣陵提高了声音，愤愤不平的。

无人回应，只有海浪拍岸的声音，纪小行已经和岛民们走得更远。

"不要以为我会心软！明天就是开机仪式，我还有很多事要处理！我是不会跟你们一起找的，我也不会派我的员工去跟你一起冒险！"辛垣陵斩钉截铁地喊出最后结论！

二十分钟后。

月岛上，除了岛上的几十户民居之外，大部分都是荒凉闲置着的。尤其是东南方向，通过一条二三十公分宽的、勉强称得上是小路的路，再绕过一片野礁后，就是没膝的杂草和碎石块积满的荒地。别说是夜晚，就算是白天也是非常难走的。程婆婆他们年老体弱，眼神又不好，靠着手电筒的光走这段路也不安全，所以这片区域的搜索任务自然就交给了纪小行……以及她身后声称自己绝不会和纪小行同行的人，辛垣陵。

"小贝壳、海华，你们在吗？"纪小行深一脚浅一脚地走着，边走边用手电筒环照四周，更要留心脚下湿滑、随处可见的碎石。可已经走出很远，还是没有得到任何孩子的回应，她越来越担心，除了担心孩子们之外，还有……纪小行咬了咬嘴唇，回头看过去。

辛垣陵就跟在她身后不远的地方，一手插在裤袋里，一手拿着手电筒。

说他是耍帅吗？好像不是，他手插裤袋，心不在焉的样子竟是把荒野都几乎走出了时尚T台的感觉。说他不是耍帅吗？两只手摆着都不容易在这破地方保持平衡了，他却还走得这么嚣张！

纪小行摇了摇头，在心里暗自骂了句：长得好看的人就是讨厌！

当然，不包括她自己。

"纪小行。"辛垣陵忽然开口，打断了纪小行的胡思乱想。

"啊？"纪小行吓了一跳，瞬间心虚，就仿佛方才的咒骂真的被辛垣陵听到一样。

"这里，我小时候来过一次。"

"素吗？真的？"

"这里是月岛最荒的地方。"辛垣陵边走边说着，轻描淡写的语气，理所当然地镇定。

"我看出来了……"纪小行点点头。

"我警告你，别动歪脑筋。"

"哈？"纪小行怔住。

"你故意把我往这边带，以为我不知道你是怎么想的？"辛垣陵冷冷地笑了笑。

"我怎……怎么想的？"纪小行瞠目结舌。

"通常，剧情发展到这里，一男一女两个人走到荒凉的地方，一定会安排他们迷路。"

"呃，你的意思素说，我安排我和你迷路？ WHY ？"

"哼，不妨告诉你，要接近我的女人用过比这俗气一百倍的方法。"辛垣陵走近纪小行，伸出一根手指，轻蔑地在她眼前摆了一摆，"没、有、用。"

"哈！"纪小行想生气，可却笑出声。

"要知道，月园是我们辛家的祖宅，虽说我并不是每年都回来，可这地方，我比你熟悉太多太多，不要想骗我。"辛垣陵面无表情地越过纪小行，走到了她的前面，又回头用既是命令又是通知的口吻，"所以，我带路。"

第八章
DI BA ZHANG

未遂的夹缝中的吻

十分钟后……

杂草滩变成了乱石群礁，墨黑的海在不远处咆哮狰狞，前方是明显的层层叠叠的断崖，再加上月黑风高，如果不是亲身经历，纪小行会怀疑自己走错了悬疑恐怖片外景片场。深呼吸，她用尽全力保持情绪上的平静，转身面向辛垣陵，微笑着："辛总，这是哪儿？"

辛垣陵面无表情地环视了一圈，平静地说："月岛。"

"我当然知道这素月岛，而且我还知道月岛在地球上。"纪小行咬牙切齿地、一字一字地回到。

当然，纪小行也明白，不会在辛垣陵脸上找出一丝一毫的愧疚或羞涩之意，他仍旧一手拿着手电筒，一手插在裤袋里，悠闲无比的站着，就好像这只是他家的后花园："好吧，路错了，这不奇怪，月岛地形和地势都复杂。"

"素的，复杂，那现在呢？"纪小行皮笑肉不笑地问着。

"有什么问题？"辛垣陵坦然的，"现代社会，有手机。"

说着，果然拿出手机摆弄了一会儿，又坦然地搁回了裤子口袋。

"嗯？"纪小行不解。

"没信号。"

"哈！"

"这很好理解，岛上居民不多，基站当然少。"辛垣陵继续保持坦然，甚至耸了耸肩膀，"不过沿着海岸肯定能走得回去，但是你也需要牢记一点。"

"我又需要牢记什么呢辛总？"纪小行认为自己僵硬的笑容已经达到能展开程度的极限。

"剧情发展到现在，如果有迷路的桥段出现，通常就会安排女性角色跌倒、滑倒，摔伤脚踝无法走路。"辛垣陵走近纪小行，低着头，低声地说，"我警告你，走路小心，如果你伤了脚，我是不会背你出去的，电视剧里那样的剧情是用来骗一些涉世未深的无知少女的。懂吗？"

纪小行怔怔地看着辛垣陵，忽地就想起了和他在演播大厅初见的那一幕，彼时的他和现在一样，也是用这种冷漠而武断之极的语气说：你用来结识我的办法，的确是我到目前为止见过最大胆的。

还真是一点儿都没有改变！

抚额，简直连吐槽的力气都没有了，电视剧如果演到这种剧情应该是言辞犀利地骂他吧？可生活不是电视剧，所以纪小行只有气哼哼地瞪着辛垣陵，一字一字、咬牙切齿地："辛总，放心，我不会摔倒的，摔倒也绝不会让你背我的！"

辛垣陵上下打量了纪小行一眼，一边转身朝别的方向走，一边简单的回了两个字："很好……啊——"

最后那声"啊"当然不是他忽然想唱歌剧了！

他并没有神机妙算到会半夜出来寻人，脚上还是双皮鞋，而皮鞋的防滑底还是不足以抗衡湿滑的碎礁石的，所以就在他转身的瞬间，方才的预言即刻实现了。所谓艺术来源于生活果然是有道理的，他承认也好，不承认也罢，以他从小到大犀利的身份和高高在上的身份都不能逆转的事情里绝对要为此时此刻铭刻重重的一笔。

他滑倒了。

并且在他本能地挥着手臂试图保持平衡之余，还顺便拉住了身边唯一的一根并不粗壮的救命稻草——纪小行。

所以他和纪小行一起滑倒，因为惯性两人共同斜着滑进了礁石缝隙。他不知道自己该做何反应，因为耳边充斥着下坠的绝望摩擦以及纪小行刺耳地尖叫。那一刻根本来不及思考，更无法得知滑下去究竟用了几秒，辛垣陵只知道是自己害到了纪小行，内疚也好、恐惧也好，他能做到的，只是本能地把纪小行的头护在自己的胸口……

或许人晕倒就像是做了一场梦，至少辛垣陵希望这只是个梦，而不是在恍惚中听到逐渐清晰的声音呼唤着他的名字，那个声音细细小小的、柔柔的，是他熟悉而又陌生的："辛总，辛垣陵，您醒醒！"

他听着那个声音的召唤，慢慢地睁开眼睛，声音的主人就在他的眼前、环在他的怀里，那双晶亮的、流着泪的眸子在月色的挟裹中写满了焦急和惧怕，她只会不断地重复一句话："您快醒醒，疼吗？疼吗？"

疼，非常的疼。他的衣袖已经在方才下滑的时候完全擦破，伤到的皮肤上沾了海水此刻是火辣地疼，周身却寒冷得不自觉地轻颤，只有胸口的温热，来源于仍旧紧紧抱在怀里的纪小行。

这温度让他瞬间清醒："这是哪儿？"

"月岛。"纪小行泪流满面地回答，给了一个让他泪流满面的答案。

不是再跟纪小行斗气的时候了，辛垣陵恢复意识之后的第一个本能就是审视目前的环境。

很明显，他和纪小行此刻相拥而站，却并非站立在陆地上，而是滑到了半截断岸的礁石缝隙里。缝隙狭小，所以能在他们滑下来的时候卡住两个人，而他们的腿部也还是有一定的活动空间，虽不能转身，但也不至于被困得不能动弹。并且礁石湿滑，斜面像刀削一样的平，完全没有任何工具和任何借力方式的他们是不可能原路攀上去的。如果仅是被困，辛垣陵的脑海已经飞速运算出他和纪小行可以在这里支撑几天不被饿死了。可是，让辛垣陵周身都泛起了寒意的却是……

他们的下半身已经泡在了海水里，而海水应该逐渐还会上涨。换句话说，这里已经成为一副天然的石棺，而他和纪小行的死因会是溺水。

他总算明白了纪小行的眼泪是因为什么……

而与此同时，在小院里开会的剧组人员已经等了辛垣陵很久。起初以为辛垣陵出去拨打的那通电话大概是紧急而冗长的内容，所以苏辰组织着大家先行讨论了一些问题，可方离在出去找了一圈未果之后，大家意识到不太对劲。

"我还是去找找辛总，按说打电话也不会走得太远。"方离有些担心地说着。

"嗯，干脆我们也去找找。"苏辰点点头，又说着，"不过大家也先不要太担心，岛上人口少，治安方面不是大问题。"

正说着，小院的门打开了，院里的人不约而同地看过去，是舒澈和乐怡打着手电筒走了进来。

大概也没意识到院里会有这么多人在，更没想到这么多人都齐刷刷地盯着自己，乐怡怔了下，本能地问了句："这么多人，怎么了？"

"乐怡，你有没有看到辛总？"苏辰问着。

"辛总？没有啊。"

苏辰看向舒澈，而后者沉默的表情已经回答了他想问的问题。

"哦，那没事了，我们出去找找辛总。"苏辰简单回答了，和大家一起朝门口走去。

"小行呢？"乐怡没多想，朝着她和纪小行的房间望过去，窗子里黑漆漆的没有亮灯，有些疑惑，"睡了？这么早？！"

已经走到门口的苏辰怔了下，停住，转身问了句："小行不在啊，她去月园取剧本了。"

"不可能啊，我一直在月园，她没过去，剧本还是我帮她拿回来了。"乐怡扬了扬手中的剧本。

所有人面面相觑。

看来失踪的不止是辛垣陵，连纪小行都不见了。苏辰皱紧了眉头刚要说什么，舒澈已经快步走了过来，简单说了句："我和你们一起找。"

说完，舒澈率先走出了院子。

"我也去我也去！"乐怡也追了出来。

苏辰注视着舒澈的背影怔了下，这并非是他跟舒澈第一次打交道，却是第一次跟如此急迫、急迫到会主动开口的舒澈打交道。

看来有些事情，他是要好好跟纪小行聊一聊了。可是纪小行到底跑到哪里去了？苏辰不再耽误，赶紧出门……

"辛垣陵，我们会死在这里吗？"纪小行仰起头，注视着辛垣陵，除了寒冷和绝望，她已经想不到任何的词语可以描述现在的感觉。

海水还在上涨，她和辛垣陵掉下来时候只是下半身泡在海里，而此刻水位已经漫过了他们的腰部。他们也拼命地往上爬过，也大声呼救过，除了一次次失败之外再无任何回应。她想，自己大概是跟月岛八字不合的，不到一周的时间已经两次身处险境两次掉到海里。第一次，她掉进去不久就陷入昏厥状态，就算是恐惧也只不过短短的数十秒。而此刻……刺骨的寒冷、震耳的涛声、无边的黑暗、冰冷的礁石，她知道自己一直在哭、一直在掉眼泪，她特别不想这样，尤其在辛垣陵的面前。可她控制不住，她只能不停地说着话，因为这是辛垣陵命令的。

多可悲，即使在这样生死一线的情景，她还是不得不屈从于辛垣陵的命令，为了取暖跟辛垣陵紧紧地拥抱在一起。她注视着辛垣陵，他的睫毛好长啊，长到可以让月光投在脸上有小小的扇形阴影，雕塑一样的五官似乎又瘦了些，薄薄的嘴唇也因寒冷而轻颤着，他轻声说了句："大概吧，可能。"

即便是现在这种情况，他也是不肯说谎骗她。

纪小行心里的无助和委屈已接近顶点，因刺骨的冷而声音颤抖："电视剧不是这么演的，在最后关头会、会被救。"

"泰坦尼克号，最后结局一死一孤独终老，太平轮结局大部分人沉尸海底，每年的海难或海边游客溺水事件统计数字大概为——"

"辛、垣、陵，"纪小行怔忡地注视着辛垣陵，"你还是别说话鸟，保持体力吧……"

"好，我不说，听你说。"

"我……我不知道说什么，我还没活够，我还没谈过恋爱，还没结婚，还没生子，还没……还没有一辈子，连接吻都没有过呜呜呜呜……"

辛垣陵怔了下，低下头注视着纪小行，语气僵硬的："你是在暗示我吻你吗？"

其实他并不需要纪小行的答案，而恐怕……纪小行也根本没在听他说了些什么。她默默地流着泪，眸子低垂着，视线茫然地落在远处无边无际的墨黑色的海面上。她比看上去还要瘦些，抱着她的感觉就像抱着一个小小的、软软的东西而已，她的胸口紧紧地贴着他的，因为那是两人之间唯一的温暖，不可分割的温暖。即使这种温暖并非两人刻意或情愿，他不知道其他人在面临这样的生死关头会如何反应，他怕就这样默默无闻地死去，可盛华也好、电影也罢，其实在这样的局面当中竟是虚无缥缈得毫无价值一样。他恍然地、轻轻地捏着纪小行的下巴，她怔忡的抬起头，小巧的嘴唇微张着，眼睛里写满了疑惑和不解。他不知道自己在做什么，想做什么，他只是慢慢地低下头，探寻……

"辛总——纪小行——辛总——纪小行，你们在哪儿……"方离、苏辰，以及几乎全体的剧组工作人员的声音在这个多事之夜的上空骤然响起。

"我们在这儿！在这儿！"纪小行一把推开辛垣陵，用尽毕生的力气喊着，又哭又笑。

辛垣陵维持着一个诡异的环抱、低头造型，很久、很久……

前一分钟还在疑惑自己是不是上辈子火烧了全城的纪小行在终于等到救兵之后，果断地认为自己上辈子一定是拯救过全宇宙的。

其实也不是她运气有多好。多亏了苏辰和舒澈等人一出小院就碰上了终于找到了孩子们的岛民。原来这些孩子根本就没去珊瑚礁，而是在海华家的海参池旁边的小屋一觉睡到现在。被找到的孩子先是挨了一阵胖揍，之后就各家家长领回各家。苏辰赶紧问大家有没有看到辛垣陵和纪小行，所有人异口同声地指路说是来了草滩这边。有了方向就好办，全体来找，兵分几路，其实没找多久就听到了纪小行的喊声。岛民们救援经验丰富，用随身带着的绳索很快就把纪小行和辛垣陵拉了上来。

纪小行被拉上来之后直接瘫在了舒澈怀里，方才还死撑着的最后一点儿坚强在得救之后彻底崩溃。她已经全身尽湿，泡在海里又有一段时间体温几乎耗尽，再加上精神极度紧张，连手指都没有办法伸直。眼泪却没了，牙关紧咬着，不住地颤抖。

"别怕，没事了、没事了。"舒澈赶紧脱下外套裹住纪小行，直接把她横抱了起来。

"纪小行，你以后要是再这样发神经我就把你送回江城！"苏辰又气又心疼，他瞪着纪小行，脱口而出地呵斥显然已经是乱了方寸。

"哎呀先别骂了，她也不想这样啊！"乐怡虽然帮着纪小行说话，看着纪小行的眼神却也是一副恨铁不成钢的倒霉样子。

"海华爷爷，麻烦您带路，去岛上的卫生所。"舒澈并不多话，只确定最先要做的应该是什么。

"好好，我带你们去。"海华爷爷赶紧应着，他明白纪小行会出事都是因为帮他找捣蛋孙子，既内疚又不安。

"等等……"纪小行拉住舒澈的衣领，怯生生地看向崖边。

辛垣陵也被拉了上来，李副导演、严力等剧组的人已经围了上去，紧张地检视嘘寒问暖。就在纪小行看向他的那一刻，他也正抬起头，对上了纪小行的视线。

纪小行明白，此刻大概是认识辛垣陵以来他最狼狈的时刻。他站在那里，整只右臂的衣袖已经在滑下礁石的时候为了保护她而几乎擦烂成了布条。泡在海里还没发现，方才因为要用力拉绳索，右臂又用了力，伤口绷开血渍斑斑。

是对他抱歉吗？并不是，纪小行还没有"善良"到承揽所有"罪责"的程度。担心吗？也不完全是，最糟糕的一刻已经安然渡过，能活下来就不会在意这些皮外伤。

可那是什么？古怪的揪着心的感觉在纪小行心里蔓延着。舒澈顺着她的视线望了眼，脚步只是滞了一瞬而已，便不再耽误，跟着海华爷爷疾步离开。

很快，辛垣陵就被剧组的人夸张地包围了，纪小行疲惫地把头埋进舒澈的怀里，不再张望。

舒澈的怀里干燥而温暖，能听到他的心跳，能感受到他有力的步子，那是代表着可以休息了，结束了……

月岛上只有一个卫生所，说是卫生所，充其量就是个小药房而已。是栋只有三个房间的石头屋，一间摆了些常备药、一间搁了两张单人病床勉强算得上诊疗室，另一间则是卫生所的"所长"起居室。海华爷爷领着舒澈和纪小行、苏辰、乐怡过来，整整敲了五分钟的门，才总算把看上去比海华爷爷还老的"所长"敲醒。他睡眼惺忪地出来开了门，颤颤巍巍地召呼着大家赶紧进来。

舒澈直接把纪小行抱到诊疗室的床上，大家都以为到了卫生所就会更有安心感，可没想到"所长"大人所表现出的"妈呀总算有人来了，总算有人跟我说话了"的夸张的热情，让所有人的心里反倒更不踏实了……

"请问，晚上还有船吗？要不，能不能送小行出岛找医院？"苏辰趁"所长"去拿药，把海华爷爷拉到角落，小声问着。

海华爷爷连连摇头："使不得，这一带海域复杂着呢，晚上可出不去，没船能出去。"

"苏辰，不用那么麻烦，我根本也没受伤，就是冻着鸟。"纪小行躺在病床上说着。

乐怡瞪了纪小行一眼："你没资格说话！鲁莽的家伙！"她骂归骂，却还是狠狠地又接着说了句，"我去给你拿干衣服过来，等着！"

"我去吧。"舒澈从纪小行的病床边站了起来，"外面太黑，路又不好走，还是我去吧。"

"可以吗？那太好了。"乐怡露出星星眼，丝毫不客气，"小行的皮箱是深灰色的那只！"

"喂！我的换洗衣服他怎么方便找啊？！"纪小行气哼哼地反对。

"你没资格说话！"乐怡一票否决。

舒澈早习惯了这两个女生的相处方式，也不多言，笑了笑。苏辰见纪小行脸上仍旧是被冷得过头的铁青，还是担心，决定回剧组，让厨师熬些驱寒的汤再送过来。

男人们都走了，乐怡留下来照顾。

没一会儿，"所长"就拿了感冒药过来给纪小行吃了，又帮她处理了小擦伤的伤口。年纪大归年纪大，没想到他做这些还十分利索，乐怡也好奇，和"所长"闲谈中才得知他也不一般。"所长"姓李，在月岛出生，早年是国内知名医科大学最早的几批毕业生之一，退休了才回到岛上，一来算是故土难离，二来也能发挥发挥余热。可岛民越来越少，他这个"余热"基本上没什么发挥的地方，好不容易逮着个纪小行，直接把她当成了 VIP 中的 VIP。

乐怡好说歹说才把他劝走，没见过这么话痨的医生……

"乐怡，其实我素小伤，可素辛垣陵手臂擦伤得很厉害，会不会有事？"纪小行忍不住问。

乐怡一边帮着纪小行脱掉湿衣服湿裤子，一边也在感叹："这事可大可小，万一没处理好伤口溃烂了都有可能。呃，你看我干吗？"

乐怡瞪着纪小行，而后者此刻专注的、无辜的、坚定的眼神无不表明了一件事：有求于她！

想了想，乐怡倒吸一口凉气，咬牙切齿的："休想！"

"去嘛！"

"不要！"

"乐怡，他可素你的顶头上司，你把他拉来看病素你应尽的责任！再说鸟，这素多好的一个拍马屁的机会啊，你怎么就不抓住呢？"

"拍你个大头！"乐怡伸手用力点开纪小行的额头，想了想，又疑惑地盯着她，"不过，你有问题。"

"我有问题？"

"你这么关心他干吗？难道在海里泡傻了？还是……"乐怡笑了，笑得格外阴森，"垂涎他的——"

"嘭"的一声，卫生所最外面的大门被推开，严力的大嗓门即刻传进来："大夫，接诊！"

纪小行和乐怡瞬间怔住，又同时看了看纪小行刚好把湿衣脱得差不多的情况。二话不说，乐怡果断"唰"地拉上了两张病床之间的布隔帘……

辛垣陵被方离扶进了卫生所，身后还跟着他十分不想惊动的人：沈寻。

如果不是沈寻坚持，辛垣陵恐怕还要再把方才议了一半儿的事情议完再说。

打量着简陋的卫生所，沈寻皱起了眉头："只有这间吗？"

"别无分号！"李大夫闻声而来，听到了沈寻的话，打趣着回答。他并不介意外面的人会用异样的眼光看待他这个卫生所，说实话，就是他自己也是不怎么看得过去的……

玩笑归玩笑，李大夫并不耽误正事儿，上下略打量了下被扶着的辛垣陵，直接指了指里面的治疗室："先扶他进去躺着，我拿药。"

"大夫，请务必加快您的速度，谢谢。"沈寻"礼貌"地说着，又自然而然地推开方离，代替他扶住了辛垣陵。

李大夫笑呵呵地没接话，专注于自己要做的事，他久居月岛，并不知道沈寻的身份，只是不想跟个姑娘一般见识。辛垣陵却在沈寻扶住自己的时候脚步略滞了滞，好在走到里间也并没有几步路，就没有再反对什么。

进了里间，沈寻的神情终于上升为克制不住的嫌弃：狭小的空间内有一张单人病床，床边挂了一块最廉价布料的蓝色帘子，屋角摆了张小小的木头桌子，病床上还铺着最廉价的白色床单，床下摆了一双同样廉价的夹脚蓝色塑料拖鞋。

"OH MY GOD！"沈寻皱眉瞪向方离，"这就是你找的诊所？就这种条件？"

"沈小姐，岛上只有这一家。我是——"

"我不听你的解释，"沈寻不耐烦地打断，"辛总是什么身份你应该比我清楚，所以——"

"所以让我安静一会儿，可以吗？"辛垣陵轻轻推开沈寻，疲惫地坐到了病床上。

方才他在小院已经换好了干净的衣裤，也用随行带着的医箱药做了简单的伤口消毒和处理。他本想这样就可以了，却没想到不知道是谁这么多嘴地通知了沈寻，最后就直接被她闹到了这个诊所来。

"你还说！你连破伤风的针都没打！还有你的脚踝，你看看肿成了什么样子了！"沈寻连声质问着。

她不想失态，不想在辛垣陵眼里成为一个没有风度的女人，可是一瞧见辛垣陵身上的擦伤和青肿的脚踝就真是气不打一处来。她气的是他永远这样，永远不接受别人的关心、永远不关注自己的身体！

"好了好了你们都让让，让老大夫我瞧瞧。"李大夫端着装有一些针剂药的托盘走了进来，把托盘搁在辛垣陵的身边就开始检查，发现他右手臂的擦伤虽然比较严重，但也无大碍，就是右脚踝……李大夫皱着眉捏骨检查，又让辛垣陵做了一些活动，才放下心地下了结论，"骨头没事，只是扭伤，近期不能用力，多休息。"

诊断做完，他就给辛垣陵打了针，重新做了伤口包扎。没有护士，这些活儿李大夫就全包了。

"真的没事儿？不需要拍片子吗？"沈寻一脸的不信任。

李大夫又乐呵呵地回答："我说没事，就是没事，不过你要是不相信，明天天亮了带他出岛，去大医院拍个片子也无妨，图个心安也行。"

"没那个必要。"辛垣陵用淡淡的语气说着。

李大夫笑了笑："那这样，病人先躺着，我再去给你找点儿口服的药，还要输一些消炎药水。今晚病人就留下吧，输完两瓶液估计都天亮了。"

说完，离开了诊室。

辛垣陵和衣躺在了病床上："既然没事，沈寻、方离，你们走吧，我还要看几封邮件。"

"方离，你走吧，我来照顾辛总。"

"没那个必——"辛垣陵皱着眉，刚说了一句，就被沈寻直截了当地打断："我说有，就有。"

"你只是我电影的女主角，不需要做这种事。"

"我做又怎么了？"

"如果被媒体拍到，那就又是一个劲爆的八卦新闻。"

"哈！"沈寻一脸讽刺的笑意，"就算是八卦新闻，跟我闹绯闻，也总比跟那位纪小行传出来的要更符合你的身份吧。"

"沈寻！"辛垣陵面对她简直头疼不已，却完全了解她从小养尊处优，从影之后更加一路扶摇而上集万千宠爱，个性早就养成了不会顾忌其他人想法的任性。

"难道不是吗？"沈寻毫不示弱地看着辛垣陵，没错，她就是要逼他，就是要把他逼到墙角。只有这样，这个男人才会明白她并不是开玩笑，从18岁她的成年礼舞会那晚开始，她就在心里决定了非辛垣陵不嫁，就这么简单！

"辛总，要不要把我的手机留在您这儿，您的方才在海里进水了。"方离还是不太放心，问着。

"不用了，我一直在这儿，他有事儿可以用我的。"沈寻的语气愈发有些不耐烦。

辛垣陵无奈地扶了扶额，看向方离，点点头。

方离犹豫了下，也只好欠了欠身算是告别，将携带的 iPad 搁在辛垣陵床头便离开了。

沈寻见方离走了，心里的气渐渐消了大半。她注视着辛垣陵的脸，即使是在常人会难堪或难看的此刻，他看起来仍旧那么出色那么无可挑剔的完美，完美得让她心疼，因为暂时得不到他而心疼。

"这里只有一张床，你坐一会儿就打电话给你的助理，让她接你回去吧。明天上午还有开机仪式，你是女主角，需要以最光彩的形象示人。"辛垣陵心平气和地说着。

"不需要。"沈寻摇了摇头，"我沈寻就是整晚不睡，第二天上了妆一样的不会让任何人挑出瑕疵。"

"那么你就打算这样坐一晚吗？"辛垣陵的耐心逐渐被消耗着，沈寻如果想撒娇，真是找错了人，他和她一样的骄傲，一样的不接受任何任性。

"坐一晚也没什么不可以。"沈寻耸了耸肩。

"可是我非常的累，需要休息。"辛垣陵的语气渐冷，"不久前我刚在海里泡到差点儿没知觉，手臂和脚踝都在疼，邮箱里还有起码六七封工作邮件要我去处理。沈寻，我不是只需要对自己负责的人，我身后还有盛华。"

"盛华，又是盛华，盛华有什么了不起的？"沈寻咬了咬嘴唇，捏紧了手。

"盛华如果不是了不起，"辛垣陵冷笑，"你又为什么帮舒澈签下纪小行？"

沈寻怔住，这个问题让她一时之间错愕不已。为什么帮舒澈？因为他是她弟弟一样的人啊，因为纪小行说不定是舒澈的药啊，难道有错？她露出难以置信的神情，极坦诚地解释着："舒澈对你根本不构成本质上的威胁吧，他还只是个孩子，他的专业也不是经商，更何况他——"

"我说过，我累了。"辛垣陵冷冰冰地打断沈寻的解释，顺便拿起方离留下的 iPad 准备看邮箱。

这样明显的厌烦和冷漠直接刺痛了沈寻，她冷笑："不知道的人还会以为你忌妒舒澈。"

辛垣陵不打算回答，平静地在 iPad 上输入着邮箱地址。

"是，纪小行是我签下的。可是如果我知道她会给你带来那么大的困扰，我不会签！"沈寻继续说着，就算辛垣陵漠视她，她也会说完自己想说的话，"我当然知道，你和她之间根本什么事情都不会发生。可是我不允许她会被记者们拍到成为你的污点，所以——"

"所以你找了她。"辛垣陵打开第一封邮件，一边看，一边说着。

沈寻怔住："你知道？她说的？她告状？她说了什么？"

"她跟你说，普天之下并非皆是我妈；她说，我离她多远，是上帝决定的事，不关你的事；她说，如果你怕那些新闻影响到我，应该是去抓拍新闻的人；她还说……"辛垣陵的嘴角扬起笑意，"她不是灰姑娘协会的人。"

"啊！"沈寻惊讶之极反倒笑了，"我真是小看她了，她居然什么都告诉你。辛垣陵，我觉得我们都小看她了，我要重新考虑她的想法。"

"没这个必要。"辛垣陵心不在焉地说着，开始回复邮件。

"我看有，否则她怎么会如此挑拨离间？她什么时候说的，方才跟你掉进礁石缝的时候？她有没有还说些别的？更过分的？"

"哦。"辛垣陵轻描淡写的语气，"她还说，她没被别人吻过。"

一室死一般的沉寂……

"所、以、呢？"沈寻一字一字的。

"所以，"辛垣陵抬头，注视着沈寻，平静的，"我满足了她这个心愿。"

辛垣陵知道，沈寻所有的骄傲都被他这简单的三个字彻底击碎。她怔怔地坐在他的病床边上，以一种僵硬的、他从没未见过的眼神死死地盯着他。他知道自己此刻是残忍的，可他完全不想拖泥带水，沈寻的情感表达已经越来越外露和任性，他不能再听之任之，所以他注视着沈寻，坚定的，他必须让她知道，他和她之间，绝无可能。

"哎？这谁放在这儿的？"李大夫的声音终于出现在诊室门口。

沈寻用最快的速度，颤抖着拭掉眼角即将滑下的泪，平静地转头看向李大夫。

李大夫一手端着一托盘的输液用药，一手拿着一袋衣服走了进来，一边走还一边问："这是谁给小姑娘送来的吧？"

辛垣陵怔了下："小姑娘？"

"是啊。"李大夫理所当然地指了指病床旁的那块蓝色的帘子。

沈寻的脸色瞬间刷白，立刻站起身，"唰"的一声大力扯开了蓝帘……

裹着被子的纪小行以及嘴巴张大到足可以塞进个鸡蛋的乐怡，在帘子被扯开的一瞬间同时笑靥如花："呵呵呵呵呵真巧……"

对于沈寻来说，还有什么场景会比此刻更让她感觉羞辱吗？

显然没有了。

她对辛垣陵百般让步，可换来的也只是冷眼和漠然，而她起初以为完全无害、无碍、自以为完全没资格与她匹敌的女人，却轻而易举地接近了连她都没办法消除距离的辛垣陵。她警告也好、威胁也罢，只不过是她摆出的姿态，她内心深处从不觉得这个连话都说不清的纪小行会对她真的有影响。可她最生气、最狼狈的一刻，却让这个她根本瞧不上眼的纪小行尽收眼底！

再多说一句都是对自己的羞辱，沈寻挺直后背，撞开李大夫，头也不回地离开······

"这姑娘又是怎么了？"李大夫看着沈寻的背影，被她冲撞得莫名其妙。

"没什么没什么。"乐怡迅速跳了起来，拿过李大夫手中那袋衣服就抛给纪小行，随即又果断地拉上了蓝帘，没一秒钟，又从蓝帘后面伸了头出来，露出极其谄媚的笑容对着辛垣陵，"辛总，我帮您家小纪穿——哎哟死丫头你拉我头发干吗？痛死了！"

谄媚的头再次消失在蓝帘之后，可怜的李大夫还怔怔地端着一托盘的药······

辛垣陵扫了蓝帘一眼，嘴角挑了挑算是笑，平静的看着李大夫："先帮我输液吧。"

趁着蓝帘后面窸窸窣窣外加纪小行压低了声音对乐怡咒骂的时间，李大夫先帮辛垣陵输上了液，技术不错，一针搞定。刚弄完，纪小行那边也穿好了衣服拉开了帘子。李大夫拿着药走到纪小行的病床旁边，刚做扎针的准备，抬眼一瞧纪小行就吓了一跳："哟，这小姑娘发烧了？脸怎么这么红？"

李大夫伸手探上纪小行额头，凉丝丝的，也没烧啊。他一边皱眉思考这又是什么古怪的医学现象，一边拉过纪小行的手臂找血管准备扎针。

辛垣陵的左手输着液，右手仍旧捧着 iPad 看，只在李大夫说"脸怎么这么红"的时候侧过头扫了纪小行一眼。看到她坐在病床上，头都低得快埋进被子里了，脸果然红得滴血，还格外有层次。

"嗯哼。"乐怡看了看纪小行，又看了看辛垣陵，假咳一声，摆出一副活像地主婆的嘴脸，"按说吧，这也不是我该管的事儿。"

"那就别管。"辛垣陵看着 iPad，简单说着。

"呃。"乐怡怔了下，重新假咳，"有句话，我也不知道当讲不当讲。"

"那就别讲。"辛垣陵头也不抬地丢了句过来。

"其实呢，我说的吧，也不知道你们爱不爱听。"

"不爱听。"辛垣陵面无表情地再次打断。

乐怡所有的话都被堵在嗓子眼，瞠目结舌之余愤恨无比，换上一脸破釜沉舟你要是再不让我说话我就跟你同归于尽的疯狂，咬牙切齿脱口而出："辛总，您能按套路出牌吗？我就想问问您方才说的亲了我家纪小行是真是假？要是真的亲了，那您可得对我们家小行负责我们家小行可不是随便让人欺负了，也没人出头的孩子！"

"啪啪啪……"李大夫鼓掌赞叹，"这孩子语速真快、口才真好啊。"

"乐怡！没亲！他没亲！没亲！"纪小行恼羞成怒地抗议淹没在李大夫的掌声中，她"绝望"地盯着辛垣陵，希望他能开口还她一个"清白"，明明就没亲，呃，或者说没亲上，他刚低下头，搜救的人就到了不是吗？如果说方才是为了气走沈寻他才那样说的，那么此刻都是"自己人"了啊，能不骗人吗？能吗能吗？

可辛垣陵仍旧专注于手中的 iPad，像是压根儿没关注乐怡的提问及纪小行的辩白。

所以乐怡笑了，无声地笑了，所有的笑意都化为意味深长的一句话：哦，纪小行，你完了……

而十分钟后，纪小行才觉得，自己是真的完了。

　　小小的病房里，充满了让人窒息和诡异的安静。李大夫自然又跑回他的小屋找周公了，而乐怡那个无耻的、没良心、没义气的家伙居然也一脸奸笑地离开了，完全不顾纪小行近乎声嘶力竭地挽留，临走时还丢了个意味深长的眼神，以及更加引人遐想的话："小行，照顾好辛总哟。"

　　照顾你个大头鬼！纪小行躲在帘子后，大气都不敢出啊。

　　日光灯被李大夫关了，留了盏小台灯，辛垣陵的侧影就映在帘子上，他应该还在处理那些邮件，所以才会这么安静。他居然还能这么冷静，居然都没有后怕。躺在病床上的纪小行却觉得自己再次体会到了什么叫劫后余生，可是方才在礁石缝隙里……

　　她仿佛听到他的声音在说：你是在暗示我吻你吗？

　　是，她听到了，可却假装没有听到。

　　她知道他轻轻地捏着她的下巴，迫使她直视他的眼睛。她明明应该拒绝，因为他对她来说几乎还是个陌生的人。不论是演播大厅外的初见，还是上岛时的意外，又或者是月园夜浴的那场闹剧，跟他接触的所有时间几乎都伴随着紧张和惊险，她知道自己应该拒绝，不应该把事情搅得更加复杂。可所有的场景都在那一刻像电影重放似的浮现，像是有魔法一样，她就只能怔怔地注视着他，感受着他的温暖，感觉着他慢慢贴近的嘴唇……直到救援人的忽然出现。

　　所以，出现得很及时是吗？所以她的初吻还在是吗？所以她该庆幸是吗？纪小行怔怔地躺在病床上，心里却胀胀的，似乎有很多的话，也似乎有很多的情绪。

　　"所以，你的衣服，是谁拿来的？"辛垣陵的声音忽然幽幽地从帘子后面传来……

　　"啊？"纪小行吓了一跳，终于从胡思乱想中回过神。

"李大夫说，你的衣服是有人放在门口的，是谁？"辛垣陵平静地问着。

"呃……"纪小行总算玥白了他在说什么，是啊，是谁拿来的，她想了想，也有些疑惑，"不素舒澈就素苏辰吧？可素他们为什么不进来？"

"因为他们在外面听到了我和沈寻的对话。"

"哪句？"纪小行怔了下。

"让你安静到现在的那句。"

纪小行脸上飞速发烫，嗫嚅着："我……我安静素因为我累鸟……"

辛垣陵无声地笑了笑，放下手中的 iPad，坐直了些，公务处理完毕，可帘子后面那个小小的身影显然还没睡，甚至连假装睡着了都不会，叹气的声音简直每隔十秒一次。

"纪小行，你和舒澈之间，你喜欢他吗？"辛垣陵忽地问着。

"啊？"

"否则他方才为什么会吃醋？"

"他哪里吃醋了？！"

"把你的衣服放在门外就走了，不是吃醋是什么？"辛垣陵轻声说着，饶有兴趣的。

"唰"的一声，帘子突然被纪小行拉开了。

这是两人入住这间所谓的"病房"之后，辛垣陵第一次正视纪小行。

她面对着他，坐在病床上，右手还扎着输液的针头。她换上了长衣长裤的睡衣，纯棉纯曰色的，没有任何图案，跟他想象中的卡通小人并不一致。因为整夜的惊吓和疲惫，也因为台灯昏暗的光线原因，她的眼窝轻陷，现着隐隐的暗青。

"喂，我的电影不需要演鬼的群众演员，你这么瞪着我干吗？"辛垣陵皱了皱眉，说着，可他的话显然没达到目的。纪小行不但瞪着他，而且还站了起来，慢慢逼近他的病床。

"好吧。"辛垣陵叹了口气，"你不愿意跟我谈一谈舒澈，那就算了。"

纪小行继续逼近，俯下身……

"难道……"辛垣陵眯了眯眼睛，注视着近在咫尺的纪小行，轻咳了声，声音忽地没了方才的冷静，"你是想完成方才在乱石礁那里没完成的……那个？纪小行，我要提醒你，此一时彼一时。当然，如果你非——"

"辛总。"纪小行轻轻地、幽幽地开口。

"嗯？"辛垣陵的声音里有着让他自己都惊惧的期盼。

"我想上厕所！"纪小行哭丧着脸，"憋死我了。"

你想上厕所关我什么事！辛垣陵发誓，这才是他内心深处最想吼出的话！可他却无力地瞪着纪小行，除了瞪，他已经没有力气、没有语言、没有任何方式能表达出他对纪小行连绵不绝的敬佩之心。真的，不按套路出牌的，不是他辛垣陵，而是这个该死的、一脸无害却总是害他出意外的人：纪！小！行！

涛声阵阵，月色正浓，沿着石子路蹒跚走过来的两个人，鬼都猜得到是辛垣陵和纪小行。

也不怪纪小行，遇上输液这种事情想不上厕所是不可能的，为啥非要辛垣陵跟着？这么黑的天、这么陌生的海岛、这么偏的诊所，搁哪个姑娘敢单独出去啊，所以她这个要求提得是理直气壮理所当然。可偏偏两个人都还输着液，辛垣陵的脚踝肿成个包子腿脚又不方便，纪小行就左手举高自己的输液瓶、右手扶着辛垣陵……说是扶都不准确，辛垣陵恨不得把他全身的重量都靠纪小行一个人撑起了，当然，他的另一只手也得高举着自己的输液瓶。

于是两人在月色中行走，以这种古怪的造型。

从小诊所的门出来，绕墙半周之后沿着一条石子路再走上数十米，才看到茅草丛里掩着个石头砌的厕所。跟诊所一样，厕所是既简易又简陋，不分男女就一个蹲位，为了通风，厕所是没有顶棚的，石头只砌到了一米三四的高度。就是说一个男人站进去，是可以边方便边欣赏海景的，而且平时也的确只有李大夫一个人用。

两人吭哧吭哧地走近着，纪小行走得还没什么内心戏，辛垣陵则完全不同，心里弥漫着浓浓的、无边无际的、莫名其妙的悲伤逆流成海。他试图找到根源来解释清楚自己究竟在干什么，怎么像中了邪一样地倒霉，霉到三更半夜瘸着脚陪一个叽叽喳喳的女人上厕所！所以他恶作剧一样依靠着纪小行的搀扶，他就是不想自己用力，就是想咬牙切齿地为难纪小行！

可惜厕所还是离得太近了！没一会儿，他们就走到了石厕旁边的树下。

"辛总，你先靠着这树等我啊。"纪小行扶着辛垣陵靠着树站好。

辛垣陵没说话，冷着脸。

纪小行假装天黑看不到他的表情，又补充了句："你别偷偷走开哦，别走哦我害怕。"

辛垣陵从嗓子里挤出一声"哼"算是回答。

纪小行并不介意，她早习惯了这样的辛垣陵。她一步一探地进了石厕，还好，算是干净，毕竟时有海风灌进来，所以厕所里没什么味道。可是提着输液瓶子脱裤子……咬着牙也干了，扭着脱呗，反正黑乎乎的也没人看见。终于搞定了裤子，她刚蹲下，准备痛快地那啥一下，前奏击在石板坑里砸出的声音在这个静谧的夜晚竟壮如惊涛拍岸……

纪小行果断停止了"演奏"！

不能不停啊，辛垣陵就在外面啊，他一定听得到声音，这丢人可丢到家了。心里又着急，纪小行赶紧喊了声："辛总，麻烦你……你能不能……站远一点儿……"

"干吗？怕我偷看？"辛垣陵气极反笑，"纪小行我警告你，别再消磨我的耐心。"

"不素，不素怕你偷看，素那个！那个！"

"少废话！只有这里有棵树能让我靠一下，你让我往哪儿走，是觉得我腿脚很方便吗？"

"不素，可素我吧——"

"好，再见。"

"别、别、别走，我害怕啊。"纪小行又急又无奈，可人在着急的时候脑袋反而灵光了起来，忽然闪过一个念头，她咬咬牙，索性喊了声，"好了好了，你就靠着树站着吧。"

辛垣陵已经懒得回答，纪小行竖起耳朵听了几秒，确定没有离开的脚步声才放下心。内急经过这么一折腾已经更在小腹里汹涌了，她决定破釜沉舟，在"江河颂交响乐"演奏的同时，丹田之气移至喉咙，大声唱起："若有天意，爱也鸟鸟（了了）；只盼今生，情深鸟鸟（了了）。我知晓、你知晓、几处萧瑟、几人白头、几年沧海终也鸟鸟，鸟鸟、鸟鸟……"

一首《了了》唱毕，纪小行体内的液体内存也刚好清光，什么叫人生都圆满了，必须是此刻啊；什么叫心花都怒放了，一定是现在啊。纪小行美滋滋地站起来蹭扭着搞定裤子，一手举着输液瓶一手摇摆着就出了石厕。

月色下，辛垣陵果然还没走，如约靠在那棵树下。而纪小行也不得不承认，即使在如此狼狈的情况下、即使是一只手还要举着输液瓶、即使是站在厕所门口，辛垣陵看上去仍旧是那么的赏心悦目……

就是表情不太和善！

"好吧好吧，走吧。"纪小行讪讪地说着，"也没让你等太久啊……"

"不能走！"辛垣陵绷着脸，皱着眉。

"为什么？"纪小行傻眼了。

辛垣陵沉默片刻，十分不情愿地挤出了句："你唱的烂歌，唱得我也想上了……"

"噗！"

"纪小行，你再笑一声，海灵的角色收回。"

"啰啰啰……"纪小行是不笑了，只不过用舌头发出了一长串声音出来……

总之，那晚的"厕所之行"，每每回忆起来，辛垣陵都觉得是个可怕的画面。他在一个让他气得无语的、还不断发出怪音的女人眼巴巴地注视下走进了那个窄小不堪还四处透风的所谓海景大茅房。这都不是最可怕的，可怕的是他好不容易解决了裤子，也将前奏进行了半秒之后，瞬间明白了方才纪小行为什么要让他站远一点儿，于是硬着头皮喊了声："纪小行，你站远一点儿。"

纪小行当然回答："干吗？怕我偷看？"

"你明知故问！"

"只有这里有棵树能让我靠一下，你让我往哪儿走，素觉得我腿脚很方便吗？"

"纪——小——行！"

"若有天意，爱也鸟鸟（了了）；"纪小行的歌声忽然又在外面响起，"只盼今生，情深鸟鸟（了了）。我知晓、你知晓，几处萧瑟、几人白头、几年沧海终也鸟鸟，鸟鸟、鸟鸟……"

这首是海灵的歌，辛垣陵知道。她此刻又唱一遍，当然不是为了显示自己唱得有多好、咬字有多准，她只是用此在帮辛垣陵化解尴尬罢了。

可她不知道的却是，此时此刻的场景、歌声，这个在厕所门口的演唱，恐怕已经成为辛垣陵回忆里永远的颜色、永远的不同。

当然，气味也不同。

"你又在干吗？"辛垣陵在五分钟前对纪小行小小的感谢，已在五分钟之后的现在再次化为无奈。

他们两个互相搀扶着回到诊所，就又面对了新的问题：洗手。

两人各有一只手提着输液瓶，还各有一只手不能沾水。这个从有记忆就能自己完成的洗手动作在此刻再次变成了难题，而纪小行倒一点儿没犹豫没含糊，直接拉过辛垣陵的手，提议：互洗。

"NO."辛垣陵立刻拒绝。

"WHY？"纪小行一脸莫名其妙。

辛垣陵皱着眉："纪小行，你究竟知不知我是一个男人，而你是一个女人？"

"又来鸟又来鸟。"纪小行的眉头皱得更深，"又来这个男女授受不亲鸟。我真的服鸟你鸟，能不能思想稍微纯洁一点儿？简单一点儿？你有没有听过那个天堂上用长筷子互相喂饭，彼此才都能吃饱的故事？没听过我一会儿当睡前故事给你讲一讲，可现在，听我的！"

说完，不再理会辛垣陵的僵硬，直接抓着他的手，帮他在手上抹了香皂、她柔软的细细的手指帮他清洁着指缝、手心、手背。

他低着头，可以看到她半垂着的眸子、长长的睫毛，只是专注着她手上的动作而已。他思想不纯洁吗？想得太复杂吗？他一直在国外长大，不至于连男女之间牵手都觉得过界。可偏偏只是对纪小行……没有意识到她是女人，而他是个正常男人的人，是她纪小行。

辛垣陵注视着纪小行，默默地在心里轻声说着：纪小行，你先惹了我，不要后悔。

全部折腾完毕再回到病床上已经是凌晨一点钟。

中间李大夫进来了一次，帮两个人取下了输完的输液瓶，又再检查了辛垣陵的脚踝，叮嘱了几句就离开了。

纪小行拉上了两张病床之间的布帘，和衣躺下。病房里安静得诡异，如果是乐怡陪她，她现在肯定已经睡了，。可隔壁躺着的却是辛垣陵。

沉默、沉默、沉默⋯⋯

"纪小行。"辛垣陵忽然轻声说着。

"啊？"纪小行迅速回应。

"你的咬字⋯⋯我是说，你的舌头，有没有去检查过，找一些治疗办法。"

"唔，有，可素没用，就放弃了。"

"可如果你想进入这个圈子，这是致命伤。"

"我懂。"纪小行声音里透着黯然。

"从小就这样？"

"不素，小时候不这样，甚至还称得上⋯⋯伶牙俐齿。"纪小行笑了笑，继续轻声说着，"那个时候，我素爸妈的骄傲。"

"后来呢？"辛垣陵问着，半坐了起来，而帘子那头的纪小行却并没有马上回答，只是沉默着。

"如果你不想回答，就——"

"后来因为一个意外就这样鸟。"纪小行还是开了口，平静的。

每个人都有过去，她当然也不会例外。之所以会对舒澈感同身受，又何尝不是因为这个。她不要求别人能理解，甚至已经懒于诉说，因为没有意义。

她沉默着、辛垣陵也沉默着，房间里安静得让她以为会就这样睡下了吧，帘子却被轻轻掀开了。

她怔了下，侧过头看着。房间里没有开灯，窗子却能透月色进来，辛垣陵躺在隔壁，一手挑着帘子，一手伸向她，掌心向上，上面搁着一个小小的圆石头。

"这素什么？"纪小行不解。

"今天捡的，给你。"辛垣陵用懒洋洋的语气回答，"我以前好像看过，含着石子多练习，舌头会利索起来。"

纪小行接过石子，整个人像是呆住了一样。辛垣陵知道她在想什么，他之所以不喜欢跟女人打交道，绝大多数也是因为同一个原因：太爱感动。有事没事都感动一下，搞得做事的人很被动，被动地接受各种各样的感谢，甚至还会有眼泪，超级麻烦。他扫了眼纪小行，虽说也有些好奇她感动会是个什么样子，可还是算了，呃，不过她如果非要表达一下倒也无妨，反正也是闲着。

所以辛垣陵没有直接放下帘子，而是继续撩着……

不出他所料，纪小行果然"痴痴"地望着他，开口："辛总。"

"嗯？有话，就说。"

"这个石头……"

"嗯，怎么？"辛垣陵尽量让自己的语气平静、正常。

"你不会素从厕所捡的吧？"纪小行的眉头皱紧，捏着石头，嫌弃地说道，"脏不脏啊洗没洗啊，你多大人鸟怎么什么都捡啊……"

"今晚在礁石缝摸到的！"辛垣陵压低了声音怒吼，"你爱要不要！"

说完，"唰"的一声拉上了帘子。

他再也不想看到帘子对面那张脸，至少今晚不要，这个不识好歹的家伙！他再也不要对她有一丁点儿的笑容！就该像他一直以来对待其他人一样，就不该给她好脸色……

　　二十分钟后，辛垣陵轻轻地、些微地撩起了帘子，注视着仿佛近在咫尺的那张脸。

　　她已经睡熟了，在大约十分钟之前。，从她均匀的呼吸声就可以判断了。她也侧身睡着，脸朝着他的方向，小小的嘴巴微微嘟起，长发凌乱地散在枕边，有一绺则顺着她柔和的下巴线条垂在颈窝。她美吗？辛垣陵努力回忆着，因为在他一直以来的概念里，只有第一眼见到便惊艳的女人才称得上一个"美"字，所谓的"第二眼美女"都是一种礼貌的客气话罢了。而第一眼见到她，应该是在导播间的监视器里，她的表情在数分钟之内变换了数次，灵动而活跃，全力以赴配合着台上的气氛。那个时候的她，美吗？

　　辛垣陵轻轻地抬手，顺着她的脸庞轮廓，在空气中以指尖慢慢勾勒着，那个轮廓像是有魔力的，引着他在黑暗中做着这样无聊无意义的事，心情却那样平静而恬然……

　　"辛总、辛总、起床啦……起床啦……"纪小行的声音又轻又软又糯，响在辛垣陵的身畔，他不想睁开眼睛，因为这个味道……很甜。

　　"呃？纪小行？"辛垣陵忽然回过神，因刺激而立刻清醒睁开眼睛，却又因窗外刺眼的阳光而半眯了起来，而纪小行则站在他的床边，俯下身子注视着他，一身挟裹着大海气息的清凉。

　　"几点了？"辛垣陵急忙问。

　　"十点多……"

　　"十点多！"辛垣陵"腾"地坐了起来，却忘记了自己手臂上还有伤，扯裂了伤口，纱布上立刻有点点鲜红浸出。

"哎你别着急啊！"纪小行大惊，"慢慢起来，慢慢起来。"

可显然，辛垣陵已经完全没办法听进去任何人的劝告，神情严肃得又像是恢复了那个"钢铁人"，刚想翻手机找方离，却又想到手机报废了。他不再耽误，直接走向门外。纪小行虽然不解，却只有本能地帮忙，扶着他飞速地洗漱了就往诊所外面走。

"哎等等，你们上午还要再打一针的慌什么啊？"李大夫闻声出来，惊讶地在他们身后喊着。

纪小行一边扶着辛垣陵，一边扭头抱歉地对李大夫点点头："我们一会儿再回来！"

话还没说完，人就已经被辛垣陵带得脚步更快了。

海岛上没有特别平整的人行道，都是碎石子铺砌的而已，坑坑洼洼是少不了的，辛垣陵的脚踝肿得更高了些，一只脚没办法用力，半个身子的重量就不得不依靠了纪小行。没走出多久就直接把纪小行累得呼哧气喘地抱怨："辛总你慢点儿行吗？我真的跟不上鸟。"

"开机仪式就要开始了！"辛垣陵皱着眉回答。

纪小行恍然大悟，对哦上午是开机仪式，而且提前就选了吉时是不能耽误的，难怪辛垣陵会这么急。可是不太对劲儿，这么重要的事情，剧组里居然没有人来接辛垣陵，方才看他拨方离的电话也没拨通。这是怎么回事……

奇怪归奇怪，纪小行也不敢再耽误，更不敢再问什么，只有扶着辛垣陵深一脚浅一脚地尽快前行。不远不近的一段距离，两人病号却走得格外漫长。纪小行开始还只是扶着辛垣陵的胳膊，可情急之下，索性直接让他环住了自己的肩膀，借她的力、她的脚，就能走得更快。纪小行似乎听到了自己的心脏在怦怦跳动着的声音，是紧张，更是……莫名的情愫。

直到终于站在了月园门口。

门口已经没人，应该都进了园子等待开机仪式的正式举行。辛垣陵松开了纪小行，下意识地看了看手表，离"吉时"还有五分钟，应该能赶得上。可心情却还是不能放松下来，纪小行都想到的疑惑，他自然早就想到了，但现在不是追究的时候，平缓了下心情，深呼吸，决定步入。

"等等。"纪小行在他身后轻声说着。

辛垣陵回头看着纪小行，她额角上的细汗在阳光下晶莹剔透。

"什么事？"

纪小行直接走近，抬手帮他正着衣领，又轻轻掸着他袖子上因为方才的扶持而形成的褶皱，轻声说着："你素总制片，里面又有太多的记者，所以我不能再扶着你走，要靠你自己。而且你不能走得太快，太快了，脚伤会暴露。你更不能显得太匆忙，因为记者们会奇怪，为什么你姗姗来迟？为什么像素有事发生？辛总，你一定行的。"

一直严肃而沉默着的辛垣陵，因为纪小行这简单的几句话，怔忡了。

他当然知道，当然知道后面的路不能靠纪小行扶着他完成，因为他代表的不仅是这个电影项目，还有辛氏、还有盛华；他更知道不管脚有多疼也不能表露出来，他必须淡定而沉稳地完成整个仪式，因为他是辛垣陵。

可偏偏这些话，是纪小行在对他说。他想回应些什么，该回应些什么，所有的言语，感谢也好、简单的"知道了"也罢，竟全部哽在他的喉间，他只能嗫嚅着："纪小行。"

"嗯？"纪小行注视着他，认真的。

"昨晚在海里泡过……"

"素啊。"

"你还是洗洗头吧，味道……很酸。"辛垣陵说完，果断转身离开。

纪小行站在原地注视着他的背影，五味杂陈。这种心情怎么形容呢？她大概不清楚，昨晚在辛垣陵送了她那个要她练习舌头的石头的时候，她说的话带给辛垣陵的心情，天涯共此时……

辛垣陵走进月园，以他最快的速度，边走边审视着路过的一切，正如昨天的布置，一切井井有条、按部就班。嘈杂而模糊的人群声也渐渐清晰着，那是他经慎重选择后邀请来的嘉宾和记者团。为了这个开机仪式，一个月之内大大小小的会议他召集大家开了近百次。可他能嗅到空气中那种不一样的危险，一定是发生了什么，才会让他这个本该是仪式主导的人被遗忘在外。而最让他不安的，却是他居然如此大意、如此的没想到。

"辛总，您怎么过来了？"剧务小张远远地看到了辛垣陵，跑了过来关切地问着，"不是说您骨折了要出岛吗？"

辛垣陵皱眉："谁说的？"

"都这么说啊，方秘书一早就去找船了，说送您离岛。"

"方离？"辛垣陵怔住，"他说我骨折？"

"是啊。"小张一脸莫名其妙。

纪小行也跟了上来，离辛垣陵不远不近地站着听。

"那现在谁在主持仪式？"

小张看着辛垣陵，表情犹豫，欲言又止："这个……是那个……"

辛垣陵决定不再等小张的回答，快步走向仪式场地。

"走慢点儿，走慢点儿……"纪小行因担心而脱口而出的嘱咐，可辛垣陵却完全没有理会，甚至走得更快了些。纪小行只有也加快脚步紧跟其后。

XIANG KAN NI WEI XIAO

第九章
DI JIU ZHANG

最尴尬的告白

这是纪小行演"死尸"这么久以来，第一次亲眼看到所谓的开机仪式。月园正中的空地上，摆放了一张取自月园的长条木桌，桌上摆放了一些水果、点心等物，桌旁架着两台蒙着红布的摄像机，桌后不远处是昨天搭建好的一个小型红毯舞台。而剧组的演职人员以及邀请的媒体朋友都已聚齐围簇而站，三三两两地交流着。按先前的安排，仪式的主持人是这部戏的制片主任严力，此刻他已经站在舞台上开始介绍流程。纪小行跟着辛垣陵快步赶来，却刚好听到了他在台上讲出的最后一句："下面，有请电影《月殇》的主要投资者、盛华集团董事长舒望之老先生的代表人舒澈……"

舒澈……原来是舒澈。

辛垣陵和纪小行的脚步生生地被这个再简单不过的名字阻断。纪小行透过人群难以置信地看着那个她所熟悉、又好像根本是陌生人的舒澈，一步一步的走向讲话台、走上那个本该属于辛垣陵的位置。

是的，那是舒澈。这个正式场合，他穿上了剪裁合体的高订西装，往日里唇边那抹温和的笑容被那样疏离而果断的神情所取代，眉宇间的那份属于盛华、属于舒氏的王者之风似乎在一夜之间破茧而出，抑或本就存在，只不过被所有人遗忘或忽略。是，是他，再没有人会比他取代辛垣陵合适了吧？又或者说，除了辛垣陵，又有谁会比他更能名正言顺地站在那个位置上？纪小行怔怔地注视着他，看着他站在了话筒后，而他的手中……握着纪小行的那把大黑伞。

那是他的拐杖，让他站得更稳。

当他站稳的那一刻，辛垣陵转身离开，维持着最后的骄傲。而纪小行没有再跟上去，她站在人群最边缘，看着舒澈代表投资方有礼有节地发言，看着所有主创人员、主演们，笑容满面、光鲜靓丽地走上舞台，看着所有工作人员敬香，看着大家兴奋而鼓舞地点燃吉祥鞭炮……开机仪式顺利举行、顺利的结束，没有人有任何问题、没有人在任何环节上面卡壳。

明明是盛夏，站在阳光里的纪小行却感觉到了一丝寒意。也许正该如此，一个成熟的团队成熟的项目，不会因为少了任何一个人而停摆。哪怕那个人曾经看上去最重要、最核心……

"好些了吗？"舒澈脱下西装外套，披在了纪小行身上，问着。

开机仪式结束后，舒澈没有留下吃开机饭，而是和纪小行离开了月园。一路上两个人也没有交谈，只是一前一后、距离不远不近地走着，漫无目的，直到走上这片安静、只听得到海浪的礁石群。

"哦，没事。"纪小行扯出一个笑容，僵硬到连她自己都能意识到有多假，她尴尬地低下头，视线所及处，是舒澈手中的黑伞，便下意识地想接过来，"我来拿着吧，这会儿也没有别人——"

"对不起，还有，谢谢。"舒澈并没有把伞还给她，却轻声地开口说道。

纪小行怔住，看着舒澈。

"对不起，因为我大概吓到了你。谢谢，因为开机仪式上，我其实很怕。多亏了你站在那儿，以及……这把伞。"舒澈平静地说着。

"哦，没什么，这素……这只素，既然你喜欢这把伞，就留着吧。"纪小行错开他的注视，很想回应给他一个温柔的笑或随便说些什么不会让气氛变得更加莫名的话，可只能开口，"舒澈，要不我们回去吧，我还素有点儿累，昨晚真的冻到鸟，走吧走吧。"

　　说完，转身想走，手腕却从身后被舒澈拉住，并用力地扯向他。

　　此刻的舒澈，却是纪小行前所未见的……愤怒。

　　他居高临下地注视着她，强制她站在他的面前，握着她手腕的手指也渐渐收紧着，眼底那份隐忍如即将喷薄而出的火山，炽烈灼人，烧得他双目灼灼，连嗓音都因克制而沙哑，一字一句的、低沉的，明明是强迫，可说出口的话却仍旧只是带着深深的无奈和无助："不许走。"

　　纪小行没有再挣扎，她只是注视着舒澈，忽地发现，自己其实从来就不了解他，从来都不。

　　"方才在月园，你并没有跟着辛垣陵离开。"舒澈说着，有着笃定的语气，却有着患得患失的眼神。

　　纪小行却笑了，手覆盖上舒澈拉着她的手，因为他的手太过冰冷，"我没走，因为付我工资的人，毕竟素你。"

　　"只是因为这个吗？"

　　"你对我说谢谢，因为我的这把伞可以支撑你完成今天的发言，如果我说我接受能让你好过一点儿，那么，我接受。"纪小行平静地说着，"你对我说对不起，因为你觉得吓到了我，其实……"

　　纪小行犹豫了下，还是决定坦诚："其实，没有。"

　　"那你为什么要生我的气？"舒澈问着，他不打算因为纪小行的话而放手，尤其她的手还是那么暖。

　　"我没有生气。"纪小行笑了笑，"舒澈，我没有生你的气。以你的身份和你所在的位置，代替辛垣陵主持今天的仪式再合适不过。更何况我素你的助理，是理所当然要站在你身后的人。可素……昨晚，你来过诊所，素吗？"

纪小行轻声问着："你来送衣服，然后听到了辛垣陵对沈寻说，他吻了我，所以你没有进来就离开了，对吗？"

纪小行直视着舒澈，她并不需要他的回答，而实际上，他眼底的那团突如其来的浓雾已经代替他做出了肯定的回答。

"你喜欢沈寻，可你却因为辛垣陵说吻我而不高兴；你不喜欢今天这样的场合，可你却因为要向辛垣陵示威而站鸟出来；舒澈，我素你的朋友，所以……所以我应该恭喜你能够克服社交恐惧，可我……可我却怕……怕你其实……并不素我认识的那个人。所以我并不素生你的气，我素怕，怕我自己……我也不知道我要说什么，我也不知道，我……"纪小行结结巴巴地解释着，她从来就没有什么好口才，此刻脑子里乱成一团的思绪更是让她元从表达。她左右摇摆着，她不知道此刻的她应该站在谁的旁边，她更不知道又有谁是真的在乎她站在哪里的。她只是刚刚进入这个圈子，而这个圈子的冷静和残酷已经让她意识了这并不是一场游戏。她甚至都不知道舒澈今天的行为是否代表了他可以取代辛垣陵，那个强大到不可一世的辛垣陵，会不会因为这个简单的开机仪式而大感挫败。

而更让她不愿细想的原因却是：辛垣陵费尽心思组建的剧组，竟然是只因他的一晚失联，就可以临阵换将将他架空，这究竟代表了什么？

她不是生气，只是自惭。

"所以，舒澈，我们不要再提这件事好吗？我素你的助理、你的助理、你的助理，你只需要知道这点就好。或者……如果你愿意，你也可以把我当成蛋兄蛋弟，就像我承诺过的那样，不会变，而且——"

"是，我昨晚听到了。"舒澈打断了纪小行的语无伦次，平静地说，

"我听到了他说吻你，然后我把衣服放下，一个人离开。在诊所外面站了一会儿，心里是空的，我想再进去的时候，沈寻出来了。所以我拜托她骗方离说辛垣陵需要出岛治疗，她答应了。"

"她不是喜欢辛垣陵吗？为什么还会……"纪小行怔怔地看着舒澈。

"正是因为喜欢，所以才会失去理智。而且今天只是开机仪式，并不会真正动摇到辛垣陵的地位。"

纪小行沉默了下来，她明白舒澈的话是什么意思，沈寻是以这种方式对辛垣陵做出小小惩诫，哪怕这种惩诫对于骄傲的辛垣陵来说是无法接受的。

"小行，你说你怕。"舒澈忽然开口。

突如其来的提问让纪小行怔了下："哦，我怕……我素……我也不知道……"

"我也怕。"舒澈沉声说着，斩钉截铁的。

"你怎么也……"

"因为喜欢会让一个人失去理智。"舒澈一字一字地说着，他注视着纪小行，这张小小的脸就像一块不断吸引着他去做出反常举动的磁石。他在她的眼睛里看到了害怕、看到了闪躲、看到了犹豫，可这种害怕躲闪和犹豫却刺得他更加的愤怒。今天的仪式不该是他站出来的最好时机，他不怕对辛垣陵宣战，他没想到的只是纪小行轻而易举地就可以让他将战期提前，而真正惹怒了他的，却是这个"战争"的引子，自己却毫无防备，甚至在这个时候脱口而出的疑惑会是：你怎么会……

"我不知道你对辛垣陵的态度是怎样的。"舒澈握着纪小行的手腕更加收紧着，一字一字，"我更不想知道他说吻了你的话是真是假。如果是真的，那么你只需要记住，那只是昨晚你们共同面临生死时候的无意之举；如果是假的，那么……你可以……可以远离他吗？"

远离？

纪小行怔怔地注视着舒澈，舒澈眼里是浓得化不开的难过。他说他怕，可他为什么会怕，难道……纪小行无法细想，甚至不敢去触碰那个问题，她和舒澈之间所有的相处难道不是仅限于"难兄难弟"吗？如果时光可以倒流，纪小行不知道此刻的自己会不会选择回到过去，回到她去三号门接沈寻的那天；她不知道自己会不会再次错拉了舒澈，拉着他那样不顾一切地狂奔；她也不知道自己会不会选择回到答应了舒澈做她助理的那晚，那通电话，她说：她和他是蛋兄蛋弟；她更不知道会不会选择回到那个机场，她拉着舒澈，用手里的黑伞护着他离开的那一刻。

"舒澈，如果我没想错的话，你喜欢的人素沈寻，不素吗？"纪小行沉声说着，她不知道自己的心飘去了什么位置。

"沈寻"两个字就像一个魔咒，在纪小行念出的同时冰封了一切。

舒澈怔怔地注视着纪小行，他想承认，他认为自己应该承认，因为一直以来他的确是这么认为的。可此刻的他却在纪小行开口之后，心疼得揪作一团，痛得他没办法挣扎，因为此刻纪小行就在他的眼前，他正用铁钳一样的手臂紧紧地拉着她，他以为这样的事情不该是自己去做的。他错愕到一片混乱，脑海里所有和纪小行共同的画面旋转着向他扑来，潮水一样淹没了他，让他窒息。

不该是这样的，不该……

"海灵"的第一场戏，于开机仪式当晚拍摄。外景，就是辛垣陵和制片组一起选定的那片礁石群背后的水潭。为了抢时间，总导演苏辰负责拍摄另外一组女主角沈寻的夜戏。而拍摄"海灵"的是B组，李副导演负责。戏的内容相对简单：月光下，海灵从水中缓缓站起，歌唱，再与慢慢走过来的男主角甜蜜相拥。

听上去简单，可来跟着打杂的乐怡看到换上"海灵"服装的纪小行后，就有点儿傻眼：这也太薄了……

不过她也不得不承认：太美了。

或许，纪小行就是注定要成为"海灵"的人选。她从远处走来，肩膀裸着，身上裹了层薄薄的白色裙布，乌黑的长发泻在腰际，没有戴任何装饰。她脸上无妆，清丽得一塌糊涂，可眼神却恍惚着，眼底像是浸了层水雾。旁人会觉得纪小行已经进入了角色情绪，可乐怡却看得出来：她有心事。

趁着剧组还在做最后的灯光调整，乐怡抓紧时间把纪小行拉到角落，关切地问："小行，你怎么了？"

"唔，没、没怎么……"纪小行讪讪地扯出一点儿笑容，无比勉强。

"别骗我，我还不了解你吗？"乐怡板起脸，"开机饭你都没吃，剧组的人说看到你跟舒澈在一起。那下午呢？晚饭呢？你躲哪儿去了？"

纪小行注视着乐怡，欲言又止，她不想对好朋友说谎，又完全不知从何说起。

"各部门注意了，走一遍戏。"执行导演在远处召集着。

"晚点儿再说，我先走戏去。"纪小行提了裙裾快走了几步，心绪却仍旧是恍惚着的，差点儿绊到自己，好在最后还是踩稳了。乐怡看着她摇晃的背影，更加确定了自己的猜测，决定晚上无论多晚都要对纪小行"逼供"！

所谓的"走戏"，就是演员在拍摄之前走走自己的位置，相当于演出彩排，也能让灯光师和摄影师都配合一下。

这场戏只有两个演员：一个是饰演海灵的纪小行，另一个是饰演男主角的安子骞。当然，彩排时，尤其彩排的是水下的戏，大明星安子骞是不会亲自完成的，导演组帮他准备了身形差不多的替身演员。刚出道的纪小行自然不会有"替身"的待遇，亲自上阵。

因为第一个镜头就是"海灵"从水底钻起，所以纪小行二话不说直接踩进水潭，一步一步朝定点的位置走去。本来还不太在状态，可第一脚踩进去就被冰冷的海水刺得瞬间清醒。想笑、更想哭，这几天是怎么了？跟海水没完没了地打交道，各种掉海、各种被淹，连好不容易争取到的角色第一场整场都得泡在水里！正想着，安子骞的替身也进了水潭，站在距离她稍远的位置，暂不入镜。

"好，海灵就位，下水，三秒钟出水。"执行导演在岸上拿着麦开始指挥。

纪小行点点头，听到开始的指示后，深吸了一口气，整个人下蹲，藏在了水里。

这处位置根据纪小行的身高测量过，不会有危险，可此刻毕竟是夜晚，咸而冰冷的海水瞬间淹没她头顶的那一刻，说不怕是假的。可正是这种怕、这种与世隔绝，让迷糊了整个下午的纪小行深深地贪恋了，她抱着膝、闭着眼睛，脑海里如电光石火般出现的却是昨晚的礁石群，那时跟此刻一样冷，她注视着辛垣陵，他的睫毛长长的，长到可以让月光投在脸上有小小的扇形阴影……

一只手臂忽然伸来，拉着纪小行从水里站了起来。

是安子骞的替身。

"小行你怎么了？不是让你三秒钟就站起来？"执行导演在岸上喊着，有些担心，更有些不满，"抓紧时间再走一次。"

"对不起导演，我刚才……这次一定不会出错。"纪小行一边抹着脸上的海水一边道歉，为自己耽误了大家的时间说对不起。

"重来。"执行导演没再说什么，摆着手指挥大家。

安子骞的替身站远，纪小行深吸气，再次蹲入水中。

"一、二、三……"这次纪小行不敢再走神，在水底默数三秒，像剧情要求的那样，慢慢地站了起来。

她慢慢地起身，月色及摄制光线柔和地打在她周边，映着站在水里的她更像是从一瓣一瓣的墨色涟漪中袅娜而出。尽湿的长发紧紧地贴在她的脸侧、肩头，无底妆的素颜莹润得娇艳欲滴。出水的瞬间，她仍旧闭着眼睛，长长的睫毛上挂着一滴海水，随着她的慢慢睁开而滑落，眼神迷茫无辜、又透着清灵，注视着不远处、朝他走过来的"安子骞"。她是他的梦境、他是她的良人；她是海里的灵、他是尘世的王。她看着他慢慢走近、她被他所吸引，却并不知道他的走近会打碎她所拥有的一切。

"安子骞"终于走到了她的面前，双手捧起她小小的脸，眼神里的怜惜和爱瞬间包裹了她。他的嘴唇慢慢地凑近着她的……

"卡！"岸边清晰、强硬的声音，生生地打破了摄影机拍摄的这一幕梦幻美好。

"安子骞"和纪小行怔忡地停下，疑惑地看向远处那个发号施令的人——辛垣陵。

"海灵有吻戏？"辛垣陵眉头紧皱，沉声质问执行导演，"谁安排的？！"

"辛总，您怎么来了？"李副导演从监视器后探出头，有些诧异。

辛垣陵怔了瞬间，下意识地轻咳了声，不自然的语气却仍旧十分强硬，"剧本是这样写的吗？吻戏？"

"是啊。"李副导演怔忡地回答，"不过是借位拍，没真正吻。"

"借位？"辛垣陵错愕而又尴尬，现场气氛忽地陷入一种离奇的古怪。

天空似乎飘来五个字：他们有一腿……

"哦，借位。"辛垣陵再次轻咳一声，板着脸，"你们不需要跟我交代这些，我不会干涉拍摄。咳，我只是来看一看，咳，你们继续。"

　　说完，视线似有若无地瞟了眼纪小行，眉头却丝毫不见放松，强忍着没有再吼出一句：怎么穿得这么少？！

　　"辛总，在旁边坐一下吧，您脚踝上的伤还没好。"方离适时小声地提醒。他知道自己早上犯了致命错误，可一整天下来辛垣陵也没有开口问他或是骂他。严格说来，连他都不知道这一天辛垣陵做了些什么。只是到了晚上，辛垣陵才派人过来通知他，要他跟着一起来了这个拍摄现场。

　　原来是要看"海灵"这场戏……方离瞬间了解。

　　"好，再来一次，这次务必成功。"执行导演再次拿麦指挥着。

　　"一、二、三……"纪小行不敢看岸边的辛垣陵，即使她没做错什么。她蹲了下去，在水底默数三秒，然后再次慢慢地站了起来。

　　她慢慢地起身，出水的瞬间闭着眼睛，长长的睫毛上挂着一滴海水，随着她的慢慢睁开而滑落，眼神迷茫无辜、又透着清灵，注视着不远处、朝他走过来的"安子骞"。而"安子骞"终于走到了她的面前，双手捧起她小小的脸，眼神里的怜惜和爱瞬间包裹了她。他的嘴唇慢慢地凑近着她的……

　　"卡！"岸边清晰、强硬的声音，生生地第二次打破了摄影机拍摄的这一幕梦幻美好。

　　"安子骞"和纪小行再次怔忡地停下，再次疑惑地看向远处那个发号施令的人……舒澈。

　　没人注意到他是什么时候来的拍摄现场，他站在那里，紧紧皱着眉头，少有的严肃："剧本是这样写的吗？海灵的出场是吻戏？"

　　虽然舒澈在剧组里并没有明确的任职，可是所有人都知道他的投资方身份，也知道纪小行是他的助理，再加上开机仪式上他的完美亮相，他的话，是没有人敢当耳旁风的。

"舒……您怎么来了？"李副导演第二次从监视器后探出头，甚至都不知道该如何准确地称呼舒澈。

"剧本是这样写的吗？吻戏？"

"是啊。"李副导演第二次怔忡地回答，"不过是借位拍，没真正吻。"

"借位？"舒澈脸上的错愕和方才的辛垣陵如出一辙，错愕而又尴尬，现场气氛第二次陷入一种离奇的古怪。

天空第二次飘来五个字：他们也有一腿？

"在旁边坐一下吧，这场戏不长，一会儿就拍完了。"李副导演无奈又不得不出于礼貌地说着。

在众人疑惑和错愕的眼神中，舒澈只能尽量保持"体面"地走到休息区，他的位置被安排在辛垣陵旁边。

可两个人都视对方为无物。

"好，最后一次，这次一定成功！"执行导演第三次拿麦指挥着。

"一、二、三……"纪小行不敢看岸边的辛垣陵，更不敢看舒澈，即使她对他们两个都没做错什么。她蹲了下去，在水底默数三秒，然后慢慢地站了起来。

她慢慢地起身，出水的瞬间闭着眼睛，长长的睫毛上挂着一滴海水，随着她的慢慢睁开而滑落，眼神迷茫无辜、又透着清灵，注视着不远处、朝他走过来的"安子骞"。而"安子骞"终于走到了她的面前，双手捧起她小小的脸，眼神里的怜惜和爱瞬间包裹了她。他的嘴唇慢慢地凑近着她的……

"卡！"岸边清晰、强硬的声音……

"谁？！又是谁？！"李副导演再也控制不住自己的情绪，直接暴怒地从位置上跳了起来，"还让不让人拍了！让不让了！"

"剧本是这样写的吗？这样写的吗？海灵的出场是吻戏？怎么是吻戏？！"

"素借位！借位借位借位！能不能专业一点儿，能不能！能不能不要再干涉我，能不能！虽然我只素个配角可也素有尊严的好吗！阿——嚏！阿嚏！"纪小行声嘶力竭、极度崩溃、忍无可忍地爆发了，对着岸边错愕的人：苏辰。

天空飘来五个字：腿可真多啊！

"海灵"的第一场戏，以失败告终。

虽然再没出现第四个喊"卡"的人，但是由于纪小行在海水里泡得太久，本来就因昨晚的事故而体力透支的她终于抗不住，喷嚏连天全身发抖地被"安子骞"扶出了水潭。始作俑者辛垣陵、舒澈和苏辰这会儿集体噤声，望向黑暗的夜空……

再次躺在诊所病床上的纪小行终于相信了有"命运"这回事，而在她的八字里，一定跟月岛是不合的，十分不合。

纪小行侧过头，看向另一张床。昨晚，同一个位置上的人是辛垣陵，而今晚换成了乐怡。

乐怡闭着眼睛，从均匀的呼吸声来看，已经睡着了。

一定是太累了，也难怪，从上岛来就没什么好事。纪小行叹了口气，刚想伸手把台灯的光线调暗，病房的门被轻轻敲响，是舒澈温和低沉的嗓音："小行，睡了吗？"

啊！纪小行果断闭上眼睛，紧紧的。

数秒后，门轻轻地从外面被推开了。显然，即使没有得到回应，也还是阻挡不了舒澈……

纪小行只好把眼睛闭得更紧。

舒澈走进病房，坐到了纪小行病床旁边的椅子上，看到她的眼睛紧紧闭着，又扭头看了眼另一张床上的乐怡，方才进来的时候还没注意，此刻才听到乐怡的呼噜声竟然打得震山响……

舒澈忍俊不禁，又不敢出声笑，只好用力克制着，又将台灯的光线调到最暗，便伸手轻轻探了探纪小行的额头，温温的，没有发烧，总算放了点儿心，帮她掖好被子，觉得自己应该离开，可……

视线却竟然再也无法从那张小小的脸上移开了，其实这是他第二次注视着睡梦中的纪小行。

第一次……是在那个可怕的停尸间。

即使已经跟纪小行认识了一段日子，可他想起那天发生的事情，还是每每会在心里笑出声。

那天的他是极不情愿地被沈寻拉去了剧组。沈寻知道他有社交恐惧症，所以总是会用她自己的方式和方法去试图帮他治疗，办法之一就是带着他参加她的日程，哪怕他对她说过，这根本没用。

他以为那天仍旧会是无用的，却没想到这种"无用"被眼前这个小小的纪小行所打破。她陪在他的身边，送他那把黑色的伞，拉着他在机场奔跑，在小院里陪他一起吃早餐，跟在他的身后做他的小助理。而她轻而易举能做到的一切，却是他在长达十余年的生活中唯一能感受到的可以触碰到的温暖。

这一切，是连沈寻都没办法给他的。

他怔怔地注视着纪小行，只敢以眼光描摹着她的额头、她的眼睛、她的嘴唇。他没办法正确的解释出为什么当他听到辛垣陵说吻了她之后，会那么的生气，他更没办法解释今晚在拍摄现场，当他见到纪小行裹着那层薄薄的裙纱从水底站出来的时候，会让他那么的牵肠挂肚，以至于在剧组所有人面前失态、失神。

"小行，我来，是要跟你说一些话，今天下午没有说完的话。你问我，为什么明明喜欢沈寻，还要抓着你不放手。所以，我来跟你坦白。"舒澈喃喃地开口，在这个海边简陋不堪的诊所病房里，"事实上，我应该感谢你问出了这个问题，让我第一次正视自己的感情。我的家庭你知道，我是舒氏第四代唯一的继承人，这并不是什么值得夸耀的事，因为它令我从小到大都没什么朋友。尤其是那场意外发生之后，能让我暂时安静、暂时不会有恐惧的住所，只有沈寻的家。她的家很大、很空旷，她的家人和我的爷爷一样，极少会出现，所以我跟着她，和她一起住在那个空旷的房子里，她一间、我一间，那样的距离、那样的不被打扰。

"我喜欢她，因为她跟我一样孤独。可即使是对她，我也无法太过接近，因为我的病。我以为我的病就这样了，或者这是……这是命运对我的惩罚。我知道沈寻一直喜欢辛垣陵，我怕，我很怕我唯一的家人也会被辛垣陵抢走，我怕那栋空旷的房子里，终究只剩下了我自己。直到那天，我跟着她去剧组，遇到了你。"

舒澈慢慢地说着，说给纪小行，更像是说给自己听："为什么我的病对你是免疫的，我完全不知道。你说我们是蛋兄蛋弟，我深信不疑，我以为你和沈寻一样，又或者你是我的第二根救命稻草，对不起，我利用了你。可是不知道从什么时候开始的，我发现……根本不是。和沈寻在一起，我希望我的病有一天是可以痊愈的。可是跟你在一起，我却发现哪怕我一辈子都不会痊愈，又有什么关系。"

舒澈轻声说着，微笑着："你能解释吗？能帮我解释吗？我究竟喜欢的是沈寻，还是……你。"

舒澈说着，对着紧闭着眼睛的纪小行，用一种连他自己都陌生的无奈的温和，轻轻地说着："我的话说完了，所以，如果你再装睡，我真的……

要吻你了。”

话音刚落，纪小行的眼睛果断的睁开。

舒澈无声地微笑，心里更有着漫无边际的遗憾。

一室的静谧，昏暗的台灯光线柔和而温暖地笼罩着舒澈和纪小行。纪小行怔怔地注视着舒澈，轻声发问："你怎么知道我在装睡？"

"从我进来，你的眼睛就一直在眼皮下打转，想不知道都难。"

"所以，你知道我没有睡。所以，你的话素——"

"我知道你没有睡，我的话是说给你听的。"

"舒澈……"

"你不必在今天给我回应。"舒澈露出苦涩的笑容，"恐怕我不能逼你做出回应，哪怕我很想那么做。"

"可素——"

"等你的病好了，我们再谈，我愿意等。"

"不素，我的意思素……"纪小行露出为难的神情，欲言又止，"对不起，我不该装睡。"

"如果你不装睡，我恐怕都没有勇气说出来。"

"不素……可素……可素装睡的人，不止我一个……"纪小行结结巴巴、万分懊恼的神情。

舒澈怔住。

纪小行唬着脸，抬手就将台灯光线拧到最亮，咬牙切齿、一字一字地冲着乐怡："还装！你平时根本不打呼噜！"

纪小行的话音一落，乐怡打得震山响的呼噜声戛然而止。

在舒澈惊愕地注视下，乐怡慢慢地转过身来，无辜地眨了又眨清澈无辜的眼睛："人家不是故意偷听的。"

OMG！

舒澈无奈地看着纪小行，他发现不管什么事情，只要遇到纪小行就会变得神奇⋯⋯

"小行，你喜欢他吗？"舒澈走后，乐怡索性披着被子坐了起来，问着好友。

纪小行知道乐怡所说的"喜欢"当然不是指简单的孩子气的"喜欢"，可以现在的她的心境，实在无法回答。

"还是，你喜欢辛总？"

"辛垣陵又没说喜欢我，你别瞎猜。"纪小行打断乐怡。

"你是当局者迷，我是旁观者清。"乐怡无奈地摇了摇头，"我觉得你的麻烦要来了。"

"我不想考虑那么多，我只知道我素舒澈的助理，我要跟他有蛋同当，我们素蛋兄蛋弟。"纪小行沉声说着，与其说是说给乐怡听，不如说是说给她自己。

"真是这样吗？"乐怡苦笑，"你和辛总从上月岛以来就事故不断，不管是你连累的他，还是他连累的你。难道你就没有想过，真正和你是难兄难弟的，到底是谁？"

纪小行怔住，乐怡的话忽地击中了她，击中她从没想过、却真真实实发生了。究竟谁才是她的难兄难弟，她只有苦笑："我现在哪有心情做判断。"

乐怡沉默了一会儿，下床，光着脚又跳上纪小行的床，轻轻地抱住了她，在她的耳边说着："小行，你该走出来了，该放过你自己了。"

纪小行没有回答，无力地将头靠在乐怡的肩膀上，她不知道⋯⋯

第十章
DI SHI ZHANG

记忆里最痛的伤疤

不管纪小行知不知道，生活都得继续。

关于她的身体素质，从上月岛来就得到了超级无敌的验证，就一个字：棒！

掉海里两次、演海灵一晚，铁打的纪小行仍旧能满血复活，迅速投入到"共同建设中国特色社会主义道路"上。

一大早乐怡就先离开了诊所去剧组上工，纪小行又补了个觉，跟李大夫闲聊了好一会儿，还蹭了顿午饭，才溜达着去了月园拍摄现场。

现场正在拍男女主角沈寻和安子骞的戏，内景，在月园的一个厅里。苏辰和几个副导演在厅外临时搭建的一个遮阳棚里盯着监视器，偶尔下点儿指示。这样的场景对于纪小行来说虽然没什么新鲜的，可其实她还是很想看监视器跟着学学演技的，无奈她只不过是个配角，又因怕被苏辰骂，实在也不敢再往前凑。正遗憾，便瞧见不远处，辛垣陵和方离正一边说着什么，一边朝她这边走近了。

"消息确定吗？"辛垣陵问着方离，若有所思。

方离点点头："确定，不过时间上也有点儿赶，三天后他就要出席罗马电影节。"

"现在呢？"

"在上海。"

"马上查他入住的酒店，最好再弄一份他在上海的日程安排。"

"好，我马上办。"方离边说边拿出手机翻着通讯录，思考着这个时候要通过谁帮忙最快捷最合适。

"你在这儿干吗？"辛垣陵忽然问。

"啊？"方离怔了下，刚想着辛总这问题是什么意思，顺着他的视线却立刻懂了……

辛垣陵问的人是纪小行。

"没事啊，我就素来看看。"纪小行看着辛垣陵，不知道为什么忽然就想起昨晚舒澈的那段"告白"，脸上无端发烫。

辛垣陵抬手探上纪小行的额头，皱了皱眉："没发烧，你脸怎么那么红？"

"呃，辛总，我先去处理其他的事，一会儿跟您汇报调查进展。"方离果断决定闪人，并选择性无视了辛垣陵竟然会下意识帮纪小行探看体温的微妙举动。

"嗯。"辛垣陵点头，显然并不介意方离要去干吗……

"我身体好，恢复得快。"纪小行耸耸肩。

"那你站在这儿发什么呆？"

"没有发呆，我素想……我想去那里……"纪小行讪笑，指向导演棚，"多学学演技，呵呵呵呵——"

纪小行一边说，一边闪动着"渴望知识"的双眼，每根睫毛都挂着"你是制片人啊，你发句话用命令的方式让我去导演棚跟着学学啊"的潜台词。她相信以辛垣陵这种"老奸巨猾"的性格当然能看懂！

"你别跟着捣乱，回去休息。"

"我怎么会素捣乱？！我也要表演的好吗？"纪小行颇无奈，她明明很认真在做事，在辛垣陵眼里难道只是捣乱吗？

"纪小行，"辛垣陵说着，却又停下，想了想，还是尽量让自己言辞平和地表达，"有梦想是好事，可并不一定所有的梦想都会实现。所以呢，我觉得你可以适当地……"

"适当地放弃梦想吗？"纪小行抬头注视着辛垣陵，平静地说着，"因为我素大舌头，所以除鸟海灵这个角色是意外撞到的运气，之后不会再有这样的机会鸟，对吗？"

辛垣陵怔了下，纪小行的话几乎已经说中了他方才全部的潜台词。他很想补充一句：我这是为了你好。可真的对吗？他忽然意识到在这之前，纪小行该是被迫承受过多少人的"为了她好"，才会有此刻的自我讽刺……

"当然不是。"舒澈的声音不大，可却沉稳而笃定。

辛垣陵回头，直视着站在他身后的舒澈。而舒澈的目光却轻飘飘地越过辛垣陵，只是落在纪小行身上："这部戏里你是唯一适合海灵的人选，并且，今后会有更多的好角色，你是唯一适合的人。"

"说鼓励的话很简单，"辛垣陵笑了笑，"未来谁都无法预见，不过，纯属意气的鼓励，我认为比毒药还要可怕，并且不负责任。"

"所以未曾尝试就开始泼冷水，要更高明是吗？"舒澈平静地回答。

辛垣陵看着舒澈，忽然意识到眼前这个他一直忽视、、甚至说轻视着的人似乎已经开始成长。舒家也好、辛家也罢，严格说来第四代子孙的成长经历是相似的，可究竟是从什么时候开始又变成截然相反甚至完全对立了？如果不是因为家族之争，或许他和舒澈之间根本应该是朋友。

可已经注定了不能。

"辛总，能请您过去一下吗？道具方面还要再开个会。"制片主任陈安胜走了过来，手里拿着一沓单据。

又是钱。辛垣陵心里一阵烦躁，表情却并无表露，点点头，跟着陈安胜离开。

辛垣陵离开了，单独面对舒澈的纪小行却更觉尴尬，她想对舒澈说一声谢谢，可话到嘴边又打了几个来回就只是在心里字斟句酌的。反倒是舒澈极坦然，像是全然忘记了昨晚的告白，甚至还略显轻松地打趣着纪小行："很少见你会无言以对。"

"我只素不想跟制片人起争执！"纪小行说的实话可在舒澈听来当然是不信的……

"舒澈，你要留在现场吗？我想回去练台词。"纪小行问着。

"练海灵的那首歌吗？"

"是啊，全是鸟鸟，我不想一唱就影响到对手演员的发挥。"纪小行还是有些沮丧。

舒澈沉默了下，扬起个微笑点点头："好，我跟你一起回去。"

说完，他自然地扶了纪小行的腰一下令她转身。虽然隔着衣服、虽然只有一秒，纪小行仍旧能感觉到舒澈指间暖暖的温度，没来由地令她心安……

下午，舒澈陪着纪小行在海边小院反复地练习海灵的那段歌。曲调和别的字眼都没有问题，偏偏"了了"这两个字，压得纪小行透不过气来。她根本没办法咬清，急到恨不得把自己的舌头咬出花边也还是咬不清。直到傍晚，剧组来电话通知纪小行去化妆的时候她仍旧练不好。虽然所有的人都跟她强调会后期配音，可是她怕的并不是后期效果，而是现场所有的人注视下，她需要张开嘴，需要发出她根本发不出的音……

发不出音也还是要拍啊，纪小行索性不再去想，拿上剧本就往月园的化妆组跑，可跑出海边小院，脚步却离奇地沉重。她从没有过这样的感觉，拍戏像上坟……

她喜欢海灵这个角色、喜欢海灵的歌，她珍惜这个来之不易的机会，可是，她的信心却在拿到这个角色之后变得不那么强了。她真的能演好吗？会不会又在全剧组人的面前丢人，会不会让苏辰为难，会不会演了一场之后又被 PASS 掉？

从海边小院到月园一段不算太长的路，她竟然走出了艰辛十年的味道，纪小行苦笑，心里却仍旧感觉不安的，恍着神，竟拿出了手机，鬼使神差地拨出了一个不可思议的号码……

"喂……"纪小行颤颤的声音。

"嗯。"和平时一样冷静简洁的回答。

"呃……对……对不起我打错鸟……"纪小行果断挂断，心跳加速一百倍，怔怔地看着手机屏幕：有病吧？有病了吧？精神不正常了吗？打给他干吗？难道还指望他安慰？疯了吗？

"纪小行，到底什么事？"那个冷静的声音忽然问着。

纪小行本能地怒答："没事没事，我都说鸟打错鸟！"

啊！

纪小行迅速僵化，恐惧地转身回头，面向这个完全不是在遥远的电话那端，而是真真实实就站在她身后的冷静声音的主人……

辛垣陵！

纪小行笑了，虽然她承认，自己此刻的笑容一定比僵尸还不如。

"找我什么事？"辛垣陵仍旧像平时一样面无表情，居高临下地看着纪小行。

"没、没、没事……"纪小行结结巴巴地答着，眼神飘移地闪避向辛垣陵的身后，却发现方离站在不远处，手里还提着一个小行李箱。

纪小行怔了下，看向辛垣陵："你要走？"

"嗯。"

"什么时候回来？"纪小行脱口而出，说完，再次想咬掉自己的舌头。

什么时候回来……这种问题是她该问的吗？她站在什么立场问？纪小行忽然觉得脸上烫得可以烙玉米饼，如果有个地缝，她立刻能钻进去，太丢人了，一定又会不幸收获辛垣陵崭新的讽刺和嘲笑！算了，三十六计走为上！

纪小行低着头转身就想溜，可手腕却被突如其来的手握住了。

不让她走的人，当然是辛垣陵。

死就死！

纪小行把心一横，瞪圆眼睛直视着辛垣陵，可让她意外的是，辛垣陵万年不变的冰山眸子里竟有了一丝暖意。看错了吧？纪小行眨了眨眼睛再次确认，辛垣陵眸子里的暖意似乎真的在扩大着，眉眼间那抹……竟是微笑。

"方离。"辛垣陵注视着纪小行，叫的却是方离的名字。

"辛总。"方离立刻走近。

辛垣陵不再说话，仍旧注视着纪小行。

"好的。"方离果断懂了，快步离开……

四周变得很安静，纪小行只隐约听得到远处的海浪拍打着礁石的声音，以及她自己的心跳。

"今晚要拍摄海灵了吧。"辛垣陵忽然开口。

"唔？哦……"纪小行怔忡地点头。

"你的发音不对。"

"唔……"

"拍摄现场，会影响对手戏演员入戏。"

"……唔。"

"我并不十分赞同目前的你接下这个角色。"

"……"纪小行连气都不再想再吭一声，满心地郁闷和酸胀。

"还有，你的——"

"行鸟我知道鸟，我不适合海灵，我懂鸟，你走吧！辛总再见！"纪小行抬起头，气鼓鼓地说完。

辛垣陵却仍旧微笑着。

"辛总再见！"纪小行重复着。

辛垣陵继续微笑着。

"再见！"纪小行第三次说了再见，并加重了语气。

可是辛垣陵没有走，她也没……

"我送你的石头呢，练了没有？"辛垣陵像是根本没有在听纪小行的话，问着。

"谁要用你的石头练啊，都不知道素不素真的从厕所捡来的，练坏鸟舌头更加不灵活怎么——"

纪小行想说的最后一个"办"字，生生被堵住了，被辛垣陵的嘴唇……

她设想过无数次，自己的初吻会是什么样的，不是掉进海里被救上来之后的人工呼吸，因为那根本来不及回味；不是在礁石缝，他的嘴唇其实已经轻轻擦过了她的，因为那比羽毛还轻盈，轻到她不承认已经发生了的事实；不是在梦里，因为梦里的人和现在的他重合着，而她却羞于和任何人提及这个场景，其实这是她在心里的小小期盼，可是她没想到，这个期盼真正发生的时候会是这样的甜。

辛垣陵嘴唇轻轻地辗转在她的唇间，没有掠夺、没有生硬、没有冷漠，这突如其来的温暖融化的不止是她，因为她明明也听到了辛垣陵逐渐加快的心跳声。即使从科学的角度一定是幻听，可她却在这一刻笃定自己的感觉，她知道，她相信……

"你相信我会演好吗？"

"不相信。"

"……"

"你相信我，不会伤害你吗？"

"我信……"

和昨晚不同的是，当纪小行终于化好妆到达拍摄现场后，发现负责的导演换成了苏辰。

"导演好。"纪小行礼貌地跟苏辰打招呼。

苏辰正跟其他的工作人员讲话，听到纪小行的声音就停下，转身面向她打量了一番，居然说了句："脸怎么那么红？还在发烧？"

发烧？何止是发烧？纪小行和辛垣陵分开之后只觉得自己还踩在棉花糖上……她清了清嗓子，规规矩矩地回答："没有发烧，谢谢导演关心。"

说完，转身刚要走向水边，耳边又几不可闻地听到苏辰在说："小行，加油。"

小行，加油……

四个字而已，却让她的心里暖暖的。纪小行没有回头，却微笑了。

"各部门注意了，先走一遍戏，没问题就立刻拍摄，都抓紧时间。"苏辰拿着麦说着，开始进入工作状态。

纪小行回过神，不再胡思乱想，直接提着裙子踩进水潭，一步一步朝定点的位置走去。而同样的，安子骞的替身也进了水潭，站在距离她稍远的位置。

"好，跟昨晚一样，海灵就位，下水，三秒钟出水。"苏辰在岸上拿着麦开始指挥。

纪小行点点头，听到开始的指示后，深吸了一口气，整个人下蹲，藏在了水里，心里默数一、二、三之后缓缓站了起来。安子骞的替身也慢慢走来，借位相吻。相较昨晚，一切都顺利极了，苏辰注视着水中的纪小行，不自觉地微笑着。他看得出，她非常认真地对待海灵这个角色，连走位都带着饱满的情绪，如同正式拍摄一样。

直到"海灵"即将开口唱歌，苏辰也下意识地屏住了呼吸……

水中的"海灵"身披月色、在海雾的浸润下，贝齿轻启，脆甜的嗓音柔柔地流淌："若有天意，爱也……"

戛然而止。

纪小行还是没唱出"了了"两个字，而是生生地停住。

苏辰怔住，正想发问，却顺着纪小行僵硬而难堪的神情和视线扭头看过去，岸边抱臂站着的人，是沈寻。

"怎么了？海灵为什么停住，继续！"苏辰并没有太深究沈寻为什么会来，催促着纪小行。

纪小行回过神，颇尴尬地赶紧点点头答应，重新开口："若有天意，爱也……"

却再次停住。

她知道自己不该停下，她知道这样做会让苏辰很恼火，她更知道不应该耽误大家的时间，可是……沈寻就站在岸边，微笑着，在其他的人看来是那样的仪态万千、那样的风情万种，可站在海水里一身尽湿的纪小行却仍然从沈寻的眼神中读出了无止境地、铺天盖地般地嘲讽。

纪小行的指甲深深抠进掌心，她不知道自己为什么如此看重沈寻的看法，她恨这样脆弱的自己，她更恨自己这种莫名其妙的自惭。

"怎么，不好意思唱？"沈寻在岸边微笑着，提高了声音，在旁人听来是种鼓励，"纪小行，你可是编剧都认可的海灵啊，据说是独一无二的声音，紧张了吗？没这个必要，唱吧，其实我来也是想学习学习呢。"

完美的"鼓励"，简直可以打十分。

可惜在纪小行听来只是刺耳刺心。

拍摄现场忽地安静下来，气氛很有那么些微妙。其实在这个圈子里能一直存活的，说是人精都不为过，所有人都听得出来沈寻话里有话。纪小行虽然一直以来只是跑龙套，可人勤奋、嘴又甜，跟她合作过的工作人员没有不喜欢她的。但沈寻毕竟是大牌，所谓的国内一线，在剧组享受不成文的各种特权。所以见到纪小行被沈寻这样刺激，大家也只能在心里打抱不平，顺便再对沈寻翻几个白眼而已。至于沈寻为什么会找纪小行的麻烦，大家也心知肚明：当然是因为没在现场的辛垣陵……

对于沈寻的挑衅同样了然于心的人当然也包括苏辰。

他却只是沉默地注视着纪小行，因为他的开口无济于事，甚至因为他的导演身份，让纪小行处于更尴尬的局面。他只能在心里默默地说：纪小行，如果你决定了今后要走这条路，那么类似于今晚这样的事情会有无数次。如果你自己不克服、不解决，那么将永远只能期待别人的帮助。

这条路不好走，他宁愿纪小行离开。

纪小行低下头，深深地呼吸，她知道自己发音的问题，她也以为自己早就习惯了大家或善意或嘲讽地哄笑，可原来并不是，原来她……不想输给沈寻。

可却输定了，至少今晚已经注定了要输在沈寻的面前。咬了咬嘴唇，纪小行重新开口："若有天意，爱也——"

"停！请等一下。"

纪小行的歌声忽然被打断，所有人都怀着一种"这又是谁啊？难道还是昨晚那三只其中之一吗？到底还能不能把这场拍完了！"的怒火，扭头朝喊停的人看过去！

可让所有的人都没想到的是，居然是助理编剧柳震。

"柳震，怎么了？"苏辰皱了皱眉，问着。

"苏导，我来是转告一言编剧的意见，他希望今晚海灵的戏暂停，他要重修剧本。"

"重修剧本？"苏辰怔住，"修改哪部分？"

柳震笑了笑，指了指远处水中傻站着的纪小行："修改歌词部分，要让海灵可以完美地演唱。"

柳震的话再简单不过，绝对不需要任何语种的翻译也足以让现场所有的人听懂并领会。换句话说，从跑龙套上来演配角的纪小行，就因为她没办法完成剧本，就让传说中从不肯改剧本的著名神秘作家、编剧一言，主动改！剧！本！

OMG！

没有哪一次跟沈寻的针锋相对，能让纪小行像此刻一样爽……

当晚海灵戏份的拍摄再次提前结束了，换好衣服的纪小行抽空翻出手机，想把剧本会专门为她改动的好消息告诉给谁。告诉……谁？这根本不是问号，因为纪小行愕然意识到，自己有了好消息之后本能想要拨出的号码居然是……

她莫名其妙地心虚不已，正犹豫着，乐怡跑了过来，用力拍了下她肩膀，极开心的："纪小行你真是走大运了，听说编剧肯为你改剧本？"

纪小行恍惚地点点头，刚想回答，手机忽然铃声大作。

纪小行准备接听，屏幕上显示的号码却让她更加头疼，深呼吸两次，硬着头皮开口："爸……"

连一旁的乐怡都噤声了。

乐怡认识纪小行这么久，知道她每次跟家里的人联系都会像变了一个人，一扫平时的嬉笑轻松，而是……用什么词形容好呢？如临大敌？也不是，她的神情和语气倒并不是多害怕，更多的却是一种……礼貌地克制或疏离。

乐怡并不想偷听，可又有些担心，只有保持着安静等纪小行把这通电话讲完。

电话里，似乎是要纪小行做什么事。纪小行只用最简单的字眼回应："嗯。""嗯。""哦。""明天？""不能改期吗？""那好吧。""晚安。"

"叔叔要你做什么？"乐怡小心翼翼地发问。

纪小行沉默了一会儿，恍然地笑了笑："他到西海岛了，明天要我陪他吃饭。"

"哦。"乐怡点点头，竟不再多问。两个女生不约而同地沉默下来，她们彼此之间的了解和默契在这个时候展示得淋漓尽致。

"乐怡……"纪小行欲言又止。

"嗯？"

"你和制片主任比较熟，能不能麻烦你……麻烦你和他商量下，明天我想借船去西海岛，明天中午就好，下午回来，不会耽误晚上海灵的戏。"

"好，可以。"乐怡点点头，想再说些什么，却终究还是不再多问。

第二天清早，舒澈和乐怡送纪小行上船离岛，纪小行坚持不需要乐怡陪她一起走，因为乐怡在剧组也有她自己的工作。舒澈只好妥协，以他的身份，的确不便为纪小行争取更多。

看着船出海，舒澈转身问乐怡："小行和她的父亲……关系不是很亲密吗？"

乐怡怔了下："为什么这么说？"

"从昨晚她决定要走到她上船，都是一脸的闷闷不乐。"

"哦，也不是……没有啦。"乐怡闪烁其词，不想再谈，只是笑着岔开话题，"舒澈，那我先去组里了，今天事情还蛮多的。"

"好。"舒澈点点头，乐怡似乎立刻松了口气，转身刚要走，却又被舒澈叫住，"乐怡，你拿着的是小行的衣服吧，给我吧，我放回小院。"

"哦对对，你是要回去的。"乐怡赶紧把纪小行在诊所换下来的换洗衣服交给了舒澈，"那麻烦你了，放在她的皮箱里吧，深灰色的那只，没上锁。"

"好。"舒澈点头答应，目送着乐怡离开。又想了想，心里还是觉得有些奇怪，决定等纪小行回来再问。看了看时间还早，又没什么其他的事，索性先沿着海岸散散步。

月岛其实是辛、舒两家共同的故乡，只不过现在留存于岛上的只有辛家的祖宅月园了，所以跟辛垣陵一样，舒澈也只是在儿时祭祖的时候回来过而已。大概是因为昨晚跟纪小行说出了心事的原因，虽说没得到纪小行的回答，舒澈心里却轻松了不少，看着岸边的每一块礁石、每一片海浪都似乎活泼了些，一会儿想着这处风小，等小行回来带她捉螃蟹；一会儿又想着那处沙滩细，等小行回来带她走一走。

不止如此，纪小行留给他的大黑伞仍旧被他拿在手里，像拐杖、更像是他心理的一个防护。他甚至试着跟遇上的渔民打了招呼，虽说仍旧是站得远远的，但心里却已经不再有特别烦躁的排斥感。或许这一点点的变化别人不会觉得有什么，可对于被社交恐惧困扰十余年的舒澈来说，几乎是欣喜若狂的。

这种无法言喻的欣喜，一直持续到他回到海边小院。

舒澈正准备走进自己的房间，却看到方离拿着一些资料从辛垣陵的房间匆匆走了出来，边走边讲着电话："对，辛总不在，出岛了。嗯，资料交代我给你，好，我现在过来。"

他出岛了？舒澈怔了下，想了想，还是决定先把小行的衣服放回她的房间。

走进小行和乐怡的房间，略有些凌乱，到处是女孩子用的零碎物品。舒澈并不好奇，走向角落里那只深灰色的大皮箱，正如乐怡说的，没有上锁，舒澈便直接打开了，里面果然是一样的凌乱。他忍俊不禁，又不方便帮女孩子整理，便只将最上面一层简单地规置下，好塞得进手里这些。可刚拾起一件，衣服下面的一个小小相框露了出来……

月岛归属西海岛，下了船，纪小行在码头打车直奔西海岛城区唯一的一家五星级酒店。路程不远，二十分钟之后，车子缓缓停在了酒店大堂外，纪小行付了车钱下了车，看着酒店的玻璃旋转门却犹豫了。又站了好一会儿，她才深呼吸，走了进去。

约的餐厅在二楼，她索性不搭乘电梯了，沿着旋转楼梯，低着头一步步走上去，没走几步，一个熟悉的声音就自高处响起。

"小行，好久不见。"

纪小行抬头，扯出一个微笑："好久不见，陈立。"

这是她父亲的秘书，跟在她父亲纪白身边十年了，负责打理纪白的行程和一切琐事，按辈分她该叫陈立为叔叔，可陈立的年纪只比她大七岁而已，所以她只肯叫他的名字。

陈立也笑着，笑容温暖，扶了扶透明框架眼镜，示意小行上楼。

"我爸呢？"

"在包间等了一会儿了。"

"唔。"纪小行点点头，边走边问，"我爸为什么忽然来西海岛了？"

"你进去就知道了。"陈立想了想，轻声说着，"另外，他最近身体大不如以前了，工作又多，小行，如果可以的话，你真的应该多抽点儿时间陪他。"

"嗯，我尽量。"纪小行简单说着，答案跟她每次的回答一样。陈立看着她倔强瘦小的侧脸，在心里叹了口气。

包间就在走廊的最里侧，再长的路，也终究有走到的时候。

陈立帮纪小行推开门，映入她眼帘的是一扇巨幅的落地窗，以及窗外赏心悦目的海景，而站在窗前、转身面向她慈祥地微笑着的是她的父亲。

"爸。"纪小行走了进去，径直走到父亲的面前，她想象一个正常的女儿对爸爸那样，亲昵地扑到他的怀里，跟他诉苦或是对他嘘寒问暖，可她却仍旧没有，只是干巴巴地站在他的面前，甚至连笑容都是僵硬的。

"小行，你来啦，快坐，坐吧。"纪白看着唯一的女儿，想拥抱她，却克制着。

纪小行看着父亲亲自帮她拉开凳子，他的手是轻颤的，他可以命令许多人、可以让许多人怕他，可纪小行也知道，只有在面对她的时候，才会让他无措。

"爸，您也坐。"纪小行坐了下来，坐在了纪白的旁边，却不知道下一句该说些什么。

"我去催催菜。"陈立想以为完美的理由退出房间，将空间留给两父女。

可父女俩却并不会因为没有外人在场就变得忽然热络，所以纪小行立刻反对："陈立你也坐吧，菜又不着急。"

陈立犹豫了一下，看向纪白，直到纪白对他点点头，他只好坐下。

纪小行半垂着头，全神贯注地注视着白瓷茶碗里飘着的茶叶，看着它们慢慢地在热水中舒展。

"小行，在剧组还习惯吗？"纪白打破了沉默。

纪小行迟疑了下，点点头："还好，挺习惯的。"

"哦，那就好，那就好。"纪白放心地点头，却又不知道自己下一句该说些什么。

两父女之间再次安静了，陈立隐约地开始头疼，他就知道又会是这种局面。他正想着该开启一个什么轻松的话题，手机却响了，立刻接听："您好，哦，是的，二楼，楼下安排了人接您上来，好，恭候。"

说完，他挂断电话，向纪白汇报："纪先生，客人到了。"

"嗯。"纪白点点头。

"还有客人？"纪小行疑惑地问。

"是的。"陈立微笑着接过话，"算是纪先生的新朋友，青年才俊。"

纪小行敏感地皱眉，看向纪白："青年才俊？爸，您不会又素要我来相亲吧？如果素，那我走鸟。"

"小行，你别误会，爸爸不会不告知你就帮你安排这么无聊的事。"纪白无奈地安抚女儿，"爸爸知道你的理想是什么，而这个人或许可以帮得上忙。"

"爸！"纪小行愕然，刚准备询问究竟是怎么回事，包厢的房从外面被打开了。

纪小行下意识地看过去，这个所谓的"帮得上忙"的人此刻就站在那里，安安静静的，挺拔的身材，阳光透过巨幅落地玻璃窗镶在他的身上。纪小行脸上的笑容一点点地拉开着，她真的很想笑，当然，这个人当然能帮得上忙，没有谁会比他更合适了吧，她知道自己在笑，笑里却是浓得化不开的嘲讽，对自己。

"衍之导演您好，我是盛华影视辛垣陵。"辛垣陵走进房间，朝着纪小行的父亲伸出右手。

因为"衍之"只是他的艺名，他的真名……纪白。

纪小行笑着点着头："你什么时候知道的？"

"小行，让客人先入座再说。"纪白沉声说着。

"开始就知道，还是苏辰告诉你的？"纪小行笑着，对纪白的话充耳不闻。

"苏辰什么都没说过。"辛垣陵平静地注视着纪小行，"是我一直想请衍之导演执导《月殇》，所以——"

"所以你其实中意的导演人选一直都不素苏辰对吗？"纪小行笑着，注视着辛垣陵，"苏辰这么年轻，代表作品又少，可你却一直力排众议地用他，素因为……衍之导演……素他的舅舅。由此，你可以请到衍之导演监制或素顾问，或素随便什么你认为可以抬高你的电影的头衔。"

"小行！"纪白皱眉打断女儿，"你怎么——"

"衍之导演，不要责怪小行，严格地说，她所说的的确是我最初的想法。"辛垣陵坦然坦白，他所做的不过是大家都在心里默认的一种规则，他不认为这是错，他也相信衍之导演早就洞悉这一点。

"最初？"纪小行笑得更开心了，"然后呢？你发现原来在剧组里还有一座更适合请到导演的桥梁，那就素我咯，我素导演的独生女儿，唯一的。"

"如果这样让你感到被冒犯，我真诚地向你道歉。"辛垣陵认真地说着，绝无敷衍，来的时候他已经明白纪小行对这样的安排不会高兴，所以他会用自己的方式去尽力弥补。

"不用，不用道歉。"纪小行摇了摇头，"站在你的角度，一点儿问题都没有，我特别能理解。"

"小行，对人、对事、对自己，都不要过于苛责。"纪白沉声说着。

"好，素的。"纪小行点头，"爸，那既然你们有公事要谈，我就先走鸟。"

"小行！"纪白为难不已，即使他蜚声中外，可唯一没办法对其发号施令的就只有纪小行这个宝贝女儿。

"小行，你误会了。"陈立赶紧解围，"没有公事要谈，今天只是——"

"只素聚一聚，认识一下，顺便拜托辛总在剧组照顾一下我这个小角色，如果可能的话，台词多给几句，镜头多给几个。"纪小行的笑容逐渐僵硬，说出的话像刀子一样锋利，割伤的却是自己，"你们聊，你们谈，你们安排，我失陪。"

"小行……"

纪白无奈而又心疼的声音被纪小白抛在脑后关在门外，她快步离开包厢，顺着旋转楼梯走，她一分钟都不想再待下去。

可手腕却被紧紧地抓住，纪小行明白，能对她这样做的人，只有辛垣陵。

"纪小行，你不是生活在真空里的人。"辛垣陵紧紧地钳制住纪小行的手腕，眉头紧皱，压低着声音一字字说着，"我真不明白你为什么要这么生气，你觉得只有你清高吗？只有你不想依靠父荫吗？"

"你懂什么？你什么都不懂！"纪小行怒极，试图挣脱，而完全没有力气。

"我当然懂！"辛垣陵不打算就这样放走纪小行，"不是只有你一个人被父亲或是家族的声名所累，这么多年无论我做什么、拿什么成绩、得什么奖，永远会有无数双眼睛盯着、无数个人在指指点点地说瞧啊那是因为他是姓辛的！可那又怎么样？因为我姓辛，因为我不愿意被别人指指点点，我就必须从零开始才是正确的吗？纪小行，我告诉你，那并不是本事，我们生来就是站在巨人肩膀上的人，我们必须欣然接受因为那没得选。我们连抱怨的资格都没有，因为我们连抱怨都是矫情、都是虚伪的！"

"你有你的道理，可素请你放开我，我跟你不一样！"纪小行拼尽力气试图挣开辛垣陵，她知道辛垣陵说得没错，可她不能，只有她不能。纪小行的耳朵里开始嗡嗡作响，她看到陈立和纪白也走了出来，朝她走来，他们的脸上挂满了关切和担心，就像她仍旧是个孩子、仍旧是当年那个……她不能再想，只好尽力克制着自己的情绪，尽量平静地离开，可声音和双手却已经开始颤抖，"辛垣陵，你说得对，我不素清高，可素我……我和你不一样，让我走吧，让我离开剧组，海灵不属于我，我……我的舌头不行，不对，不——"

"海灵就是你的！"辛垣陵斩钉截铁地打断纪小行，"你能拿到这个角色的原因并不是因为你有一个著名的导演父亲！"

"小行，他说得对，那个角色绝不是我帮你争取到的。"纪白注视着女儿，心里满满的疼，"这么多年你也没靠过我，那是你应得的。是，我……我承认我这次接受盛华的合约是有私心，我是想能有更多的时间去照顾你，我——"

"我——不——要！"纪小行的情绪，终于在纪白说出"照顾你"的同时崩溃了。她拼了命地推开辛垣陵，用力过猛，差点儿害得自己从楼梯上摔下去，辛垣陵终于被她的举动惊讶到困惑，诧异地看着她，仿佛从来就不认识她。而她的眼泪也在同时夺眶而出，不是委屈、不是冤枉，甚至连难过都不是，因为她早在内心为自己判了刑，无期，她盯着纪白说着，一字一字的，"我不要，因为我不配，我不配得到您的照顾。"

"小行，爸爸希望你不要再自责了，当年只是意外！"

"素，那只素意外，可那个意外害死的也素谁家的女儿啊！她也有爱她的家人、爱她的爸爸啊，凭什么她死鸟，我还好好地活着，我还好好地被家人照顾着，凭什么！"纪小行说着，泣不成声，直视着辛垣陵，一字一字的，"你问我为什么清高吗？我不素，我不素，我素纪白的女儿没错，我素可以得到家里的帮助没错，我不清高我不伟大，我只素不配，不配！"

"为什么不配，你做过什么？"

清清浅浅的一句话，冰冷入骨，那是真正的寒，寒到连愤怒都没有了。每个字都像是一把凿子，带着刺、带着生锈的齿，将纪小行刺得鲜血淋漓。

尤其说这句话的人，是舒澈。

"舒澈，你怎么来了？"辛垣陵紧皱着眉，他没想到此时此刻出来添乱的人竟会是舒澈。

可是纪小行却安静了，她怔怔地看着舒澈，由他的脸到他的手……他的右手仍旧拿着那把黑伞，而左手却拿着一个小小的相框，属于纪小行的相框。

舒澈慢慢地举起相框，注视着纪小行。

所有人的目光立刻集中在那个棕褐色的相框里，照片上一个长发少女明眸皓齿、灿然微笑，虽然美，可却是黑白色。

是遗照。

"舒晴……"辛垣陵注视着照片，惊愕地脱口而出。

与此同时，陈立已经冲下了楼梯，立即将纪小行拉在身旁，轻声却果断地说着："小行，有什么事回头再说，我先送你出去。"

"舒澈，你把舒晴的照片拿来干什么？"辛垣陵仍旧问着。

"走吧。"陈立试图挡住纪小行看向舒澈的视线带她离开，可当他的手拉上纪小行双手的那一刻却怔忡了。

她的手，冷得像冰。

"她的名字叫……舒晴？"纪小行轻轻地问着，注视着舒澈。

"陈立，带小行走！"纪白一手扶着楼梯的扶手，一手按着胸口，眉头紧皱，脸色逐渐涨红着。

辛垣陵怔了下，急忙快走几步扶住纪白。

可没等陈立有所行动，纪小行已经用力推开了他，径直走到舒澈面前，直直地盯着他的眼睛，重复问着："舒晴？"

舒澈没有回答，抬手轻轻地用手指勾勒着纪小行小巧的脸颊、清秀的眉、饱满的额……那是多久之前……十四年前吗……

十四年。

那件事，居然已经过了十四年，漫长到他以为一辈子不会再提及，漫长到他以为连他自己都忘记了。

可他没有，十四年，每一天每一个小时他是怎么过来的，全部在这一刻倒叙着、重演着，活生生地发生着，就在他的眼前！

他永远不会忘记。

那时他八岁，是舒家第四代唯一的继承人，已经开始跟着父亲或爷爷出席大大小小不同的活动，那时的他开朗活跃，是受所有人注视、所有人捧在手心里的天之骄子。他知道自己的不同、知道自己的特殊，所以他任性而骄傲，骄傲到不需要朋友，因为无论他做了什么错事，总会有人帮他承担、帮他处理。而那个会因为他犯错就被惩罚的人，就是舒晴：跟舒澈有着血缘关系的、他唯一的姐姐。

可笑的是，她却是不被舒家承认的姐姐。仅仅是同意她姓舒，就已经让她的母亲感恩戴德。

舒澈永远记得爷爷对舒晴说的那段话：让你住进舒家，是因为你毕竟有一半的血脉是舒家的，可你不要妄想会跟舒澈有同样的待遇。你只能在角落里活，照顾舒澈是你在这个家里唯一能做的，你要因此而感恩戴德。当然，如果你不愿意，我可以送你去跟你的生母同住，她是一个有野心的女人，以为可以凭借生下你就进舒家。可惜，那只能是她的梦。

舒晴比舒澈大六岁，与其说是姐姐，不如说她几乎承担了姐姐、陪护、伴读，甚至保姆的大部分责任。至于舒澈对她的感情……当时的舒澈骄纵调皮，从不会顾忌到姐姐的什么情绪，他觉得自己接受所有人的爱护是理所当然。可舒晴对此却毫无怨言，她真的像个影子一样生活在舒澈的背后，像个跟班一样听候舒澈所有无理任性地差遣。

直到那年冬天的圣诞。

那是一部电影的首映式，作为主要投资方的舒氏受邀出席。因为影片中的一位主要演员是小舒澈崇拜着的动作明星，所以他缠着爷爷一定也要去。对于舒澈这种简单的要求，舒望之自然会同意，便安排专人陪同带领。临出发的时候，舒澈看到了舒晴躲在角落里渴望的眼神，便极"大方"地也带上了她。

可让所有人始料未及的是，到达首映现场后的舒氏汽车被大批记者包围，记者们感兴趣的并不是电影，而是关于舒澈父亲是否有个不被承认的、非婚生女儿的绯闻。

好在舒澈坐的车子排在后面，八岁的他已经看得懂许多事，他坐在车里，看着车外的工作人员不停地跟记者们解释着、否定着。没人注意到他和舒晴，所以他极其厌恶地命令舒晴下车，自己回家，不许进入影院。

舒晴什么都没说，流着眼泪下车。

看着舒晴瘦削的背影，舒澈有些后悔，可爷爷一直以来对他的教育却不允许他放下骄傲叫回姐姐，所以他只是看着舒晴越走越远，直到她走到街口，迎面又出现了一个漂亮的、看上去也是七八岁左右的女孩子。舒澈的视线立刻被那个女孩子吸引，她像是在发脾气，边跑边回头对着追她的人做着鬼脸。

而悲剧就在她回头做鬼脸的时候发生了：一辆厢型卡车疾驰而来，在街角转弯处，没有减速，长长的厢体呼啸着、要将那个女孩子卷入车轮下。

对面车里的舒澈清楚地看到了这一幕，而他看得更清楚的却是他的姐姐、被他刚刚赶下车的舒晴，在最危险的关头推开了小女孩儿。她救了那个小女孩儿。

可是被卷进车轮之下的，是她自己。

鲜红从车轮之下一点点地流出来，一直蔓延到那个小女孩儿的脚下，小女孩儿不断地尖叫着，那是舒澈关于那件事，看到的最后的画面……

"为什么你会收着舒晴的遗像？"舒澈轻声问着，扶住纪小行的肩膀，纪小行的脸和他记忆中十四年前那个小女孩儿的脸，慢慢地重合着。

"她素你的……你的……"纪小行的泪水不停地涌着，她已经看不清近在咫尺的舒澈，她只听得到自己在问。

"我的……姐姐。"舒澈说着，用力说着"姐姐"这两个字，这早就是他的禁区，他这辈子都没办法走出来的禁区。

"对不起、对不起，我不素故意的，对不起、对不起……"纪小行喃喃后退着，双手紧紧地抓着自己胸前的衣襟，像是要窒息一样大口地呼吸，可却是徒劳无功。她眼睁睁地看着遗像里的少女微笑着走远；她的耳边全是十四年前那一幕的呼啸声、刹车声；她的眼底全是鲜血，车轮下蔓延出来的鲜红，那鲜红击碎了她最后的回忆。她无力再支撑自己的身体，瘫软了下去……

西海岛中心医院。

纪小行入住的病房是套间，刚被送进来的时候，她的情绪极度不稳定，医生在询问过纪白之后，为纪小行注射了镇静剂。此刻的她安静地睡着，像平常一样。

套间的会客区是一套灰色的沙发，纪白、辛垣陵和舒澈坐着。陈立帮大家倒了茶，又帮纪白倒了白开水，取了控制心脏病的药，看着纪白服下。

对于纪家来说，陈立已经不仅仅是秘书或是助理这么简单，他是纪白的左膀右臂，更是看着纪小行长大的兄长。

"那件事，是我的责任。"跟一个小时之前相比，纪白似乎忽然苍老了许多，是出于对女儿的心痛，更是出于自责。

舒澈沉默着，眼神空洞地望向某处。

"衍之导演，那件事……我也略知一二。"辛垣陵看了看舒澈，犹豫了下，继续说着，"舒晴过世之后，舒澈就病倒了，之后一直在国外休养。"

"小行也是。"纪白点点头，声音微颤，"当时她只有九岁，因为亲眼目睹……目睹舒晴倒在她面前，精神上受到强烈的刺激，再加上内疚、自责，她很长一段时间都没有走出来，甚至得了……失语症及重度抑郁，服药治疗了几年才终于控制住病情。包括她的舌头，她的发音，都是失语之后忽然产生的后遗症，无药可解，医生说过，那是纯粹的心理因素。"

辛垣陵怔住，下意识看向里面的病床，瘦瘦小小的纪小行掩在棉被里，脸颊苍白得没有一丝血色。可她……她的笑、她的话……辛垣陵完全没有办法将她和重度抑郁联想在一起，心脏忽地收紧着，一寸一寸地、隐隐地疼。

"后来，我去找过当时救了小行的人，想对她的家人当面致谢，虽然已经挽救不了什么，可是——"

"可是她的家人只想草草结束这件事，因为怕被媒体当作新闻报道出来。"舒澈轻声说着，一字一字的，"因为她虽然身体里有一半流的是舒家的血，可却是永远都不会被承认的人。"

一室的沉默，即使所有的人都知道答案，可答案的残酷仍旧让所有人感到窒息和寒冷。

"是，所以我只在舒晴的灵堂，翻拍了她的这张遗照，因为这是当时还躺在医院的小行的要求，可舒晴的灵位明明刻的是和晴。"

"是她母亲的姓氏，那是她母亲的要求。那件事发生后，她的母亲再也没有联系过舒氏。"舒澈说着，平静的，不再有任何的情绪。

"当天那部电影是我执导的，那场首映礼，我不许小纪去看，因为怕她会给我捣乱，她背着她妈妈和保姆偷偷去了。都怪我，我不该冷落她，是我的责任。"

纪白沉声说着，十余年来女儿自我封闭、自我放逐的行为已经让他痛彻心扉，他宁愿需要赎罪、需要背着一生自责的人是他自己。

"不，是我的责任。"舒澈打断了纪白，慢慢地站了起来，"如果不是我赶舒晴下车，一切都不会发生，小行也不会内疚了这么多年，都是我的责任，我才是那个需要去赎罪的人。"

"舒澈，那件事不是任何人的责任，那是个件意外！"辛垣陵也站了起来，站在舒澈的对面，厉声说着。

舒澈没有回答，他不想再说，也不想再听到任何为他开脱的语言，他转身离开，并将手中的黑伞轻轻地靠在沙发上。

"舒澈！"辛垣陵提高了声音，一字一字的，"伞是小行送你的，如果你不需要，请自己还给她。"

舒澈的脚步停住，侧过头，看向里间病床上那个他以为会带着他出泥沼的女孩子。

他早该认出她才对，十四年前的那张面孔曾经那样深刻地刻在他的脑海里，可他居然认不出。由着她在那个法医剧的剧组牵着他的手奔跑、由着她走进了他的内心，却将她的生活再次搅乱，明明可以重生的一个人，又被他拉着，重重地坠回谷底。他还有什么理由原谅自己，还有什么理由被救赎？

"我不配。"

这是舒澈在医院说的最后一句话，之后，转身离开……

深夜的时候，辛垣陵醒了，第一眼看向病床，上面却是空的，心里一紧，赶紧从陪护的沙发上坐起来想出去找，却发现纪小行并没有消失，只是站在窗前看着外面发呆。

辛垣陵沉默着走了过去，帮纪小行披上外衣。

"我爸走鸟吧。"纪小行轻声问着。

"嗯。"辛垣陵简单应着。傍晚的时候纪小行醒过一次，一定要纪白离开。为了避免她再受刺激，纪白只好答应，把纪小行托付给辛垣陵照顾。

"你离开剧组一天鸟，行吗？"纪小行转身，注视着辛垣陵。

辛垣陵扯出点儿笑意："开机仪式都可以没有我，离开一天又算什么。"

纪小行想了想，也勉强地笑了。

"为什么一定要你父亲离开？"

"辛垣陵，你有因为你的身份而难受过吗？"纪小行没有直接回答，也不再看辛垣陵，视线仍旧漫无目地看向窗外，看着远处那片墨黑的海。

辛垣陵犹豫了下，点点头："有过。"

"其实舒晴的灵堂，我偷偷去了。"纪小行忽然说着，轻声的。

辛垣陵注视着纪小行的侧脸，没有打断她，听着她说完。

"我爸不知道。"纪小行说着，讲的是自己的回忆，"我去鸟那里，灵堂很小，特别小，素那家殡仪馆里最小的一间。我去的时候，门口只摆鸟一个花圈，我爸送的。我不敢进去，只敢站在门口。我看到她，舒晴的妈妈，一个人守着灵、一个人默默地流泪，没有声音的，她哭得没有声音的。其实那天的首映礼我不应该去，可我任性，我随心所欲，大人不让我做什么，我偏要跟他们对着干。我明明听到保姆阿姨在身后喊着我说让我慢点儿跑、让我小心车，我明明听到她在提醒我说后面有卡车过来了。可我就素要当成耳旁风，因为我觉得只要我想，全世界的星星爸爸都可以摘下来送我。我就素这么任性，这么坏，所以，素我害得舒晴被车子卷进去。"

"那是意外。"

"那素意外，可那个意外却让舒晴的妈妈永远失去女儿。所以我凭什么、凭什么还要理所当然地接受爸妈的照顾，凭什么还要心安理得地享受这些。"纪小行说着，轻声的。

辛垣陵听着，疼痛自心底一点点地蔓延开来。

"所有的人都告诉我，那素意外，可我真的没办法走出来。舒晴的血就被我踩在脚下，她在车轮下用濒死的眼神就那样看着我，让我忘掉吗？我真的做不到。我的舌头……我的发音……会跟我一辈子、提醒我一辈子，告诉我曾经有人因我的任性而死去。我之所以答应做舒澈的助理，素因为我知道了他的病，我以为我跟他同病相怜，我以为……我以为我在帮他的同时，素在帮我自己。你看，我还素会有这么自私的想法。可我现在明白鸟，我不配，我不配痊愈，我不配……"

纪小行一字一句地说着，轻声的，疲惫至极、灰心至极，她用了十四年治疗自己，她用近乎苦行僧的方式放逐了自己，她每天都在笑，笑到连她都以为自己已经健康了。她不接受家里的帮助不是因为清高、不是所谓地要做出成绩给父母看，而是因为她觉得自己……不配。

十四年过去了，她仍旧不配。

她泪流满面，却也是无声的，如同十四年前她在灵堂门口看到过的舒晴的妈妈，同样的绝望……

纪小行悄悄离开医院的时候，辛垣陵醒着。

他没有叫住她，只是不远不近地跟在她身后。她打了辆出租车，他就开车跟着，直到来到西海岛的机场。

他们到机场的时候是凌晨，候机厅里空空荡荡的。他跟在她的后面，看着她走进大厅里唯一营业的一家粥店。粥店是半开放式的，他坐在大厅的休息椅上就可以看到她的背影，她点了一碗白粥，却没吃，就那样放凉。

手机振动起来，辛垣陵接听，是方离打来的。

"辛总，您什么时候回来？要不要我过——"

"通知乐怡，她可以离组，行李收好之后，可以帮她订最近一班回江城的机票。"辛垣陵打断了方离，直接说着。

"离组？可是她手上负责的工作……"

"交接给别人。另外通知苏辰，饰演海灵的纪小行因身体突发原因不能再出演，请他重新挑演员。"

电话里沉默了几秒，方离便没有多问："哦，好的。"

机场广播在辛垣陵挂断电话的同时响起了，纪小行走出粥店，朝着安检口走去。

西海岛机场很小，如果不是因为这部电影，恐怕这里是纪小行一辈子也不会想到要来的地方。她走得不快，甚至可以说很慢，不长的一段距离，却像是将短短的数日重演了。透过玻璃墙幕的反光，纪小行知道，辛垣陵就跟在她的身后。她想回头，起码要说一声再见以及抱歉。

可终究还是没有。

应该不会再见了吧，整件事与他无关，就没有必要让他再记住一个永远也不会痊愈伤口的朋友。

辛垣陵，别了。

辛垣陵看着纪小行过了安检，看着她的脚步忽然停下、站着直到像是做了最后的决定，走向最远。

纪小行，再见。

结局章
JIE JU ZHANG

想看你微笑

　　夜，刚刚打扫完公寓的纪小行总算能坐下来休息一会儿。离开得虽然不算太久，可也还是把家里从里到外都擦一遍才舒服。

　　家里只有她一个，安安静静的，索性开了电视，也不看，就着声音泡了杯咖啡，不怕睡不着，反正明天也不用早起。

　　其实一个人在家也蛮好，胡思乱想也好、蓬头垢面也罢，不会有人嫌弃不会有人唠叨。她觉得，自己其实可以开心一点儿，完全可以，直到看到衣架上的那条小黑裙。

　　那条代表着她曾经出现在《月殇》的小黑裙。

　　每个人不愿去回想的经历中或许都有一个不能被触及的"点"，这个"点"或许是一句话、一句歌词、一个小摆设，或者以任何形式存在着的事物，今晚是这条黑裙，明天呢？今后呢？纪小行的指甲深深地抠进掌心，身体上的疼，总好过心上的……

　　"嘭"的一声，入户门从外面被打开了。

　　"咣当、咣当"两声，两件行李被丢了进来。

　　"纪小行你这个缺德带冒烟儿的，还不出来接我一下，妈呀可累死我了！"乐怡比平时高八度的大嗓门骤然响起，足以压过天地间一切噪音……

纪小行怔怔地站了起来，走到客厅，怔怔地看着乐怡风风火火地进来，若无其事地换鞋，躺在客厅的懒人沙发上呈个大字，嘴却不闲着，一连串的话："你说你走就走吧，把行李都丢给我，零零碎碎的知道我收了多久吗？哼哼好在我也没吃亏，剧组按全款给我结算的劳务费，哈哈哈哈哈哈哈，世上真是好心人多啊！"

纪小行怔怔地看着她，听着她说着。

"发财了发财了，纪小行，明儿请你吃大餐去。想去哪儿？海鲜还是吃自助？唔我想想，南岸那个五星级酒店新开业，顶楼的旋转餐厅应该不错，走起走起。不过你打扮漂亮点儿啊，别给我丢人！"乐怡又跳了起来，从包里拿出个厚厚的信封，一脸"纨绔"地拍在纪小行手里，"看见没，姐的劳务，金额大大的，包养你没问题！"

"噗。"纪小行终究被这句"包养你没问题"逗笑了，轻轻地抱住闺密，什么都不想再说。

"喂喂你干吗？我还是喜欢男人的啊……"

"乐怡，我饿了，帮我煮面吧。"

"有没有搞错啊？刚到家的人好像是我啊，你居然指挥我干活！"

"可素你煮的面真的很好吃啊。"

"哼哼哼哼，我干什么都干得好！"

两居室的小房子里恢复了热闹，就像什么都没有发生过。有一种朋友，叫做陪伴就好。

从夏到秋、再入冬，时间流逝，生活继续。

乐怡仍旧在盛华影视上班，偶尔出个短差，大部分时间会留在江城。

纪小行也还是老样子，忙于毕业论文，也跑了大大小小几个剧组，专演没有台词的小角色。工作也在找着，最近被在跑的一个剧组的制片人推荐到不错的影视公司做后期工作，本打算靠脸的纪小行终于还是靠了技术吃饭。也不错，收入虽然谈不上有多可观，可小日子也可以过得有滋有味，暂时还用不着"有钱人乐怡"来包养。

虽然乐怡没有再在纪小行面前提过盛华或《月殇》，可各类消息还是会源源不断地从媒体上出现，感觉应该算是蛮顺利的吧，据说 11 月份就杀青了，现在开始后期制作。纪小行想，等明年排期上映的时候，她应该可以去贡献下票房，毕竟那曾经是她唯一有机会念台词的电影，还是大制作。

又到了一年一度的圣诞节。

整整一天，乐怡都拉着纪小行去购物、做头发、吃大餐，这种洋节日是商场打折最凶的时间段，乐怡抱着"钱不花完死不休"的态度疯狂消费，仿佛明天就是世界末日。

"小行，吃了晚饭我们去看电影吧！"乐怡嘴里塞满了寿司，边吃边说着。

这是一家新开不久的日料，就开在江城影城附近，料理不见得多好吃，可胜在做料理的人特别帅，于是成了近期乐怡最爱来的地方。

"不去。"纪小行一口拒绝。

从十四年前那件事发生后，她就不再过圣诞节，今年是被抽风的乐怡拼命拉着才出来，可其实一整天都谈不上愉快。

"必须去！"

"为什么？"

"因为这家店的老板也会去。"乐怡四下看看，小声地、鬼鬼祟祟地说着，"我上次来偷听到他讲电话，说圣诞夜要去影城看新片。"

纪小行怔住："他看电影约的人又不素你，你干吗非要跟着？"

"这你就不懂了吧。"乐怡面授心得，"你知不知道如果两个不认识的人却在不同的地方总是能遇见，那么不知情的一方就会认为这是缘分！"

"哦，你的意思素说，要制造这种见面，让他觉得你们有缘。"

"正确！"

"乐怡，咱能不这么无聊吗？"

"不能。"

"那你能在无聊的时候不带着我吗？"

"纪小行！"乐怡咬牙切齿、一字一字的，"是谁十几年来对你不离不弃的？是谁让你喝多的时候，不怕你吐在身上背你回家的？是谁半夜爬起来给你煮面的？是谁一有钱就要包养你的？是谁记你的生理期比你自己还清楚的？"

"素你。"

"是我！而我现在就这么一丁点、一丁点儿，比芝麻还小点儿的事儿要你陪我，你居然说不去！不去的话你还是人吗？"

"不素人。"

"不去的话还有天理吗？"

"没有。"

"那你陪不陪？"

"陪。"纪小行抽搐着嘴角，心悦诚服……

这家影城纪小行在很久以前来过，印象中好像规模不算大，说是影城，倒不如说是超市上面有家电影院而已。从日料店出来，乐怡就拉着纪小行紧赶慢赶地走，说是电影就快开场了。

纪小行虽然无奈，可手被乐怡紧紧拉着，只好听从安排。

可是走出小巷，纪小行记忆里影城前面的小广场却不见了，居然变成了车水马龙的临街大道。因为圣诞的原因，街道两边的树上挂着各式的圣诞装饰，店面的玻璃橱窗也贴着雪花、麋鹿的贴纸,空气中弥漫着棉花糖甜甜的味道。

而这种味道、这样的街道,却让纪小行的心脏收紧着。

"乐怡,我……我们还素……还素先回去吧。"纪小行停下脚步,结结巴巴地请求。

"不行!"乐怡斩钉截铁地拒绝,"纪小行,我没求过你什么事儿吧,就今晚,必须陪我。"

"可素——"

"哎呀别说了,快走吧。"乐怡不再耽误,直接拖着纪小行沿街一路小跑。

纪小行没办法,可满目的熟悉让她胆战心惊,她暗自命令自己不多想、不多看,只要跟着乐怡就好。可转过街角出现的画面,让她几乎要在瞬间窒息。

街角的和十四年前的那个影城,几乎一模一样……

影城门前铺着长长的红毯,媒体采访区和观众区人头攒动,闪光灯、聚光灯、花篮、光鲜亮丽的人、汽车、已经开始步上红毯的明星、红毯两侧的欢呼……

"乐怡,我不去、我不去、我不去……"纪小行喃喃地重复着,仿佛她只会说这一句话,她不想去回忆,可眼前的所有都像一记记重锤砸在她的心上。

"必须去!"乐怡紧紧拖着她的手,近乎强制。

"我不去!"

"纪小行!"乐怡终于克制不住情绪,厉声爆发,"你以为我不知道你每天都要靠安眠药才睡得着吗?你以为我是瞎的吗?"

"我……我求你……我不吃鸟,我在定期看心理医生你知道的啊,已经有效果,有的有的,很快很快,你再等等……"

"不行!你还要逃避到什么时候,十四年前的事情只是场意外,没人希望发生的意外！"

"那不素意外，那素我的责任！"纪小行嗫嚅着，她不想跟乐怡起争执，她不想停留只想离开。

"不行，一定要跟我走！"乐怡握着纪小行的手腕，紧紧地一步步将她拖向红毯现场……

与此同时，红毯的车子等候区。

数辆汽车有序地排成一队，一辆辆地缓缓驶向着红毯.其中一辆忽地停了，被蜂拥而至的媒体包围住，于是它之后的车子都被迫停下，静静地等候。

首当其冲被迫停下的车里，后座位置上坐着的人是沈寻和舒澈。

"对不起沈寻，我想我不能陪你出席首映礼了，我……我忽然想到有事。"舒澈沉声说着，视线试图从车外正发生着的全部事物上移开，可却做不到。

"不行，你已经足不出户快五个月了，今天是老爷子交代我务必拉你出来。"沈寻的语气不急不徐，却不容商量。

舒澈的眉头紧紧皱起，开始烦躁："我的事情我自己会处理，足不出户不代表不能生活。"

"可是你要永远这样下去吗？"沈寻平静地看着舒澈，"你知不知道这半年时间辛垣陵已经做到了什么位置。"

"那很好，他适合。"

"是吗？这么说来，你爷爷对你的期望你也可以置之不理咯。"

"不要再说他对我的期望！"舒澈的情绪濒临爆发，"我根本做不到他的期望！他根本就不该对我再有期待，我没这个资格！"

"你是他唯一的孙子！"

"我不是唯一，本来还应该有……有……"

"有谁？"沈寻轻声接过他的话，"舒晴吗？她早就去世了。"

舒澈深深地呼吸，手指扶上车门把手，可视线却不由自由地被街角发生着的一幕所吸引。

是纪小行。

正如十四年前的那一幕。

纪小行和乐怡站在街角，她们在争吵着、纠缠着，她们的声音完全被掩在车外的喧嚣里。舒澈怔忡地看着，不知觉地打开了车门，下了车。

沈寻没有拦他，却只是在车里长长地叹息一声，在心底。

舒澈一步步地走向纪小行。

红毯也好、媒体的聚光灯也好，一切的一切仿佛都是十四年前的重现，又或者是另一场悲剧的预演。他注视着纪小行，十四年前的画面和如今交织重叠着。那是纪小行，那个差一点儿就可以带着他走出泥沼，却反而和他一起沦陷到更黑暗的纪小行。

他走向纪小行，被行人撞到却根本不会疼，甚至几乎是无知觉的。十四年前的那个女孩儿脸上飞扬着骄傲早就不见，眼前只是个无措到恐惧的人。是，他和她都是不被理解的。社交恐惧症也好、抑郁症也罢，心理正常的人都会对他和她提出质疑吧，都会觉得他和她只是身在福中不知福吧，可无法对别人言说的痛、绝望、恐惧、死亡……如影随形，而这一切的一切都只源于两个字：内疚。

他一步步走向纪小行，那是一种想念，想念着那个跟自己同病相怜的人，那更是一种疼痛，心疼被他连累着的纪小行，他不想辜负任何人，他情愿接受一辈子心理惩罚的人是他自己……

"纪小行，背了十四年的包袱你可以丢下了，你不能因为一场意外而一辈子都废掉！"乐怡大力地拉着纪小行，大声地在她耳边吼着，自己却早就已经泪流满面。

"你根本什么都不懂！"纪小行的情绪终于彻底崩溃，"你根本不知道一个人就死在你眼前素什么样子的，她拉住鸟我，否则被卷到车轮下面的人就素我！血流出来流鸟一地的人就素我！可素她盯着我啊，她的眼睛我这辈子都忘不掉啊。我干吗要任性……我干吗非要去看那个首映礼……我干吗不跟着保姆乖乖的入场……我干吗要跑……那素舒晴啊，那素舒澈的姐姐。我以为我只素害死了一个人，可我还害得舒晴的母亲伤心一辈子！我还害得舒澈十四年都活在恐惧里，我害得他不能像个正常人一样做任何的事！你让我忘记吗？我怎么忘，我重新活一次吗？！让舒晴活过来吗？！"

纪小行用尽全身力气吼着、流着泪，她不知道自己在说什么，她只是想拼了命地说出些什么。视线逐渐被泪水模糊成一片，此刻的她心里疼得即使是亲手把自己抓得粉碎都不会再有半分知觉。可是她却看到了……舒澈。

她看到了舒澈正一步步朝她走来。

仿佛一切在那一刹那停止了，一切的喧嚣归于平静了，一切的人都不复存在，那不是做梦，那是真实的、残酷的，她再也没办法去面对，她只能选择逃避。

她转身，无所谓方向、无所谓出路，不管要去哪里，她只想逃。

而就在她拼命挣脱了乐怡，转身逃跑的最后一刻，街角一辆挂着长长挂斗的卡车轰隆着急驶而来，刹车声、尖叫声、刺眼的强光，全部笼罩在纪小行的身上，猝不及防，她竟停下了，等待着那最后的撞击、等待着真正的解脱。

"纪小行！"乐怡声嘶力竭地吼着，伸手试图拉住纪小行，可身体却被来自背后的巨大的力量撞开，而那个力量来自于一个高大的男人，他已经先她一步冲出街角，抓住了纪小行的手臂，并将她大力地带出那个可怕的卡车视线盲区……

是舒澈。

纪小行在舒澈的怀里号啕大哭。

而舒澈紧紧地拥抱着纪小行，失而复得的狂喜一点点从心底弥漫开来，他只能重复着一句话："我拉住了你。"

我拉住了你，舒晴，多想当年就拉住了你。

你是我的姐姐，不是我的影子。舒这个姓氏没有带给你任何的光环，而只是无穷无尽的冷落和伤害。

如果我早能想到这一切、如果我早能拉住了当时的你，多好。

舒晴，对不起，对不起……

"卡！"苏辰的声音自导演的手持话筒中传出。卡车司机、媒体的扮演者、红毯上的明星、沈寻、掩藏在棉花糖机器里的摄像机、挂在电线杆上的收音话筒……

似乎整个《月殇》剧组的工作人员都忽然出现了，他们微笑着分散站在四周。

而最超常发挥的乐怡鼻涕一把泪一把地大骂："吓死姐了！那卡车要不要还原得那么真实啊，还以为真的要撞上去了！"

整场"戏"都被蒙在鼓里的两个人，是舒澈和纪小行。他们怔忡、恍然地呆立在原地，不约而同地看向最有可能操控这一切的人：辛垣陵。

不知道他是什么时候站在街角的，他穿着一件纯黑色的修身短款大衣、围着黑色的围巾，他只是站着，安安静静的，所有的气氛全部在他周身戛然而止。

五个月，他用了五个月的时间在思考、在策划这一切。他咨询了他所能找到的最好的心理医生，查询了一切关于抑郁症和焦虑症的治疗手段。他知道抑郁症的可怕后果，他知道在抑郁症患者的眼里，过去和未来都是绝望的，并坚持自己是失败者，并且失败或悲剧的原因全在他自己。而舒澈的社交恐惧及焦虑，则更加扭曲了对事物失控而带来的灾祸。心理疾病带来的危害，是心理正常的人无法理解和想象的，除了服药和心理疏导，有一种行为疗法类似于电影中常现的原景重现。

而这种方法既冒险又危险，但却是他有最大的把握能办到的。

他自认自己不是圣人，他没办法解释为什么要替纪小行和本应该是他的对手的舒澈去拼了命地安排这件事。

纪小行其实从来不知道自己有多么的迷人。

从最初的民生节目演播大厅中摄像机快速捕捉到的她的笑容，第一次真正站在他的面前时她的娇蛮，在开往月岛的海轮上她举着伞冲向他的胡乱，在月园里那个倒霉到无敌的洗浴间里的慌张，两个人掉到礁石缝里她哭着说还没有吻过的滑稽……

他安排了一切，而直到此刻他都无法解释自己这样做的动机到底是不是太过伟大、太过高尚。他甚至不知道这种治疗手段是不是真的会起作用。

他却还是做了，而此刻的纪小行和舒澈相依在一起，眼底的那份泪水洗出来的清澈……动人得一塌糊涂。

也许这就够了。

辛垣陵笑了笑，在心底笑了笑，转身离开。

冬天的月岛，没有多少外人会来。

而岛上原本出去的打工的居民们却会陆续返回，准备过一个安静、祥和的农历新年。

月岛上，因为电影的拍摄而热闹了好一阵的辛家旧宅也早就恢复了往日的安静，只有当初搭设的架子仍旧有一些没有拆除，只等春暖花开再找工人过来。

月园里，唯一还在使用着的是辛垣陵那间房。

岛上的生活很简单，辛垣陵每天早早起床，上上网、看看书，吃饭就会走去海边程婆婆的小院搭伙。程婆婆的家人也回来了，那个小院每天都很热闹。

"嗯，老爷子气还没消吗？"辛垣陵心不在焉地通着电话，边剪辑着电脑上储存着的视频画面。

"辛垣陵，你爸爸会不会消气，还是你亲自打电话去询问吧。"电话那头的沈寻语带嘲讽，"你花了那么多钱去演那个原景重现，帮的却是姓舒的人。"

"我帮的是盛华。"辛垣陵笑了笑，"舒家倒了，对辛家也没什么好处对吧，一荣俱荣的关系。"

"行了行了，你别跟我说这些了。对了，方离说今天给你安排的生活助理会到岛上，怎么样，去了没？"

"还没，快了吧。"

"我本来想帮你面试下把把关的，方离那个家伙，拐弯抹角的就是不帮我安排。真是奇怪，他不会安排一些什么奇怪的人在你身边吧？"沈寻抱怨着，一副不甘的语气。

"奇怪又怎么样，生活助理，不外乎就是帮我做做饭、做做清洁就好。"辛垣陵剪完视频的最后一帧，满意地微笑，"好，先不聊了，我还有工作。"

"你还能有什么工作，你的工作不是全让老爷子停了……"

辛垣陵不打算回答这种哪壶不开就偏要提哪壶的问题，直接挂断了电话。他正准备把视频再重新检查一遍，门却从外面被轻轻敲响了。

是生活助理到了？

辛垣陵站起身，走到门前打开了。

冬日的艳阳就那样大肆地瞬间洒满了屋子。而挟裹着一身温暖和灿烂、站在门口微笑看着他的人对他轻声说着："你好，我素你的生活助理，从今天开始，你的衣食助行，就交给我鸟！"

辛垣陵怔忡地看着他的"生活助理"，他听到自己在问："你肯来，我要付你多少酬劳？"

他看到她对他伸出手，在他的面前摊开了手掌，她的掌心上躺着的，是一个圆圆的、光滑的石头。

他听到她在说："这就是酬劳，你已经付过鸟。"

他微笑地注视着她，没有"灾难"、只有阳光，虽然他不知道这样的阳光会维持多久，他注视着她，他的纪小行，他的这个仍旧只会"鸟鸟"的小行，他的海灵。他仍旧没有对她说过任何的山盟海誓，可是他却像是已经等了她一生。在这个被放逐的海岛上，他日出而作、日落而息，他用想念克制着自己全部的渴望，他甚至没有再去找她，只是等着她做出最后的决定。如果她不来，他并不知道自己会等多久，因为他竟不介意这样的等待，因为他宁愿孤独的人是自己，他宁愿大结局缓缓升出的字幕上，没有他的名字。

因为，这是他的爱，纪小行。

他低下头，在嘴唇接触到他想念到骨子里的那处温暖之前，轻轻问着："可以吗？"

他没有听到回答，因为他随后的吻，因为她的微笑，在心底……

全文终

【官方QQ群：193962680】

每周丰富多彩的群活动，好礼不停送！
作者编辑齐驾到，访谈八卦聊不停！

扫一扫看更多图书番外，作者专访